KB187580

세계적인 베스트셀러
『이방인』의 에스페란토-한국어 대역

에스페란토와 함께 읽는 이방인

알베르 카뮈(ALBERT CAMUS) 저
미셸 뒤 고니나즈 에스페란토 역
오태영 옮김

에스페란토와 함께 읽는 이방인

인　쇄 : 2022년 8월 8일 초판 1쇄
발　행 : 2022년 8월 8일 초판 1쇄
지은이 : 알베르 카뮈
옮긴이 : 미셸 뒤 고니나즈(에스페란토) 오태영(한글)
표지디자인 : 노혜지
펴낸이 : 오태영
출판사 : 진달래
신고 번호 : 제25100-2020-000085호
신고 일자 : 2020.10.29.
주　소 : 서울시 구로구 부일로 985, 101호
전　화 : 02-2688-1561
팩　스 : 0504-200-1561
이메일 : 5morning@naver.com
인쇄소 : TECH D & P(마포구)

값 : 15,000원
ISBN : 979-11-91643-63-3(03890)

본 책은 저작자의 지적 재산으로서 무단 전재와
복제를 금합니다.
파본된 책은 바꾸어 드립니다.

세계적인 베스트셀러
『이방인』의 에스페란토-한국어 대역

에스페란토와 함께 읽는 이방인

알베르 카뮈(ALBERT CAMUS) 저
미셀 뒤 고니나즈 에스페란토 역
오태영 옮김

진달래 출판사

ALBERT CAMUS

LA FREMDULO

romano

Elfrancigis Michel DUC GONINAZ

Sennacieca Asocio Tutmonda

1993

Originala titolo : L'Etranger

La tradukon reviziis :

Kremona BACEVA kaj Roger BERNARD

© Editions Gallimard, 1942

ISBN 2-9502432-2-3

목 차

1.

Hodiaŭ panjo mortis. Aŭ eble hieraŭ mi ne scias. Mi ricevis telegramon el la azilo :
"Patrino mortis. Entombigo morgaŭ. Sincerajn salutojn" Tio nenion pruvas. Eble estis hieraŭ.
La azilo de maljunuloj troviĝas en Marengo, okdek kilometrojn for de Alĝero. Mi forveturos je la dua horo per aŭtobuso kaj alvenos dum la posttagmezo. Tiel mi povos plenumi la funebran tranoktadon kaj mi revenos hejmen morgaŭ vespere.
Mi petis mian mastron pri dutaga forpermeso kaj, kun tia motivo, li ne povis ĝin rifuzi. Sed li ŝajnis malkontenta. Mi eĉ diris al li : "Mi ja ne kulpas." Li ne respondis. Tiam mi ekpensis, ke mi ne devus diri tion al li. Finfine mi ne havis la devon senkulpiĝi.
Male, li devus kondolenci al mi. Sed li tion faros verŝajne postmorgaŭ, kiam li vidos min en funebra kostumo. Dume, estas kvazaŭ panjo ne mortis. Male, post la entombigo, tio ĉi estos forklasita afero kaj ĉio surprenos pli oficialan aspekton. Mi ekveturis aŭtobuse je la dua. Estis tre varme.

1장. 어머니의 죽음

오늘, 엄마가 죽었다. 어쩌면 어제였는지도 모른다. 양
로원으로부터 한 장의 전보를 받았다.
'모친 별세. 내일 장례식. 애도를 표함.'
이것 가지고는 아무것도 증명할 수 없다.
어쩌면 어제였을 것이다.
양로원은 **일제**에서 80킬로 떨어진 **마랑고**에 있다.
두 시에 버스를 타면 오후에는 도착할 것이다. 그렇게
하면 밤샘을 할 수 있고 내일 저녁에는 집으로 돌아
올 수 있다. 사장에게 이틀 휴가를 신청했다. 그는 그
런 이유라면 거절할 수 없었다. 하지만, 불만족스럽게
보였다. 나는 그에게 "그건 제 잘못이 아닙니다"라는
말까지 했다. 그는 대꾸하지 않았다.
그때 나는 그에게 그런 말을 할 필요는 없다고 생각
했다. 끝내 나는 변명하지 않았다. 반대로 그가 내게
조의를 표하도록 할 테니까.
하지만 모레 그는 상복을 입은 나를 보게 되면, 그것
을 할 것이다.
그런데 엄마가 돌아가시지 않은 것 같다.
장례를 마치고 나면 반대로, 이것은 하나의 기정사실
이 될 것이고, 그러면 모든 것은 더 공적인 양상을 띨
것이다.
두 시에 버스를 탔다. 날씨는 무척 더웠다.

Mi tagmanĝis en la restoracio, ĉe Celesto, kiel kutime. Ĉiuj tre kompatis min kaj Celesto diris al mi : "Patrinon oni havas nur unu." Kiam mi foriris, ili akompanis min ĝis la pordo. Mi sentis ian kapturnon, ĉar mi devis supreniri al la hejmo de Emanuelo por pruntepreni de li nigrajn kravaton kaj brakbendon. Lia onklo mortis antaŭ kelkaj monatoj.

Mi kuris por ne maltrafi la aŭtobuson. Tiu rapidemo, tiu kurado, al kio aldoniĝis la skuoj de la veturado, la odoro de la benzino, la rebrilo de la vojo kaj de la ĉielo, ĉio ĉi sendube estis kaŭzo, ke mi ekdormetis. Mi dormis dum preskaŭ la tuta vojaĝo.

Kiam mi vekiĝis, mi troviĝis alpremita ĉe soldato, kiu ridetis al mi kaj demandis min, ĉu mi venas de malproksime. Mi diris "jes", por ne daŭrigi la konversacion.

La azilo situas du kilometrojn for de la vilaĝo.

Mi iris tien piede. Mi esprimis la deziron vidi panjon senprokraste. Sed la pordisto diris al mi, ke mi devas renkonti la direktoron. Ĉar li estis okupita, mi iom atendis. Dum tuta ĉi tempo la pordisto babiladis, kaj poste mi renkontis la direktoron : li akceptis min en sia oficejo.

여느 때처럼 **셀레스트**네 식당에서 점심을 먹었다. 그들은 모두 나를 불쌍히 여겼다. 그리고 셀레스트는 내게 "어머니란 한 분뿐이지" 하는 말도 해주었다. 내가 나올 때 그들은 문까지 나를 배웅해 주었다.

나는 좀 허둥거렸다. **엠마누엘** 집으로 올라가 그에게서 검은 넥타이와 완장을 빌려야 했기에.

그의 아저씨는 몇 달 전에 돌아가셨다.

버스를 놓치지 않으려고 뛰었다.

이렇게 서두르고 뛰어 다닌데다 차의 덜컹거림, 휘발유 냄새, 길과 하늘에서 뿜어내는 빛의 반사, 아마 이런 것들이 내가 살짝 조는 원인이 틀림없다.

여행하는 동안 거의 내내 잠을 잤다.

눈을 떠보니 어느 군인에게 바짝 몸을 기대고 있었다. 군인은 내게 살짝 웃어 보이며 멀리서 오는 길이냐고 물었다.

나는 대화를 계속하고 싶지 않아 그렇다고 말했다.

양로원은 마을에서 2킬로 되는 지점에 있다.

나는 그 길을 걸어서 갔다.

지체없이 엄마를 보고 싶었다.

하지만 수위는 먼저 원장을 만나보아야 한다고 일러주었다.

원장이 업무 중이라 조금 기다려야만 했다.

기다리는 동안 수위는 수다를 떨었다.

그 뒤 원장을 만났다.

원장은 나를 그의 사무실로 맞이했다.

Li estis maljunuleto kaj surportis la insignon de la Honora Legio. Li rigardis min per siaj helaj okuloj. Poste, li premis mian manon kaj tenis ĝin tiom longe, ke mi ne sciis, kiel repreni ĝi. Li konsultis aktaron kaj diris al mi : Sinjorino Merso eniris ĉi tien antaŭ tri jaroj. Vi estis ŝia sola subteno."

Mi kredis, ke li riproĉas min pri io kaj komencis klarigi al li. Sed li min interrompis: "Vi ne devas pravigi vin, infano mia. Mi legis la dosieron de via patrino. Vi ne povis ŝin vivteni. Ŝi bezonis vartistinon. Via salajro ne estas alta. Kaj finfine, ŝi estis pli feliĉa ĉi tie."

Mi diris: "Jes, sinjoro direktoro."

Li plu diris: "Nu, ŝi havis geamikojn, samaĝulojn. Ŝi povis partopreni kun ili en interesoj de tempo pasinta. Vi estas juna kaj ŝi verŝajne enuis kun vi.

"Tio estis vera. Kiam ŝi estis en nia hejmo, panjo pasigis la tempon sekvante min silente per la okuloj.

En la unuaj tagoj, kiam ŝi estis en la azilo, ŝi ploris ofte. Sed tio estis pro kutimo.

레지옹 도뇌르 훈장을 달고 있는 원장은 약간 노인이었다. 맑은 눈빛으로, 나를 바라보았다. 그러고는 나와 악수를 했다. 그가 하도 오래 손을 잡고 있어서 어떻게 손을 **빼**내야 할지 모를 정도였다.

원장은 한 뭉치 서류를 뒤적거리고 나서 내게 말했다. "뫼르소 부인께선 3년 전에 이곳에 들어오셨군요. 젊은이는 그분의 유일한 부양자이셨지요."

원장이 뭔가 나에 대해 질책하는 것 같아서 나는 그에게 설명하기 시작했다. 하지만 그는 내 이야기를 가로막았다.

"젊은이, 변명하지 않아도 돼요. 어머니에 관한 서류를 읽었어요. 젊은이는 어머니 생계를 지원할 수 없었지요. 어머니에게는 간호사가 필요했어요. 젊은이 월급은 많지가 않았어요. 그러니 결국 어머니는 여기에서 더 행복하셨습니다."

"네, 원장 선생님"하고 나는 말했다.

그는 이렇게 덧붙였다. "여기서, 어머니께는 친구들이 계셨어요. 동갑내기들이었죠. 그들과 함께 어머니는 지난날의 재미있는 이야기도 나눌 수 있었어요. 젊은이는 젊어서 함께 있었으면 아마 어머니는 지루했을 겁니다."

그건 사실이었다. 집에 계셨을 때, 엄마는 조용히 나를 지켜보는 것으로 시간을 보내곤 했었다.

엄마가 양로원으로 오셨던 처음 며칠은 자주 우시곤 했다. 하지만 그것은 습관 때문이었다.

Kelkajn monatojn poste, ŝi plorus, se oni forprenus ŝin el la azilo. Same pro kutimo.

Certagrade pro tio dum la lasta jaro mi preskaŭ neniam vizitis ŝin. Kaj ankaŭ tial, ĉar tio forkonsumis mian dimanĉon — krom la peno iri ĝis la aŭtobuso, aĉeti bileton kaj piediri du kilometrojn.

La direktoro parolis plu. Sed mi jam preskaŭ ne aŭskultis lin. Fine li diris al mi: "Mi supozas, ke vi volas vidi vian patrinon."

Mi stariĝis senvorte kaj li iris antaŭ mi ĝis la pordo. En la ŝtuparo, li klarigis al mi: "Ni transportis ŝin en nian malgrandan kadavrejon, por ke la aliaj ne impresiĝu. Ĉiufoje, kiam mortas azilano, la aliaj nervoziĝas dum du-tri tagoj. Kaj tio malfaciligas la deĵoron."

Ni transiris korton, kie troviĝis multaj maljunuloj, babilantaj en etaj grupoj. Ili ekmutis laŭvice, kiam ni preterpasis, kaj post ni la konversacioj rekomenciĝis, kvazaŭ surdiga kriĉado de konuroj. Ĉe la pordo de malgranda konstruaĵo, la direktoro lasis min : "Mi lasas vin, sinjoro Merso. Mi restas je via dispono en mia oficejo.

몇 달이 지나고 나서 누가 엄마를 양로원에서 모시고 나간다고 했다면 마침내 또 우셨을 것이다.

어떤 경우에서든 습관 때문이다.

내가 지난해 거의 여기에 오지 않은 것도 확실할 정도로 그런 이유 때문이다. 그리고 또한 버스를 타러 가고, 표를 사고, 길을 두 시간이나 걸어야 하는 수고 외에도, 일요일이 훌쩍 달아나 버리곤 하는 이유 때문이었다. 원장은 계속 이야기를 했다. 하지만 나는 벌써 거의 듣고 있지 않았다.

마침내 그는 "젊은이는 어머니를 뵙고 싶어 하시는 것 같군요" 하고 말했다. 나는 아무 말 없이 자리에서 일어섰다. 그랬더니 그는 앞장서서 문 쪽으로 갔다.

계단에서 원장은 내게 설명했다.

"우리는 작은 시체 안치소에 어머니를 모셔 놓았습니다. 다른 사람들을 놀라게 하지 않기 위해서입니다. 양로원에 있는 분들은 누군가 돌아가실 때마다 이삼 일간 신경이 날카로워지지요. 그렇게 되면 일이 까다로워집니다."

우리는 많은 노인이 작은 무리를 지어 이야기를 나누고 있는 마당을 가로질러 갔다. 우리가 지나갈 때 그들은 입을 다물었다. 그러나 우리가 지나가자 마치 귀를 먹게 하는 앵무새의 재잘거림 같이 이야기는 다시 계속되었다.

어느 작은 건물의 문 앞에서 원장은 나와 헤어졌다.

"뫼르소 씨, 함께 들어가지는 않겠습니다.

나는 내 사무실에 있을 테니 마음대로 하세요.

Principe, la entombigo devas okazi je la deka matene. Ni pensis, ke tiel vi povos plenumi la funebran tranoktadon.

Laste, via patrino, laŭ onidiroj, esprimis ofte al siaj kunuloj la deziron havi religian entombigon. Mi opiniis, ke zorgi pri tio estas mia devo. Sed mi deziris sciigi tion al vi."

Mi dankis lin. Panjo, kvankam ne ateista, neniam pensis pri religio dum sia vivo.

Mi eniris. Ĝi estis tre hela ĉambro, kalkita, kun vitra tegmento, meblita per seĝoj kaj X-formaj stabloj. Du el ili, en la centro, subtenis kovritan ĉerkon. Oni vidis nur brilajn ŝraŭbojn, apenaŭ enbatitajn, kiuj reliefiĝis sur la tabuloj, frotitaj per nuksoŝela ekstrakto. Apud la ĉerko sidis araba flegistino, surportanta blankan kitelon kaj helan kaptukon.

Tiam la pordisto eniris malantaŭ mi. Li verŝajne estis kurinta. Li iom balbutis: "Oni ŝin kovris, sed mi devas malŝraŭbi la ĉerkon, por ke vi povu ŝin vidi." Li proksimiĝis al la ĉerko, sed mi haltigis lin. Li diris: "Vi ne volas?" Mi respondis : "Ne." Li haltis, kaj mi estis ĝenata, ĉar mi sentis, ke mi ne devus diri tion.

원칙적으로 장례식은 아침 열 시로 정해져 있습니다. 그렇게 하면 젊은이가 고인(故人) 곁에서 밤샘할 수 있으리라고 생각한 거죠.

마지막에, 어머니께서는 장례식을 종교적으로 치러 주었으면 하는 희망을 종종 친구분들께 말씀하셨습니다. 그런 돌봄은 저의 의무라고 생각합니다. 하지만 이런 것들을 알려드리고 싶습니다.”

나는 그에게 감사했다. 무신론자는 아니었지만, 엄마는 살아 계셨을 때 종교에 대해서는 전혀 생각하지 않았다. 나는 안으로 들어갔다. 방은 아주 밝고 하얗게 회칠이 되어 있었으며, 유리 지붕이고 몇 개의 의자와 X자 모양의 가대(架臺)들이 있었다. 방 한가운데에 있는 가대 중 두 개가 뚜껑이 덮여 있는 관을 받치고 있었다. 호두기름칠을 한 널빤지 위로 솟아오를 정도로 대충 박힌 반짝거리는 못들이 얼른 눈에 들어왔다. 관 곁에는 머리에 밝은 두건(頭巾)을 쓰고 흰 가운을 입은 아랍계 여간호사 하나가 있었다.

그때 수위가 내 뒤로 들어왔다. 아마 그는 달려온 모양이다. 그는 약간 더듬거리며 말했다.

“입관은 했지만, 당신의 어머니를 보실 수 있도록 관에 박힌 못을 뽑아드리겠습니다.”

그가 관으로 다가갔다. 그때 나는 그를 제지했다.

“보고 싶지 않으십니까?”하고 그가 내게 말했다.

나는 “네” 하고 대답했다. 그러자 그는 멈추었다.

그런 말은 하는 것이 아니었다는 느낌이 들었기 때문에 나는 난처해졌다.

Post momento li rigardis min kaj demandis: "Kial?" Mi diris: "Mi ne scias."

Tiam, ĉiftordante sian blankan liphararon, li deklaris, ne rigardante al mi: "Mi komprenas." Li havis belajn helbluajn okulojn kaj iom ruĝan vizaĝkoloron. Li donis al mi seĝon kaj ankaŭ li sidiĝis je kelka distanco malantaŭ mi. La flegistino stariĝis kaj direktiĝis al la elirejo. Tiam la pordisto diris al mi "Ŝankron ŝi havas." Ne kompreninte, mi rigardis la flegistinon kaj rimarkis, ke ŝi portas sub la okuloj bendon, ĉirkaŭantan la kapon. Ĉe la nivelo de la nazo, la bendo estis plata. Sur ŝia vizaĝo oni vidis nur la blankon de la bendo.

Kiam ŝi foriris, la pordisto ekparolis. "Nun mi lasos vin sola." Mi ne scias, kiun geston li faris, sed li restis staranta post mi. Tiu ĉeesto post mia dorso ĝenis min. La ĉambron plenigis bela lumo de posttagmeza fino. Du krabroj zumis ĉe la vitra tegmento. Kaj mi sentis, ke la dormemo min invadas.

Mi diris al la pordisto, sen turniĝi al li: "Ĉu delonge vi laboras ĉi tie?".

Li respondis senprokraste: "Kvin jarojn", kvazaŭ li de eterne atendus mian demandon.

Poste, li multe babilis.

잠시 뒤에 그가 나를 바라보더니 "왜 그러시죠?"하고 물었다. "모르겠습니다" 하고 내가 말했다.

 그러자 그는 자기의 흰 콧수염을 비비 꼬면서, 나를 보지도 않고 "알겠습니다" 하고 똑똑히 말했다. 그는 아름다운 맑고 파란색 눈을 가지고 있었으며 얼굴빛은 약간 붉었다. 그는 내게 의자 하나를 내밀어 주고는 자기도 내 조금 뒤에 자리잡고 앉았다.

간호사가 일어나서 출입문 쪽으로 갔다.

그때 수위가 "저 여자는 부스럼을 앓고 있어요" 하고 말했다. 무슨 말인지를 몰라서 간호사를 쳐다보았다. 그녀는 머리에 눈 밑으로 붕대를 한 바퀴 감고 있었는데 코허리가 솟은 곳은 붕대가 평평해져 있었다. 그녀의 얼굴에서 보이는 것이라곤 붕대의 흰 빛깔뿐이었다.

그녀가 나가자 수위는 "당신을 혼자 있게 해드리지요" 하고 말했다. 그가 어떤 몸짓을 했는지 나는 알 수 없으나 그는 내 뒤에 그냥 서 있었다. 등 뒤에 그가 있다는 것이 성가셨다.

방은 아름다운 석양빛으로 꽉 차 있었다. 두 마리의 말벌이 유리 지붕에 부딪히며 붕붕거리고 있었다. 그리고 잠이 쏟아지는 것을 느꼈다. 나는 수위가 있는 쪽을 돌아보지 않고 "여기에 계신 지는 오래되셨나요?" 하고 물었다.

"5년 됐죠" 하고 마치 진작부터 내 질문을 기다리고 있었던 것처럼 얼른 대답했다.

그리고 나서, 수다를 엄청 떨었다.

"Kiam mi estis juna, li diris, kia mirigo estus por mi, se iu profetus al mi, ke mi finos mian karieron en la azilo de Marengo." Li aldonis, ke li estas sesdekkvarjara kaj Parizano denaska. En tiu momento mi interrompis lin: "Ha, vi ne estas de ĉi tie?" Poste, mi memoris, ke, antaŭ ol gvidi min al la direktoro, li parolis al mi pri panjo: li diris al mi, ke tre urĝas ŝin entombigi, ĉar sur la ebenaĵo estas tre varme, precipe en tiu ĉi lando.

Ankaŭ tiam li sciigis min, ke li loĝadis en Parizo kaj ke li sentas nostalgion pri ĝi. En Parizo oni restas kun la mortinto tri, kelkafoje kvar tagojn. Ĉi tie oni ne havas tempon. Kiam oni ankoraŭ ne kutimiĝis al la ideo, jam necesas kuri post la ĉerkoveturilo. Tiam lia edzino diris al li: "Silentu, tiajn aferojn ne decas rakonti al la sinjoro." La maljunulo ekruĝiĝis kaj petis pardonon. Mi intervenis, dirante: "Ne gravas, ne gravas." Mi trovis liajn klarigojn ĝustaj kaj interesaj.

En la kadavrejo, li sciigis al mi, ke li eniris la azilon kiel senhavulo. Ĉar ii sentis sin sana, li sin proponis por la pordista ofico.

Mi rimarkigis, ke finfine li estas azilano. Li diris: "Ne."

그는 말했다 "내가 젊었을 때 누가 **마랑고** 양로원에서 수위로 생을 끝마치게 될 거라고 예언처럼 말해 준다면 아마 퍽 놀랐을 것입니다." 그는 예순 네 살이고 파리 태생이라고 덧붙였다.

이때 나는 그의 말을 가로막았다. "아! 이곳 출신이 아니군요?"

나중에 원장에게로 나를 인도하기 전에 엄마에 대해 말해 주던 일이 나중에 생각났다. 벌판에서는, 특히 이 지방에서는 날씨가 몹시 덥기에 장사를 빨리 지내야 한다고 그가 내게 말했다.

그가 파리에서 살았다는 것과 거기에 대한 향수를 느낀다고 내게 일러준 것도 바로 그때였다. 파리에서는 사흘, 때로는 나흘간을 죽은 사람과 함께 지낸다. 여기서는 그럴 시간이 없다. 그런 생각에 익숙하지 않으면 사람들은 영구차 뒤에서 쫓아가는 것이 정말 필요하다.

그때 그의 부인이 "조용해요. 그런 일을 이분에게 말하는 것 적당하지 않아요." 하고 말했다. 노인은 얼굴을 붉히고 사과를 했다. "아닙니다. 괜찮아요" 하고 말하면서 나는 그들을 중재시켰다. 나는 그의 생각이 옳고 재미있다고 발견했다.

이 시체 안치실에서 그는 자기가 극빈자로서 양로원에 들어오게 되었다고 알려주었다. 그는 자신이 건강하다고 느껴서 이 수위의 자리를 자청했다.

나는 결국 한 사람의 재원자(在院者)가 된 거라고 알려 주었다. 그는 그렇지 않다고 말했다.

Min jam impresis liaj dirmanieroj: "ili", "la aliaj" kaj —malpli ofte — "la maljunuloj", kiam li parolis pri la azilanoj, el kiuj kelkaj ne estis pli maljunaj ol li. Sed, kompreneble, ne estis same. Li estis pordisto kaj, el certa vidpunkto, li havis pli da rajtoj ol ili.

La flegistino eniris en tiu momento. Noktiĝis subite. Tre rapide la nokto jam densiĝis super la vitra tegmento. La pordisto ŝaltis la komutilon kaj la subita ŝpruco de la lumo min blindigis. Li invitis min veni al la manĝejo por la vespermanĝo. Sed mi ne deziris manĝi. Li do proponis alporti tason da laktokafo. Ĉar mi tre ŝatas laktokafon, mi akceptis kaj li, post momento, revenis kun pleto. Mi eltrinkis.

Tiam mi ekdeziris fumi. Sed mi hezitis, ĉar mi ne sciis, ĉu mi rajtas tion fari apud panjo. Mi pripensis, ke neniel gravas. Mi proponis cigaredon al la pordisto kaj ni fumis.

Je certa momento li diris al mi : "Nu, ankaŭ la amikoj de via estimata patrino venos por la tranoktado. Tia estas la kutimo. Mi devas iri por alporti seĝojn kaj nigran kafon." Mi demandis lin, ĉu estas eble malŝalti unu el la lampoj : la rebrilo de la lumo sur la blankaj muroj min lacigas.

재원자들에 관해 말하면서 그중의 어떤 사람은 자기보다 젊었는데도 그는 '그들' 이니, '다른 사람들' 이니 또는 아주 드물게 '노인들'이라는 식으로 말하는 방식이 내게는 인상적이었다.

그러나 물론 그들과 같지는 않다.

그는 수위였고 또 확실한 관점에서 그들보다 권리도 있었다. 그때 간호사가 들어왔다. 갑자기 땅거미가 졌다. 아주 빨리 유리 지붕 위로 밤이 짙게 드리워졌다. 수위가 전등 스위치를 올렸다. 갑작스럽게 쏟아지는 빛 때문에 눈이 부셨다.

그는 내게 식당에 가서 저녁을 들고 오라고 권했다. 그러나 나는 먹고 싶지 않았다. 그러자 그는 밀크커피를 한 잔 가져오겠다고 제안했다. 밀크커피를 매우 좋아하기 때문에 나는 그 제의를 받아들였다. 그는 잠시 후에 쟁반을 들고 돌아왔다. 나는 마셨다. 이때 담배를 피우고 싶은 생각이 들었다. 하지만 엄마 곁에서 담배를 피워도 되는지 어떤지를 몰라서 잠시 망설였다. 곰곰이 생각해 보니 그런 일은 조금도 중요한 일이 되지 못했다. 나는 수위에게 담배 한 대를 권하고 우리는 담배를 태웠다.

얼마 있다가 그는 내게 말했다.

"이제 젊은이의 존경하는 어머니의 친구분들도 곧 밤 샘하러 오실 겁니다. 그게 관습이거든요. 의자 몇 개와 블랙 커피를 가지러 가야 하겠습니다."

나는 전등 하나는 꺼도 되느냐고 그에게 물었다.

흰 벽에 반사되는 강렬한 불빛이 나를 피곤하게 했다.

Li diris, ke tio ne estas ebla. La instalaĵo estas tia: aŭ ĉio aŭ nenio.

De tiu momento mi preskaŭ ne atentis lin. Li eliris, revenis, aranĝis seĝojn. Sur unu el ili li staplis tasojn ĉirkaŭ kafujo. Poste li sidiĝis kontraŭ mi, aliflanke de panjo. La flegistino sidis ankaŭ en la fundo, la dorson turnita. Mi ne vidis, kion ŝi faras. Sed laŭ la movado de la brakoj, mi povis supozi, ke ŝi trikas.

Estis varmete, la kafo jam varmigis min, kaj tra la malfermita pordo eniris odoro de nokto kaj floroj. Mi kredas, ke mi dum momento dormetis.

Tuŝeto min vekis. Ĉar mi estis ferminta la okulojn, la ĉambro ŝajnis al mi ankoraŭ pli brile blanka. Antaŭ mi ne estis eĉ unu ombro kaj ĉiu objekto, ĉiu angulo, ĉiuj kurboj konturiĝis kun pureco vundanta la okulojn. Tiam eniris la geamikoj de panjo. Ili estis ĉirkaŭ dek entute, kaj ili glitis silente en tiu blindiga lumo.

Ili sidiĝis : neniu seĝo knaris. Mi vidis ilin, kiel mi iam ajn neniun vidis, kaj mi preterlasis neniun detalon el iliaj vizaĝoj aŭ vestoj. Tamen mi ne aŭdis ilin kaj mi apenaŭ kredis pri ilia realeco.

그는 그럴 수 없다고 말했다. 전기 시설은 전부 켜든가 전부 끄든가 하게 되어 있었다.

그 순간부터 나는 거의 그에게 신경쓰지 않았다. 그는 나가고 들어오며 의자들을 정리했다. 의자 하나 위에다 커피포트 둘레에 잔들을 쌓아 놓았다. 그리고 나서 그는 엄마의 다른 편인, 내 맞은편에 앉았다.

안쪽으로는 간호사가 등을 돌리고 앉아 있었다. 그녀가 무엇을 하고 있는지는 볼 수가 없었다.

하지만 팔의 움직임으로 보아 뜨개질을 한다고 짐작할 수 있었다.

날씨는 따스했으나 커피가 다시 나를 덥게 만들었다. 열린 문으로 밤의 냄새와 꽃향기가 들어왔다.

잠깐 졸았던 것으로 믿는다.

가볍게 스치는 소리에 나는 잠이 깨었다. 눈을 감고 있었기 때문에 방은 더욱 흰 빛으로 번쩍이는 것 같았다. 내 앞에는 그림자 하나 없었다. 물체마다, 모퉁이마다, 그 모든 곡선이 눈을 상하게 할 만큼 선명하게 윤곽을 드러내었다.

그때 엄마 친구들이 들어왔다. 그들은 모두 열 명이었는데 이 눈이 부신 빛 속으로 묵묵히 미끄러지듯 들어왔다. 의자 하나 삐걱거림이 없이 그들은 앉았다.

한 번도 본 적이 없었기 때문에 나는 그들을 바라보았다. 그들의 얼굴이나 옷의 하나하나를 세밀히 뜯어보았다. 그러나 그들의 말소리를 듣지 못하니 그들이 실제로 거기에 있다는 것도 믿기 어려웠다.

Preskaŭ ĉiuj virinoj surportis kitelon kaj la ŝnuro, kiu premis ilian talion, ankoraŭ pli reliefigis ilian konveksan ventron. Mi ĝis tiam ne estis rimarkinta kiagrade la maljunaj virinoj havas dikan ventron. La viroj estis preskaŭ ĉiuj malgrasaj kaj tenis bastonojn. La plej impresa por mi en iliaj vizaĝoj estis la fakto, ke mi ne vidis iliajn okulojn, sed nur senbrilan lumeton meze de faltonesto. Kiam ili sidiĝis, la pli multaj rigardis min kaj skuis la kapon ĝene, la lipojn tute manĝitaj de iliaj buŝoj sendentaj, kaj mi ne povis decidi, ĉu tio estas saluto al mi aŭ tiko. Pli verŝajne ili salutis min. Tiam mi rimarkis, ke ĉiuj sidas kontraŭ mi, lulante la kapon, ĉirkaŭ la pordisto. Mi dum momento havis la ridindan impreson, ke ili estas ĉi tie por min juĝi.

Momenton poste unu el la virinoj ekploris. Ŝi estis en la dua vico, kaŝita de unu el siaj kunulinoj; mi do malbone vidis ŝin. Ŝi ploris per krietoj, regule : ŝajnis al mi, ke ŝi neniam ĉesos. La aliaj kvazaŭ ne aŭdis ŝin. Ili estis malviglaj, mornaj kaj silentaj. Ili rigardis jen la ĉerkon, jen siajn bastonojn, jen ion ajn, sed nur tion ili rigardis. La virino plu ploris.

부인들은 거의 모두가 앞치마를 두르고 있었으며, 허리에 졸라맨 끈이 불룩 나온 배를 더욱 두드러지게 만들고 있었다.

늙은 여자들이 어느 정도 배가 나올 수 있는 건지 지금껏 한 번도 주시해 본 적이 없었다. 남자들은 거의 모두가 아주 많이 말랐으며 지팡이를 짚고 있었다. 그들의 얼굴에서 인상적이었던 것은 그들의 눈을 볼 수 없지만 보이는 것이라곤 다만 주름살 한가운데로 반짝임이 없는 작은 빛뿐이었다는 사실이었다. 그들이 의자에 앉았을 때 대부분은 나를 쳐다보며, 거북스럽게 머리를 설레설레 흔들었다. 치아가 없는 입속으로 온통 빨려 들어간 입술은 내게 인사를 하는지 아니면 경련을 일으키는지 알 수가 없었다. 그들은 내게 인사를 했던 것 같다.

그때 나는 그들이 모두 내 맞은편에 앉아 수위를 둘러싸고 머리를 가볍게 흔들고 있음을 알았다. 한순간 그들이 나를 심판하기 위해 거기 있다는 웃기는 인상을 받았다. 조금 있으니 부인 하나가 울기 시작했다. 그녀는 둘째 줄에 앉아 있었으며 동료 한 사람에 의해 가려져 있어 나는 그 부인을 잘 볼 수 없었다.

그녀는 한결같이 작은 소리로 울고 있었다. 그녀는 도무지 울음을 그치지 않을 것 같았다. 다른 사람들은 그 소리를 듣지 않은 듯이 보였다. 그들은 의기소침해 있었으며 침울하고 말이 없었다. 그들은 관이나 지팡이, 혹은 그 무엇이든 바라보았지만, 오직 그것만 바라보았다. 그 부인은 여전히 울고 있었다.

Mi estis tre mirigita, ĉar mi ŝin ne konis. Mi deziris ne aŭdi ŝin plu. Tamen mi ne kuraĝis diri tion al ŝi. La pordisto sin klinis al ŝi, alparolis ŝin, sed ŝi skuis la kapon, balbutis ion, kaj plu ploris kun la sama reguleco. Tiam la pordisto venis al mi. Li sidiĝis apud mi. Post sufiĉe longa momento li min informis sen rigardi min: "Ŝi tre amikis kun via estimata patrino. Ŝi diras, ke ŝi estis ŝia sola amikino tie ĉi, kaj nun ŝi havas plu neniun."

Ni restis tiele longan momenton. La ĝemoj kaj plorsingultoj de la virino iĝis malpli oftaj. Ŝi multe snufis. Ŝi fine eksilentis. Mi ne plu dormemis, sed estis laca kaj la lumbo min doloris. Nun la silento de ĉiuj ĉi homoj min premis. Nur de tempo al tempo mi aŭdis strangan bruon kaj mi ne povis kompreni, kio ĝi estas. Post certa tempo mi fine divenis, ke kelkaj el la maljunuloj suĉas la internon de ia vangoj kaj ellasas strangajn plaŭdojn. Ili tion ne rimarkis, pro la profunda enpensiĝo. Mi eĉ havis la impreson, ke tiu mortulino, kuŝanta inter ili, signifas por ili nenion.

Sed mi kredas nun, ke tio ĉi estis falsa impreso.

La pordisto alportis kafon kaj ni ĉiuj trinkis.

나는 그녀를 알지 못했으므로 매우 놀랐다. 우는 소리를 더 듣고 싶지 않았다. 그러나 그런 말을 그녀에게 할 용기는 없었다.

수위가 몸을 숙여 그녀에게 뭐라고 말을 했다. 하지만 그녀는 머리를 흔들며 무슨 말인가를 더듬거리며 말하고 나서, 다시 규칙적으로 울기를 계속했다.

그때 수위가 내 쪽으로 왔다. 그가 내 곁에 앉았다. 한참 지나자 수위가 나를 쳐다보지도 않으며 이렇게 일러 주었다. "저 여자는 젊은이의 존경하는 어머니하고 아주 친했죠. 여기서는 그분이 자기의 유일한 친구였는데 이제 아무도 없다고 하는군요."

그렇게 오랫동안 우리는 거기에 있었다. 그 부인의 한숨과 흐느낌도 퍽 줄어들었다. 오래 훌쩍이더니 그녀는 드디어 잠잠해졌다.

이제 나는 졸리지 않았지만 피곤했고 또 허리도 아팠다. 이 모든 사람의 침묵이 나를 압박했다. 다만 이따금 나는 이상한 소리를 들었는데 그 소리가 무엇인지 알 수가 없었다.

마침내 나는 그 소리가 몇몇 노인들이 뺨의 안쪽을 빨다가 내는 이상스러운 혀 차는 소리라는 것을 알아냈다.

그들은 자기 생각에 너무 골몰해 있어서 그것을 알지 못했다. 나는 그들 가운데 누워 있는 이 사자(死者)가 그들에겐 아무런 의미도 갖지 못한다는 느낌조차 들었다. 그러나 이것은 잘못된 느낌이라고 지금은 믿는다.

수위가 커피를 가져와 우리 모두 마셨다.

Poste, mi ne plu memoras. Pasis la nokto. Mi memoras, ke unu fojon mi malfermis la okulojn kaj vidis, ke la maljunuloj dormas, ŝrumpaj, krom unu, kiu, apoginte la mentonon sur la dorsoj de la manoj, kroĉiĝintaj al la bastono, fikse rigardadis min kvazaŭ li atendus nur mian vekiĝon. Poste, mi denove dormis. Mi vekiĝis tial, ĉar la lumbo pli kaj pli doloris; La taglumo alŝvebis sur la vitra tegmento. Post mallonga tempo, unu el la maljunuloj vekiĝis kaj tusadis. Li kraĉadis en grandan naztukon kun kvadratoj kaj ĉiu lia kraĉo estis kvazaŭ elŝiro. Li vekis la aliajn kaj la pordisto diris, ke ili devas foriri.

Ili stariĝis. Tiu malkomforta sendormo faris iliajn vizaĝojn cindraspektaj. Elirante, ili ĉiuj, je mia granda miro, premis al mi la manon, kvazaŭ tiu nokto, dum kiu ni ne interŝanĝis eĉ unu vorton, plifortigis nian intimecon.

Mi estis laca. La pordisto kondukis min en sian loĝejon kaj mi povis iom tualeti. Mi denove trinkis laktokafon; ĝi estis tre bongusta. Kiam mi eliris, jam plene tagiĝis. Super la montetoj, apartigantaj Marengon disde la maro, la ĉielo estis plena de ruĝaĵoj kaj la vento, kiu flugis super ili, alportis ĉi tien odoron de salo.

그러고 나서는 더 기억이 안 난다. 밤이 지나갔다. 내가 어느 순간 눈을 떠보니 노인들이 움츠려서 잠들어 있는 것을 본 기억이 난다. 예외로 단 한 사람, 지팡이를 마주 잡은 손등 위에 턱을 괴고 있던 한 사람만이 내가 깨기를 기다리고 있기라도 했던 것처럼 뚫어지게 나를 쳐다보고 있었다.

나중에 나는 또 잠이 들었다.

점점 허리가 아팠기 때문에 나는 잠에서 깨어났다.

유리 지붕 위로 날이 새고 있었다. 조금 후에 한 노인이 잠을 깨더니 계속 기침했다. 그는 커다란 체크무늬 손수건에 가래침을 뱉었다. 가래를 뱉을 때마다 속에서 뽑아내는 것 같았다.

그가 다른 사람들을 깨워 놓았다.

수위가 이제 가시라고 말했다.

그들은 일어섰다. 불편한 밤샘이 그들의 얼굴을 잿빛으로 보이게 했다. 나가면서 그들은 놀랍게도, 마치 우리가 한마디 말도 나누지 않았던 이 밤이 우리의 친밀감을 더욱 강화한 것처럼 내게 악수를 했다.

나는 피곤했다. 수위가 나를 자기 방으로 안내해 주어서 나는 옷매무시를 조금 만질 수 있었다.

또 아주 맛있는 밀크커피도 마셨다.

밖으로 나왔을 때 날은 완전히 밝아있었다. 마랑고를 바다로부터 분리해 놓은 언덕들 위로 하늘은 온통 붉은 빛을 띠고 있었다.

그리고 언덕들 위로 지나는 바람이 여기까지 소금 냄새를 풍겨왔다.

Prepariĝis bela tago. Delonge mi ne estis en la kamparo, kaj mi sentis, kian ĝuon mi trovus en promenado, se ne estus panjo.

Sed mi atendis en la korto, sub platano. Mi spiradis la odoron de freŝa tero kaj jam ne sentis dormemon. Mi pensis pri miaj kolegoj de la oficejo.

Je tiu ĉi horo ili estis ellitiĝintaj por iri al la laboro : por mi, tio estis ĉiam la plej malfacila horo. Mi ankoraŭ iom pripensis tiujn aferojn, sed iu sonorilo, kiu aŭdiĝis interne de la konstruaĵo, forturnis min de la pensoj. Okazis bruado post la fenestroj, poste ĉio kvietiĝis. La suno estis supreniĝanta pli alten en la ĉielo : ĝi komencis varmigi miajn piedojn. La pordisto transiris la korteton kaj diris al mi, ke la direktoro deziras min vidi. Mi iris al lia laborĉambro.

Li petis min subskribi kelkajn dokumentojn. Mi vidis, ke li estis nigre vestita, kun striita pantalono.

Li kaptis la telefonaparaton kaj alparolis min : "La oficistoj de la entombiga servo ĉeestas jam de kelka tempo. Mi tuj petos ilin fermi la ĉerkon. Ĉu vi volas antaŭe vidi vian patrinon por la lasta fojo?" Mi diris, ke ne.

기다렸던 멋진 낮이었다.

시골에 와 본지도 오래되었다.

만일 엄마가 계시지 않았다면 산책하는데 나는 어떤 즐거움을 느꼈을지도 모른다.

그러나 나는 마당에 있는 플라타너스 밑에서 기다렸다. 신선한 흙냄새를 들이마셨다.

이제는 졸리지 않았다.

사무실의 동료를 생각해 보았다.

이 시간에 그들은 일하러 가기 위해 일어난다.

나에게는 언제나 가장 어려운 시간이었다.

나는 잠시 그러한 일들에 대해 생각했지만, 건물 내부에서 울려 퍼지는 종소리가 내 생각을 전환했다.

창문 뒤에서 소란스러운 소리가 나더니 이내 모든 것이 조용해졌다.

태양이 하늘에 더 높이 솟아올라 있었다.

태양이 내 발을 뜨겁게 달구기 시작했다.

수위가 마당을 가로질러 와 원장이 나를 보고 싶어 한다는 말을 전했다. 그의 사무실로 갔다.

원장은 내게 몇 장의 서류에 서명하게 했다.

나는 그가 줄무늬가 있는 바지 위에 상복을 입고 있는 것을 보았다.

그는 손에 전화기를 들고 나에게 말을 건넸다.

"장의사 사람들이 조금 전부터 여기에 와 있습니다. 그 사람들한테 관을 닫아 달라고 할 참이에요. 그 전에 마지막으로 한번 당신 어머니를 보시겠습니까?" 나는 보지 않겠다고 말했다.

Li ordonis per la telefono, pli mallaŭte : "Fiĵak, diru, ke ili povas fari." Poste li diris al mi, ke li ĉeestos la entombigon, kaj mi dankis lin. Li sidiĝis ĉe sia skribotablo kaj krucigis siajn mallongajn krurojn. Li avertis min, ke mi kaj li estos solaj kun la deĵoranta flegistino.

Ekzistas principo, ke la azilanoj ne rajtas ĉeesti la entombigojn. Li permesis al ili nur la funebran tranoktadon. "Humaneca afero", li rimarkigis. Sed, en ĉi tiu okazo, li permesis partopreni la ceremonion al malnova amiko de panjo : "Tomaso Perez". Tiam la direktoro ridetis. Li diris al mi : "Vi komprenas, tio estas iom infaneca sento. Sed li kaj via patrino preskaŭ ĉiam estis kune. En la azilo oni ŝercis pri ili, oni diradis al Perez: "Ŝi estas via fianĉino". Li ridis. Tio plezurigis lin. Kaj fakte la morto de S-ino Merso forte lin tuŝis. Mi opiniis, ke mi ne devas rifuzi al li la permeson. Sed, laŭ la konsilo de la kuracistoinspektoro, mi malpermesis al li la tranoktadon.

Ni restis silentaj dum sufiĉe longa tempo. La direktoro stariĝis kaj rigardis tra la fenestro de la ĉambro. Je certa momento, li rimarkigis: "Jam alvenas la paroĥestro de Marengo. Li fruas."

그는 목소리를 낮추면서 전화기에다 대고 "피쟉크, 그 사람들에게 할 수 있다고 말해 주시오" 하고 명령했다. 뒤에 원장은 자기도 장례식에 참석하겠노라 말했다. 그래서 나는 그에게 감사했다. 그는 책상에 앉아 짧은 다리를 포갰다. 그는 시중드는 그 간호사와 나, 그리고 자기만이 가게 된다고 알려주었다. 재원자들은 장례에 참석할 수가 없다는 원칙이 있다. 다만 그는 그들이 밤샘하는 것만은 내버려 두었다.

"그건 인정에 관한 문제이니까요" 하고 그는 환기했다. 그러나 이번 경우에 그는 엄마의 남자 친구인 '**토마 페레**'라는 노인에게 장례식에 참석해도 좋다는 허락을 내렸다. 그때 원장은 미소를 지었다. 그리고 이렇게 말했다. "이해하시겠지만, 이건 약간 어린애 같은 감정입니다. 하지만 그 사람과 당신 어머니는 서로 떨어져 있어 본 적이 거의 없었지요.

양로원에서는 그들을 놀려대면서 '당신의 약혼녀야' 하고 페레에게 말했어요. 그러면 그 노인은 웃었지요. 그런 것이 그에게는 즐거움이었던 거예요. 뫼르소 부인의 죽음이 그를 퍽 슬프게 한 것은 사실이에요. 나는 그가 장례식에 참석해도 좋다는 승낙을 거절해야 한다고는 생각지 않았습니다. 그러나 왕진 오는 의사의 조언에 따라 어제 밤샘하는 일만은 금지했습니다."
우리는 오랫동안 말없이 앉아 있었다. 원장이 일어나 사무실 창으로 밖을 내다보았다.

그러다가 "저기 벌써 마랑고의 신부님이 오시네요. 빨리 오셨네요." 하고 가르쳐 주었다.

Li avertis min, ke necesos marŝi tri kvaronhorojn por iri al al preĝejo, kiu troviĝas en la vilaĝo mem. Ni malsupreniris. Antaŭ la konstruaĵo staris la paroĥestro kaj du mesknaboj. Unu el ili tenis incensilon kaj la pastro klinis sin al li por aranĝi la longecon de la arĝenta ĉeno. Kiam ni alvenis, la pastro rektiĝis. Li nomis min "mia filo" kaj diris al mi kelkajn vortojn. Li eniris. Mi sekvis lin.

Mi vidis tuj, ke la ŝraŭboj de la ĉerko estas enigitaj, kaj ke en la ĉambro estas kvar viroj nigre vestitaj, Mi aŭdis samtempe la direktoron diri al mi, ke la veturilo atendas sur la vojo, kaj la pastro komenci siajn preĝojn. Ekde tiu momento ĉio iris tre rapide. La viroj proksimiĝis al la ĉerko kun tuko. La pastro, liaj kunuloj, la direktoro kaj mi mem eliris.

Antaŭ la pordo staris iu sinjorino, kiun mi ne konis : "S-ro Merso", diris la direktoro. Mi ne aŭdis la nomon de tiu sinjorino kaj mi komprenis nur, ke ŝi estas la delegita flegistino. Ŝi klinis sen iu rideto sian ostecan kaj longan vizaĝon. Poste, ni flankeniĝis por lasi la vojon al la ĉerko. Ni sekvis la portantojn kaj eliris el la azilo. Antaŭ la pordo staris la veturilo.

원장은 그 마을에 있는 교회로 가려면 걸어서 45분은 걸릴 거라고 미리 알려주었다.

우리는 아래로 내려갔다. 건물 앞에는 신부님과 두 명의 어린 복사(服事)가 있었다. 한 아이가 향로를 들고 있었고, 신부는 그 아이에게 몸을 숙인 채 은사슬의 길이를 조절하고 있었다. 우리가 그곳에 가자 신부는 몸을 일으켰다. 그는 나를 '내 아들'이라고 불렀고 또 몇 마디 말을 건넸다. 그가 들어갔다.

나는 그를 따라갔다.

나는 관의 못들이 밝혀져 있는 것과 검은 옷을 입은 남자 네 사람이 방에 있음을 금세 알아보았다. 동시에 원장이 내게 자동차가 길에서 기다리고 있다고 하는 말과 신부가 기도를 시작하는 소리를 들었다.

이 순간부터. 모든 것은 매우 빨리 진행되었다. 남자들이 홑이불이 씌워져 있는 관으로 다가갔다. 신부와 그의 복사들, 원장과 나는 밖으로 나왔다.

문 앞에 내가 알지 못하는 부인이 한 명 서 있었다. "뫼르소 씨입니다" 하고 원장이 말했다.

나는 그 부인의 이름을 알아듣지 못했으나 그녀가 담당 간호사라는 것만은 알 수 있었다.

그녀는 미소를 띠지 않고 깡마르고 기다란 얼굴을 숙여 보였다.

그리고 나서 우리는 관이 지나갈 수 있도록 옆으로 비켜섰다.

우리는 인부들을 뒤따라 양로원을 나섰다.

문 앞에 자동차가 서 있었다.

Vernisita, longforma kaj brilanta, ĝi aspektis kiel plumskatolo. Apud ĝi staris la ceremoniestro — malgranda viro kun ridindaj vestoj — kaj unu maljunulo, kiu aspektis embarasata. Mi komprenis, ke li estas s-ro Perez. Li surportis molan feltoĉapelon kun ronda centro kaj larĝaj randoj (li ĝin deprenis, kiam preterpasis la ĉerko), kostumon, kies pantalono falis spirale sur la ŝuojn, kaj banton el nigra ŝtofo, tro malgrandan por la granda blanka kolo de lia ĉemizo.

Liaj lipoj tremis sub nazo trufita per nigraj punktoj.

Liaj blankaj haroj, relative delikataj, lasis vidi strangajn orelojn, svingiĝantajn kaj misorlitajn, kies sangoruĝa koloro en tiu palega vizaĝo impresis min.

La ceremoniestro ordigis nin. La paroĥestro marŝis unua, poste venis la veturilo. Ĉirkaŭ ĝi la kvar viroj.

Poste la direktoro kaj mi, kaj, vicovoste, la delegita flegistino kaj s-ro Perez.

La suno jam plenigis la ĉielon. Ĝi jam premis la teron kaj la varmo rapide plisentiĝis. Mi ne scias, kial ni atendis sufiĉe longe, antaŭ ol ekiri. Mi sentis varmon sub la malhelaj vestaĵoj.

니스 칠을 해서 번쩍거리는 길쭉한 그 차는 필통 같
았다.

차 곁에는 웃긴 옷을 입은, 키가 작은 장례 지도사와
당황하게 보이는 노인 한 사람이 있었다.

나는 이 사람이 페레 씨라는 것을 알았다.

그는 테가 넓고 중간이 둥근 폭신한 펠트 모자를 썼
다. (관이 문을 지나갈 때 그는 그 모자를 벗었다.)

구두 위에서 휘감기는 바지에다 커다란 흰 깃이 달린
와이셔츠에는 너무 작은, 검은 천으로 매듭지은 넥타
이를 매고 있었다.

그의 입술이 검은 점으로 가득 박힌 코 밑에서 떨리
고 있었다.

너무도 가느다란 그의 흰 머리칼 사이로는 가장자리가
일그러지고 늘어진 이상한 귀가 드러나 보였는데, 그
창백한 얼굴에서 그 피같이 붉은 빛깔의 귀가 나에게
는 퍽 인상적이었다.

장례 지도사가 우리에게 자리를 지정해 주었다.

신부는 앞에서 걸어갔고 그 뒤를 차가 따랐다.

차 주위로는 네 명의 남자가, 그 뒤에는 원장과 나,
행렬 맨 끝에는 담당 간호사와 페레 씨가 있었다.

하늘은 벌써 햇빛으로 가득 찼다.

태양은 이미 대지를 짓누르기 시작했고, 더위는 급속
도로 더해갔다.

나는 우리가 출발하기 전에 왜 그렇게도 오랫동안 기
다렸던가 알 수가 없다.

어두운 빛깔의 옷을 걸친 나는 더위를 느꼈다.

La maljunuleto, kiu antaŭe remetis sian ĉapelon, nun demetis ĝin denove. Mi iom turniĝis al li kaj mi observis lin, kiam la direktoro ekparolis al mi pri li. Li diris, ke ofte mia patrino kaj s-ro Perez promenadis vespere ĝis la vilaĝo, akompanata de flegistino. Mi rigardis la kamparon ĉirkaŭe. Tra la vico de cipresoj, kiuj kondukis al la montetoj, proksimaj al la ĉielo, tra tiu ruĝa kaj verda tero, tiuj malmultaj kaj bele skizitaj domoj, mi komprenis panjon. La vespero, en tiu ĉi lando, certe estis kvazaŭ melankolia paŭzo. Hodiaŭ la superfluanta suno, kiu tremigis la pejzaĝon, faris ĝin malhumana kaj deprimiga.

Ni ekiris. Tiam mi rimarkis, ke s-ro Perez lametas. La veturilo iom post iom plirapidiĝis kaj la maljunulo postrestis. Unu el la viroj, kiuj ĉirkaŭis la veturilon, estis ankaŭ tiel postlasita kaj nun marŝis apud mi. Min surprizis, kiel rapide la suno altiĝadis en la ĉielo. Mi ekrimarkis, ke jam delonge la kamparo zumis pro la kantado de la insektoj kaj kraketado de la herbo. Ŝvito fluadis sur miajn vangojn. Ĉar mi ne havis ĉapelon, mi ventumis min per poŝtuko. Tiam la oficisto de la entombiga servo diris al mi ion, kion mi ne aŭdis.

모자를 쓰고 있던 그 작은 노인이 다시 모자를 벗었다. 원장이 내게 그에 관해 이야기할 때, 나는 그 사람 쪽으로 약간 몸을 돌리고 그를 살폈다.

어머니와 페레 씨는 저녁이면 종종 간호사를 동반하고 마을까지 산책하러 나갔었다고 말해 주었다.

나는 주위의 들판을 바라보았다.

하늘 가까이 언덕에까지 줄지어 선 삼나무들, 이 붉고 푸른 대지, 잘 드러나 보이는, 드문드문한 이 집들을 통해서 나는 엄마를 이해했다.

이 고장에서 저녁이란 우울한 휴식과도 같았을 것이다. 오늘은 이 풍경을 떨게 만드는 과도한 햇빛이 경치를 비인간적이고도 의기소침하게 만들고 있었다.

우리는 출발했다.

그때 나는 페레가 다리를 살짝 저는 것을 알았다.

자동차는 조금씩 속력을 냈고 노인은 뒤떨어졌다.

자동차를 둘러싸고 있던 남자 중에서 한 사람이 역시 처져 지금은 내 곁에서 걷고 있다.

태양이 하늘로 솟아오르는 그 속도는 놀라웠다.

들판은 벌레들의 울음소리와 사각거리는 풀 소리로 이미 오래전부터 떠들썩함을 나는 알아차렸다.

뺨 위로 땀이 흘렀다.

모자를 가지고 있지 않아서 나는 손수건으로 부채질을 했다.

장의사 한 사람이 그때 내게 뭐라고 말을 했는데 나는 그 말을 알아듣지 못했다.

Samtempe li viŝadis sian kapon per poŝtuko, kiun li tenis en la maldekstra mano, dum la dekstra levis la randon de lia kaskedo. Mi diris al li : "Kion?" Li ripetis, montrante la ĉielon: "Varmas." Mi diris "Jes." Post momento li demandis : "Estas via patrino, kiu estas ĉi tie?" Mi denove diris : "Jes." "Ŝi estis maljuna?" Mi respondis : "Iom", ĉar mi ne sciis precize kiom.

Poste, li ne parolis plu. Mi min turnis kaj vidis la maljunan Perez je kvindeko da metroj malantaŭ ni.

Li rapidis, svingante enmane sian feltoĉapelon. Mi rigardis ankaŭ la direktoron. Li marŝis kun granda digneco sen iu ajn troa gesto.

Kelkaj ŝvitgutoj perlis sur lia frunto, sed li ne viŝis ilin.

Ŝajnis al mi, ke la procesio marŝas iom pli rapide. Ĉirkaŭ mi estis ankoraŭ la sama lumplena kamparo, superŝutita de suno. La brilo de la suno estis neeltenebla. Je certa momento ni pasis sur parto de la vojo, antaŭ nelonge rekonstruita. La gudro estis diskrevigita de ia suno. La piedoj profundiĝis en ĝin kaj lasis malfermita ĝian brilantan pulpon.

그와 동시에 그는 오른손으로 모자 가장자리를 치켜들면서 왼손에 쥐고 있던 손수건으로 머리를 닦았다. "뭐라구요?"하고 내가 그에게 말했다.

"덥네요" 하고 하늘을 올려다보면서 그가 말을 되풀이했다. "그렇군요." 하고 내가 말했다.

조금 후에 "여기 있는 분이 당신 어머니요?" 하고 그가 물었다. "그래요" 하고 내가 또 말했다.

"연세가 많으신가요?" 나는 정확한 나이를 몰랐기 때문에 "조금요."하고 대답했다.

그러고는 그는 입을 다물었다.

뒤돌아보니 50m 뒤에 페레 노인이 보였다.

그는 손에 들고 있는 모자를 흔들면서 걸음을 재촉하고 있었다.

나는 원장을 또 쳐다보았다.

그는 어떠한 과장된 동작을 조금도 하지 않고 퍽 위엄있게 걷고 있었다.

몇 개의 땀방울이 그의 이마에 진주처럼 맺혀 있었지만, 그는 닦지 않았다.

장례 행렬은 조금 더 빨리 걷고 있는 것 같았다.

내 주위로는 햇빛으로 가득한 그 한결같은 벌판이 빛을 뿜고 있었다.

그 눈 부신 햇살을 견디기 어려웠다.

어떤 때는 최근 보수(補修)한 도로 위를 통과하기도 했다. 태양은 아스팔트를 흐물흐물하게 했다.

발이 그 속으로 빠져들면 빛나는 연한 덩어리가 열린 채 남겨졌다.

Super la veturilo, la ĉapelo de la koĉero, el brogita ledo, ŝajnis knedita el tiu nigra koto. Mi estis iom perdita inter la ĉielo blua kaj blanka, kaj la monotoneco de tiuj koloroj, glueca nigro de la faŭkanta gudro, senbrila nigro de la vestoj, lakita nigro de la veturilo. La suno, la odoro de ledo kaj ĉevalosterko de la veturilo, la odoro de la verniso kaj tiu de la incensilo, la laco de la sendorma nokto, ĉio ĉi konfuzis mian vidon kaj miajn ideojn Mi min turnis ankoraŭfoje : Perez ŝajnis al mi tre malproskima, perdita en varmonubo, poste mi tute ne vidis lin. Mi per la okuloj serĉis lin kaj mi konstatis, ke li forlasis la vojon kaj marŝas tra la kampoj. Mi konstatis ankaŭ, ke antaŭ mi la vojo turniĝas. Mi komprenis, ke Perez, kiu konas la ĉirkaŭaĵon, iras laŭ la plej rekta vojo por nin reatingi. Denove ni perdis lin. Li ankoraŭ direktiĝis tra la kampoj, plurfoje. Dume mi sentis, kiel mia sango batas ĉe la tempioj.

Poste ĉio okazis tiel rapide, certe kaj nature, ke mi nun nenion memoras.

Nur unu aferon : kiam ni eniris la vilaĝon, la delegita flegistino alparolis min.

영구차 위로 보이는 운전사의 가죽 모자는 마치 이 검은 진창을 가지고 반죽한 것 같았다.

나는 파랗고 흰 하늘과 뚫어진 아스팔트의 끈적거리는 검은 빛과 상복의 광채없는 검은 빛, 그리고 래커 칠이 된 자동차의 그 검은 빛 등 이러한 색깔의 단조로움 때문에 약간 정신을 잃었다.

태양과 가죽과 자동차에서 풍겨나는 말똥 냄새, 니스 냄새, 향(香) 냄새, 잠 못 이루었던 밤이 가져오는 피곤함, 이 모든 것이 내 시선과 생각을 어지럽게 했다.

나는 한번 더 뒤돌아보았다.

페레가 아주 멀찍이 있는 것이 보였다.

무더운 구름 때문에 그를 놓쳤다.

이제는 완전히 보이지 않는다.

다시 눈으로 찾아보니, 그는 길에서 벗어나 밭을 지나가고 있음을 확인했다.

또한 내 앞에서 길이 굽어지는 것도 보였다.

그래서 이 주변을 알고 있는 페레가 우리를 따라붙기 위해서 지름길로 가고 있다는 것을 알았다.

우리는 또 그를 잃어버렸다.

그는 또다시 밭 속으로 들어간 것이다.

여러 번 그랬다.

나는 관자놀이에서 피가 뛰는 것을 느꼈다.

그러고 나서는 모든 것이 너무도 빨리, 확실하게 자연스럽게 이루어져 더는 아무것도 생각나지 않는다.

단 하나 생각나는 것은 우리가 마을에 진입할 때 담당 간호사가 내게 말을 걸었다는 그것이다.

Ŝi havis strangan voĉon, melodian kaj tremantan, kiu ne kongruis kun ŝia vizaĝo. Ŝi diris al mi : "Se oni marŝas malrapide, oni riskas sunbrulon. Sed se oni marŝas tro rapide, oni ŝvitegas, kaj en la preĝejo vin trafas malvarmiĝo." Ŝi pravis. Senelira situacio. Mi konservis ankoraŭ kelkajn bildojn de tiu tago, ekzemple la vizaĝon de Perez, kiam li, lastan fojon, reatingis nin apud la vilaĝo. Dikaj larmoj de ekscitiĝo kaj doloro fluadis sur liajn vangojn. Sed, pro la faltoj, ili ne forfluis. Ili disetendiĝis, kuniĝis kaj formis akran vernison sur tiu kadukiĝinta vizaĝo. Poste, estis ankoraŭ la preĝejo kaj la vilaĝanoj sur la trotuaroj, la ruĝaj geranioj sur la tomboj, la sveno de Perez (li aspektis kiel dismembrigita arlekeno), la sangruĝa tero fluadanta sur la tombon de panjo, la blanka karno de la radikoj, kiu miksiĝis kun la tero, ankoraŭ homoj, voĉoj, la vilaĝo, atendado antaŭ iu kafejo, la senĉesa zumado de la motoro, kaj mia ĝojo, kiam la aŭtobuso eniris la neston de lumoj de Alĝero, kiam mi ekpensis, ke mi tuj enlitiĝos kaj dormos dum dekdu horoj.

그녀는 자기 얼굴과는 어울리지 않는 특이한 목소리, 즉 듣기에 아름다우면서도 떨리는 듯한 목소리를 갖고 있었다.

그녀는 내게 "천천히 가면 일사병(日射病)에 걸릴 위험이 있어요. 그렇다고 너무 빨리 가면 땀으로 흠뻑 젖게 되어서 교회에 들어가서는 감기에 걸리기 쉽지요." 하고 말했다.

그녀의 말이 옳았다. 다른 결과가 있을 수 없다.

나는 아직도 그 하루에 일어났던 인상 중에서 몇 가지를 잊지 않고 있다.

예를 들면, 마지막으로 마을 근처에서 우리와 합류했던 페레의 얼굴. 안절부절 못하는 괴로움에 굵은 눈물이 그 뺨 위로 철철 흘렀다.

그러나 주름살 때문에 눈물은 흘러내리지 못했다.

눈물은 퍼졌다가 다시 모여 그 늙어 쪼그라진 얼굴 위에 칠을 하듯 범벅을 해놓았다.

또한 교회가 있었고, 보도 위에 서 있던 마을 사람들, 묘지의 무덤들 위에 놓였던 붉은 빛의 제라늄들, 페레의 기절 ─마치 손발이 움직이지 않는 인형 같았다. ─ 엄마의 관 위로 굴러떨어지던 핏빛 흙덩이, 거기에 섞여 있던 나무 잔뿌리들의 하얀 살, 또 사람들, 목소리들, 마을, 어느 카페 앞에서의 기다림, 쉬지 않고 윙윙거리는 모터 소리, 그리고 버스가 알제의 불빛 소굴로 들어섰을 때의 나의 기쁨, 그때 나는 곧 자리에 누워 열두 시간 동안 잠잘 것이라는 생각을 했었다.

II

Vekiĝante, mi komprenis, kial mia mastro
ŝajnis malkontenta, kiam mi petis la dutagan
forpermeson : hodiaŭ estas sabato. Mi ŝajne
tion forgesis, sed tiu ideo venis al mi, kiam mi
ellitiĝis. Mia mastro, tute nature, ekpensis, ke
tiel mi havos, kun la dimanĉo, kvartagan
libertempon, kaj tio ne povis plezurigi lin.
Sed, unuflanke, mi ne kulpas pri tio, ke oni
entombigis panjon ne hodiaŭ, sed hieraŭ,
aliflanke, mi eĉ sen tio ĝuus sabatan kaj
dimanĉan libertempon. Malgraŭ tio, mi
komprenas la vidpunkton de mia mastro.
Mi ellitiĝis pene, ĉar mi estis laca de la hieraŭa
tago. Dum mi min razis, mi demandis min,
kion mi faros, kaj mi decidis baniĝi. Mi veturis
per tramo al la banejo de la haveno. Tie mi
plonĝis en la ŝanelon.
Estis multaj gejunuloj. En la akvo mi renkontis
Marian Kardona, eksan tajpistinon de mia
oficejo, kiun mi siatempe deziris. Ankaŭ ŝi, mi
konjektas.
Sed tiam ŝi maldungiĝis post nelonga tempo kaj
ni ne trafis la okazon.

2장. 해수욕장에서

잠에서 깨어나면서, 나는 내가 이틀간의 휴가를 신청했을 때 왜 사장이 그렇게도 못마땅한 기색을 보였었는가 하는 이유를 알았다.

오늘이 토요일이기 때문이었다. 말하자면 나는 그것을 잊고 있었는데, 일어나면서 그 생각이 떠오른 것이다. 사장은 아주 자연스럽게 내가 일요일까지 쳐서 나흘간의 휴가를 보낼 수 있다는 생각을 했고, 그것이 그에게는 못마땅했다.

그렇지만 한편 생각하면, 오늘이 아니고 어제 엄마의 장례를 치른 것은 내 탓이 아니며, 또 한편으로 그것 아니고도 나는 토요일 일요일 휴일을 즐길 것이다.

그렇다고 해도 물론 사장의 관점은 이해한다.

어제 하루의 일로 지쳐 있었기 때문에 간신히 일어났다. 면도하는 동안 나는 할 일을 궁리했고, 해수욕하러 가야겠다고 마음을 먹었다.

항구에 있는 해수욕장으로 가기 위해 전차를 탔다.

거기서 나는 물속으로 뛰어들었다.

젊은이들이 많았다.

물속에서 **마리 카르도나**를 만났다.

그녀는 전에 우리 사무실의 타자수였는데, 그때 나는 그녀를 탐냈었다. 그녀도 또한 그랬었다고 나는 생각한다. 하지만 그녀는 얼마 후에 해고되었고 따라서 우리는 그럴 만한 기회를 얻지 못했다.

Mi helpis ŝin supreniĝi sur buon, kaj en tiu movo mi tuŝetis ŝian bruston. Mi estis ankoraŭ en la akvo, kiam ŝi jam kuŝis sur la buo. Ŝi havis la harojn sur la okuloj kaj ridis. Mi supreniĝis apud ŝin, sur la buon. Estis agrable kaj, kvazaŭ ŝerce, mi lasis mian kapon kliniĝi malantaŭen kaj mi ĝin kuŝigis sur ŝian ventron. Ŝi diris nenion kaj mi restis tiel. Mi havis la tutan ĉielon en la okuloj : ĝi estis blua kaj ora. Sub mia nuko mi sentis la ventron de Maria : ĝi trankvile batis. Ni restis longe sur la buo, duondormantaj. Kiam la suno iĝis tro varma, ŝi plonĝis kaj mi sekvis ŝin. Mi ŝin reatingis, ĉirkaŭprenis ŝian talion, kaj ni eknaĝis kune. Ŝi ridis senĉese. Sur la kajo, dum ni sekiĝis, ŝi diris :"Mi estas pli brunigita ol vi." Mi demandis ŝin, ĉu ŝi volas iri al kinejo vespere. Ŝi denove ridis kaj diris, ke ŝi deziras vidi filmon, en kiu aktoras Fernandel.

Kiam ni revestiĝis, ŝi ŝajne tre surpriziĝis, vidinte mian nigran kravaton, kaj ŝi min demandis, ĉu mi funebras. Mi diris al ŝi, ke pro la morto de panjo. Ĉar ŝi volis scii, de kiom da tempo, mi respondis : "De hieraŭ." Ŝi mienis surprizite, sed nenion diris.

나는 부표(浮標) 위로 올라오는 그녀를 도와 주었는데, 그러다가 그녀의 가슴을 스쳤다. 그녀가 부표 위에 누워 있을 때도 나는 그대로 물속에 있었다.

눈가로 머리칼이 뒤덮인 그녀가 웃어댔다. 나는 부표 위에 있는 그녀 곁으로 기어 올라갔다. 기분이 좋았다. 그래서 장난을 치는 것처럼 머리를 뒤로 젖히면서 그녀의 배 위에 머리를 올려놓았다. 그녀는 아무 말도 하지 않았다. 그래서 나는 그대로 가만히 있었다.

눈에 들어오는 것은 온통 하늘뿐이었다. 하늘은 파랗고 금빛이었다. 목덜미 아래에서 마리의 배가 조용히 오르내리는 것이 느껴졌다. 우리는 부표 위에서 반쯤 졸며 오랫동안 그대로 있었다.

태양이 너무 뜨거워지자 그녀는 물속으로 뛰어들었고 나도 그녀를 따라 들어갔다. 나는 그녀에게 가까이 다가가 그녀의 허리를 휘감고 함께 수영했다. 그녀는 여전히 웃어댔다. 기슭에서 몸을 말리고 있는 동안 그녀는 "내가 당신보다 더 탔어요." 하고 말했다.

나는 그녀에게 저녁때 영화관에 가지 않겠느냐고 물어보았다. 그녀는 또 웃고 나서 **페르낭델**이 나오는 영화를 보고 싶다고 말했다.

옷을 다 입었을 때, 그녀는 내가 검은 넥타이를 매고 있는 것을 보고 놀라는 기색이었다. 그녀는 상중(喪中)이냐고 물었다. 나는 엄마가 돌아가셨다고 말해 주었다. 언제부터인가를 그녀가 알고 싶어 했기 때문에 "어제부터"라고 대답했다. 그녀는 약간 흠칫하기는 했지만 아무 말도 하지 않았다.

Mi ekvolis diri al ŝi, ke mi pri tio ne kulpas, sed mi detenis min, ĉar mi ekpensis, ke tion mi jam diris al mia mastro. Tio signifas nenion. Ĉiamaniere, oni ĉiam iel kulpas.

Vespere Maria estis ĉion forgesinta. La filmo estis sporade amuza, sed finfine tro stulta. Ŝia kruro estis ĉe la mia. Mi karesadis ŝiajn mamojn. Ĉirkaŭ la fino de la spektaklo mi ŝin kisis, sed mallerte.

Elirinte, ŝi venis en mian ĉambron. Kiam mi vekiĝis, Maria estis for. Ŝi ja eksplikis, ke ŝi devos viziti sian onklinon. Mi ekpensis, ke estas dimanĉo, kaj tio min malkontentigis : mi ne ŝatas la dimanĉon. Tiam mi turniĝis en mia lito, serĉante en la kuseno la odoron de salo, kiun lasis la haroj de Maria, kaj mi dormis ĝis la deka horo. Poste, ĉiam kuŝanta, mi fumis cigaredojn ĝis tagmezo. Mi ne volis tagmanĝi ĉe Celesto kiel kutime, ĉar sendube li farus al mi demandojn kaj tion mi ne ŝatas. Mi fritis ovojn kaj manĝis ilin el la plado, sen pano, ĉar mi ne plu havis da ĝi kaj mi ne volis eliri por ĝin aĉeti.

Post la tagmanĝo mi iom enuis kaj vagadis en la loĝejo. Ĝi estis oportuna, kiam panjo estis ĉi tie.

그것은 내 탓이 아니라고 그녀에게 말하고 싶었지만 사장에게 벌써 그 말을 써먹었다는 것을 생각하고 그만두었다. 그것은 별 의미가 없는 것이다. 어쨌든 사람이란 늘 조금씩은 잘못이 있다.

밤에 마리는 모든 것을 잊어버렸다. 영화는 때때로 즐겁기는 했으나 정말로 너무 어처구니가 없는 것이었다. 그녀는 자기 다리를 내 다리에 대고 있었다. 나는 그녀의 가슴을 애무했다. 영화가 끝나갈 무렵에 그녀에게 키스를 했지만 서툴렀다. 영화관을 나와 그녀는 내 집으로 왔다.

잠에서 깨어났을 때, 마리는 떠나고 없었다. 그녀는 자기 아주머니 댁에 가야 한다고 내게 말했었다. 오늘이 일요일이라는 생각이 들자 기쁘지 않았다. 일요일을 좋아하지 않기 때문이다. 그래서 나는 침대 속에서 다시 돌아누워 마리의 머리카락이 남겨 두고 간 소금 냄새를 베개 속에서 찾아 보려고 했다. 그러고는 열 시까지 잠을 잤다. 그리고 나서 담배를 피우고, 정오까지 여전히 자리에 누워 있었다. 나는 여느 때처럼 셀레스트네에서 점심을 들고 싶지는 않았다. 그들은 분명 내게 질문을 해댈 것이고 나는 그것이 싫었다. 계란 몇 개를 익혀서 빵도 없이 접시에 놓고 먹어치웠다. 빵이 떨어진 데다가 그것을 사러 내려가고 싶지도 않았기 때문이다.

점심을 먹고 나니 약간 지루해서 아파트 안에서 서성거렸다. 엄마가 여기에 있었을 때는 편했다.

Nun ĝi estas tro vasta por mi, kaj mi estis devigita transporti en mian ĉambron la tablon de la manĝoĉambro. Mi nun vivas nur en tiu ĉi ĉambro inter la pajloseĝoj, iom kaviĝintaj, la ŝranko, kies spegulo flaviĝis, la tualettablo kaj la kupra lito. La resto estas forlasita. Iom poste, por ion fari, mi prenis malnovan gazeton kaj ĝin legis. Mi eltondis reklamon por la odorsaloj Kruŝen kaj ĝin gluis en malnovan kajeron, kien mi metas erojn, kiuj ŝajnas al mi amuzaj en la gazetoj. Mi ankaŭ lavis la manojn, kaj fine ekstaris sur la balkonon. Mia ĉambro rigardas al la ĉefstrato de la suburbo. La posttagmezo estis bela. Tamen la pavimo estis grasaĵa, la homoj maloftaj kaj ankoraŭ hastemaj. Unue, estis familioj, irantaj al promenado, du knabetoj en marista kostumo, kun kuloto kovranta la genuojn, iom embarasitaj en la rigidaj vestaĵoj, kaj knabineto kun granda rozkolora banto kaj nigraj, vernisitaj ŝuoj. Post ili, dikega patrino, en kaŝtankolora silka robo, kaj la patro, vireto iel gracila, kiun mi konis laŭvizaĝe. Li surportis pajloĉapelon, bantokravaton kaj tenis marŝobastonon.

지금은 내게 너무 크다.

식당의 탁자를 침실로 옮겨 놓아야만 한다.

나는 지금 이 방에서만 생활한다.

약간 패인 짚의자들과 거울이 누렇게 변해 버린 장롱, 화장대와 구리로 된 침대 사이에서 말이다.

나머지 것은 아무래도 괜찮다.

조금 후에 무언가 하려고 묵은 신문을 펴들고 읽어 내려갔다.

나는 **크류센**의 냄새나는 소금 광고 중에서 하나를 오려내어 잡지에서 내게 즐겁게 보이는 것들을 모아둔 오래된 노트에다 붙여 놓았다.

다시 손을 씻고는 발코니로 나갔다.

내 방은 변두리의 중심가를 향하고 있었다.

오후에는 날씨가 좋았다.

그러나 길은 끈적거렸고 사람들은 드문드문했으나 정말로 바삐 서둘렀다.

맨 먼저 산책하러 가는 가족이 지나갔다.

겨우 무릎에 닿는 **짧은** 바지에다 선원 복장을 한 두 소년들, 이들은 자기들이 입고 있는 **뻣뻣한** 옷 때문에 약간 거북스러워하고 있었다.

그리고 커다란 장미색 리본을 달고 검은 칠피 구두를 신은 소녀 하나, 그 뒤로 밤색 비단옷을 입은 몸집이 거대한 어머니, 그리고 얼굴만 아는 퍽 연약하고 키작은 아버지, 그는 밀짚모자에 나비 넥타이를 매고 손에는 산책용 지팡이를 들고 있었다.

Vidante lin kun la edzino, mi komprenis, kial oni diras en la kvartalo, ke li estas digna viro. Iom poste pasis la junuloj de la suburbo, kun lakitaj haroj kaj ruĝaj kravatoj, tre arkigitaj jakoj kun broditaj poŝtuketoj kaj kvadratopintaj ŝuoj. Mi ekpensis, ke ili iras al la kinejoj de la centro. Tial ili foriris tiel frue kaj rapidis al la tramo kun laŭtaj ridoj. Post ili, la strato iom post iom iĝis dezerta. la spektakloj jam ie komenciĝis, verŝajne. En la strato restis nur la butikistoj kaj la katoj. La ĉielo estis pura, sed ne brila, super la figarboj borderantaj la straton.

Sur la kontraŭa trotuaro, la tabakvendisto eligis seĝon kaj ĝin ekrajdis, sin apogante per ambaŭ brakoj sur la seĝodorso. La tramoj, antaŭ nelonge plenplenaj, estis preskaŭ senhomaj. En la malgranda trinkejo "Chez Pierrot", apud la tabakvendisto, la kelnero estis balaanta la segaĵon en la senhoma salono. Estis vera dimanĉo. Mi turnis mian seĝon kaj lokis ĝin kiel la tabakvendisto, ĉar mi trovis, ke tio estas pli oportuna. Mi fumis du cigaredojn, reeniris por preni pecon da ĉokolado kaj revenis, por ĝin manĝi, al la fenestro.

부인과 함께 있는 그를 바라보면서 왜 이 거리에서 그를 기품있는 사람이라고들 하는지 그 이유를 알 수 있었다.

조금 있으니 변두리의 젊은이들이 지나갔다. 그들은 머리에 기름을 바르고 빨간 넥타이를 맸으며, 몸에 꼭 맞는 웃저고리에는 수를 놓은 장식 손수건을 꽂았다. 그리고 발에는 코가 네모진 구두를 신고 있었다.

그들은 중심가에 있는 영화관에 간다고 생각했다. 그러므로 그들이 이렇게 일찍, 큰 소리로 웃어대면서 전차 있는 데로 서둘러 갔다.

그들이 지나간 후 거리는 점점 적막해졌다. 구경거리들이 곳곳에서 시작되었을 것이 틀림없다. 거리에는 이제 가게 주인들과 고양이밖에는 없었다.

하늘은 맑았지만 길가에 늘어서 있는 무화과 나무들 위로 빛이 쏟아지지는 않았다.

반대편 보도 위에는 담배 장수가 의자를 들고 나와 양팔을 의자 등받이에 얹으면서 거기에 걸터앉았다. 조금 전까지 만원이었던 전차들은 거의 비어 있었다. 담배 장수 옆에 있는 '피에로네집'이라는 작은 카페에서는 종업원이 사람이 없는 홀에서 톱밥을 쓸어내고 있었다. 정말 일요일이었다.

나는 담배 장수가 한 것처럼 의자를 돌려놓았다. 그게 더 편하다고 생각했기 때문이다. 담배 두 대를 피우고 나서 초콜렛 한 조각을 가지러 안으로 들어갔다가 그걸 먹으려고 다시 창가로 돌아왔다.

Iom poste, la ĉielo malheliĝis kaj mi kredis, ke okazos somera fulmotondro. Ĝi tamen iom post iom reheliĝis. Sed la paso de la nuboj lasis sur la strato kvazaŭ promeson de pluvo, kiu faris ĝin malhela. Longe mi restis rigardanta la ĉielon.

Je la kvina horo kelkaj tramoj brue alvenis. Ili rekondukis el la stadiono grapolojn da ĉeestintoj, lokiĝintaj sur la ŝtupoj kaj gardreloj. La sekvantaj tramoj rekondukis la ludintojn, kiujn mi rekonis pro iliaj valizetoj. Ili kriegis kaj kantegis, ke ilia klubo neniam pereos. Pluraj el ili gestis al mi. Unu eĉ kriis al mi : "Ni ilin frakasis' Mi diris :"Jes.", skuante la kapon. De tiu momento la aŭtomobiloj komencis alflui. La tago ankoraŭ iom turniĝis. Super la tegmentoj, la ĉielo iĝis ruĝeta kaj, ĉe la vesperiĝo, la strato pliigliĝis. La promenantoj iom post iom revenis. Mi rekonis la dignan sinjoron meze de aliaj.

La infanoj ploradis aŭ estis trenataj. Preskaŭ tuje, la kinejoj de la kvartalo elverŝis en la straton ondon da spektantoj. Inter ili la junuloj faris gestojn pli viglajn ol kutime, kaj mi ekpensis, ke ili estas vidintaj aventurfilmon.

조금 있으니 하늘이 어두워지고 여름 천둥번개라도 내릴 것 같았다.

그러나 하늘은 조금씩 개었다. 그래도 지나가는 먹구름은 거리를 더욱 어둡게 만들어 비를 부르는 약속처럼 거리 위에 남아있었다. 나는 하늘을 바라보느라고 오랫동안 그대로 있었다.

다섯 시에 전차들이 소리를 내며 도착했다. 전차는 발판이나 난간에 앉아 있는 빽빽한 구경꾼의 무리들을 교외의 경기장에서 도로 실어 온 것이다. 뒤따라 온 전차들은 선수들을 실어 왔다. 나는 그들이 들고 있는 작은 가방을 보고 선수들임을 알았다. 그들은 자기네 클럽은 패하지 않을 것이라고 소리소리 지르며 아우성을 치고 노래를 불렀다. 몇몇 사람은 내게 손짓을 했다. 그중의 한 사람은 "이겼어요"하고 나에게 소리치기조차 했다. 나는 머리를 끄덕이며 "그래"라고 말했다. 이때부터 자동차가 모여들기 시작했다.

해가 좀더 기울었다. 지붕들 위로 하늘이 불그스름해졌다. 저녁이 시작되면서 거리는 활기를 띠었다. 산보객들도 하나 둘 돌아온다.

나는 많은 사람들 가운데에서 그 기품있는 신사를 알아보았다. 아이들은 울거나 질질 끌려왔다. 그 시간에 이 지역 영화관들이 구경꾼들의 파도를 거리로 쏟아 놓았다. 그들 가운데서 젊은이들은 여느 때보다도 더 대담한 몸짓을 했다. 그래서 나는 그들이 모험영화를 보고 나온 것이라는 생각을 했다.

Tiuj, kiuj revenis de la urbaj kinejoj, alvenis iom poste. Ili aspektis pli seriozaj. Ili ankoraŭ ridis, sed kelkafoje, ili ŝajnis lacaj kaj pensemaj. Ili restis sur la strato, paŝis kaj repaŝis sur la kontraŭa trotuaro. La junulinoj de la kvartalo, senĉapelaj, tenis unu la alian per la brako. La junuloj intence ilin renkontpasadis kaj alĵetis ŝercojn, pri kiuj la knabinoj ridis, deturnante la vizaĝon. Pluraj el la junulinoj, kiujn mi konis, gestis al mi.

Tiam la stratlanternoj subite lumiĝis : ili paligis la unuajn stelojn, suprenirantajn en la nokto. Mi sentis, ke miaj okuloj laciĝas, ĉar ili longe rigardadis la trotuarojn kun ilia ŝarĝo el homoj kaj lumoj. La lampoj briligis la malsekan pavimon kaj la tramoj, je regulaj intertempoj, metis siajn rebrilojn sur brilantajn harojn, sur rideton aŭ arĝentan braceleton.

Iom poste, kiam la tramoj maloftiĝis kaj la nokto jam nigriĝis super la arboj kaj lanternoj, la kvartalo iompostiome malpleniĝis kaj venis la momento, kiam la unua kato transiris malrapide la denove senhoman straton. Mi ekpensis, ke necesas vespermanĝi. La kolo iom doloris pro mia longa restado, apogite ĉe la seĝodorso.

시내 영화관에 갔던 사람들은 조금 후에 도착했다.

그들은 예전보다 침착한 것 같았다.

그들은 여전히 웃고 있었지만, 이따금 피곤하게 보이고 생각에 잠긴 듯했다.

그들은 맞은편 보도 위를 왔다 갔다 하면서 아직도 거리에 그대로 남아있었다.

모자를 쓰지 않은 이 지역의 소녀들이 서로 팔짱을 끼고 있었다.

청년들이 소녀들을 놀리려고 나란히 줄을 지어서 농담을 던지자 소녀들은 얼굴을 돌리며 웃었다.

그들 중 내가 알고 있는 몇몇 소녀들은 내게 손짓을 했다.

그때 가로등이 갑자기 켜져, 밤하늘에 떠 있던 첫 별들을 창백하게 만들었다.

나는 사람들과 불빛으로 가득한 보도를 바라보아서 눈이 피로해짐을 느꼈다.

가로등은 젖은 도로를 번쩍이게 만들었고, 규칙적인 간격으로 들어오는 전차들은 반짝이는 머리카락 위나 미소나 은팔찌에 빛을 반사했다.

조금 후 전차는 점차 뜸해지고 나무와 가로등 위로 이미 밤이 짙어지며 이 지역은 조금씩 텅 비어갔다.

첫 번째 나타나는 고양이가 다시금 적막한 거리를 천천히 가로질러 가는 그 순간이 다가왔다.

그때 나는 저녁을 먹어야겠다는 생각을 했다.

오랫동안 의자 등받이에 기대 있노라니 목이 조금 아파졌다.

Mi eliris por aĉeti panon kaj pastaĵojn, mi kuiris kaj manĝis stare. Mi ekvolis fumi cigaredon ĉe la fenestro, sed la aero jam fridetiĝis kaj mi sentis ian malvarmon. Mi fermis la fenestrojn kaj, revenante, mi ekvidis en la spegulo parton de tablo, sur kiu mia alkohollampo najbaris kun panpecoj. Mi ekpensis, ke jen tamen finiĝis unu plia dimanĉo, ke panjo estas nun entombigita, ke mi ree laboros, kaj ke, finfine, ĉio restas neŝanĝita.

빵과 밀가루 반죽을 사러 나갔다.

요리를 해서는 선 채로 먹었다.

창가에서 담배를 피우고 싶었지만, 공기가 차서 좀 추위를 느꼈다.

창문을 닫고 돌아서면서 나는 거울 속으로 알콜 램프와 빵조각들이 나란히 놓여 있는 식탁의 한 부분을 보았다.

여전히 평범한 일요일이 끝나가고, 엄마는 이제 땅 속에 묻혀 있고 나는 다시 일하러 가야 하는, 결국 변한 것이라고는 아무것도 없다는 생각이 들었다.

III

Hodiaŭ, en la oficejo, mi multe laboris. La mastro estis afabla. Li demandis min, ĉu mi ne estas tro laca kaj informiĝis pri la aĝo de panjo. Mi diris "proksimume sesdek jaroj", por ne erari, kaj mi ne komprenas, kial li ŝajnis esti trankviligita kaj konsideri, ke tio estas finita afero. Sennombraj konosamentoj amasiĝis sur mia tablo, kaj mi devis ekzameni ĉiujn. Antaŭ ol forlasi la oficejon por iri tagmanĝi, mi lavis la manojn. Tagmeze mi ŝatas tiun momenton. Vespere mi malpli ĝuas ĝin, ĉar tiam la ruliĝanta tuko, kiun ni uzas, estas tute malseka : ĝi estas uzata la tutan tagon. Iun tagon mi rimarkigis tion al mia mastro. Li respondis, ke li opinias tion bedaŭrinda, sed ke ĝi estas tamen malgrava detalo.

Mi eliris iom malfrue, je la dekdua kaj duono, kun Emanuelo, kiu laboras en la ekspeda servo. La oficejo rigardas al la maro; ni foruzis momenton observante la kargoŝipojn en la sunbrulanta haveno.

En tiu momento alvenis kamiono kun bruego de ĉenoj kaj eksplodoj. Emanuelo min demandis "ĉu antaŭen", kaj mi ekkuris.

3장. 다시 직장에서

오늘은 사무실에서 일을 많이 했다. 사장은 친절했다. 그는 내게 너무 피곤하지는 않느냐고 물었고 또 어머니의 나이를 알고 싶어했다. 나는 나이를 틀리게 댈까봐 "한 60 세 정도"라고 대답했다.

그러자 그가 다 끝난 일이라고 생각하고 편안한 듯했는데 왜 그랬는지 이유를 알 수가 없다. 책상 위에는 선하증권(船荷證券)이 수북이 쌓여 있고 나는 그것을 모두 면밀히 조사해야만 했다.

점심을 먹으러 가기 위해 사무실을 나오기 전에 나는 손을 씻었다. 정오의 이때가 나는 참 좋다.

저녁에는 사람들이 공동으로 사용하는 회전식 수건이 완전히 젖어 버리기 때문에 별로 유쾌하지가 않다.

수건이 온종일 사용되는 탓이다.

어느날 사장에게 그점을 지적해 준 일이 있었다.

그는 그것을 안됐다고 생각은 하지만 어쨌든 중요치 않은 세부적인 일이라는 답변이었다.

열두 시 반에 나는 발송부에서 일하는 엠마뉴엘과 함께 밖으로 나왔다.

사무실은 바다에 면해 있어 우리는 햇볕으로 이글거리는 항구에 정박 중인 화물선들을 잠시 바라보았다.

이때 한 대의 트럭이 쇠사슬 소리와 폭음소리를 내면서 달려왔다. 엠마뉴엘이 "앞으로 갈까?" 하고 내게 물었다. 그래서 난 뛰기 시작했다.

La kamiono nin preterpasis kaj ni postkuris ĝin. Mi dronis en bruo kaj polvo. Mi nenion plu vidis kaj sentis nur tiun senordan strebon de la kurado, meze de la vindasoj kaj maŝinoj, de la mastoj, kiuj dancis sur la horizonto kaj de la huloj, kiujn ni laŭiris. Mi unua min ekapogis kaj flugsaltis.

Mi poste helpis Emanuelon sidiĝi. Ni estis senspiraj.

La kamiono saltadis sur la malebenaj pavimeroj de la kajoj, meze de la polvo kaj suno. Emanuelo senspire ridegis.

Ni alvenis ŝvitegantaj ĉe Celesto. Li ankoraŭ estis tie, kun sia dika ventro, sia antaŭtuko kaj siaj blankaj lipharoj. Li demandis min, ĉu mi "tamen bone fartas". Mi respondis, ke mi jes bonfartas kaj malsatas. Mi manĝis tre rapide kaj trinkis kafon.

Poste mi rehejmiĝis kaj dormis iomete, ĉar mi estis trinkinta tro da vino. Vekiĝinte, mi ekdeziris fumi.

Estis malfrue, kaj mi kuris por atingi tramon. Mi laboris la tutan posttagmezon. Estis tre varme en la oficejo kaj vespere, kiam mi eliris, mi ĝue revenis hejmen per malrapida marŝado laŭlonge de la kajoj.

트럭은 우리를 추월했고 우리는 그 뒤를 쫓아갔다.

나는 시끄러운 소리와 먼지 속에 파묻혔다.

더는 아무것도 보이지 않고 다만 양묘기(揚錨機)와 기계들, 수평선에서 춤추고 있는 돛대들, 그리고 우리가 따라서 가는 선체(船體)들 한복판으로 달리고 싶은 무모한 충동을 느낄 뿐이었다.

먼저 내가 차에 기대고 재빨리 뛰어올랐다.

그러고 나서 엠마뉴엘이 앉을 수 있도록 도와 주었다. 숨이 찼다.

트럭은 먼지와 햇볕을 뒤집어쓴 부두의 울퉁불퉁한 길 위로 덜컹거리며 갔다.

엠마뉴엘이 숨이 끊어질 정도로 웃어댔다.

우리는 땀에 흠뻑 젖은 몸으로 셀레스트의 집에 도착했다. 뚱뚱하게 나온 배에다 앞치마를 두르고 하얀 수염을 달고 있는 그가 변함없이 거기에 있었다.

그는 "어떻게 잘 돼 가나?" 하고 물었다.

나는 그렇다고 대답하며 배가 고프다고 말했다.

나는 아주 빨리 먹어치우고 커피를 마셨다.

그러고는 집으로 돌아와서 조금 잤다.

포도주를 너무 마셨기 때문이다.

잠에서 깨자 담배를 피우고 싶었다.

시간이 늦어서 전차를 잡아타려고 뛰어갔다.

오후 내내 일을 했다. 사무실은 너무 더웠다.

저녁에, 퇴근하면서 부둣가를 따라 천천히 걷는 것을 즐기며 집에 돌아왔다.

La ĉielo estis verda, mi sentis min kontenta. Mi tamen revenis hejmen rekte, ĉar mi volis bolkuiri terpomojn.

Suprenirante en la malluma ŝtuparo, mi koliziis kun la maljuna Salamano, mia sametaĝa najbaro. Li estis kun sia hundo. De ok jaroj oni vidas ilin kune.

La spanielo havas haŭtmalsanon, ekzemon laŭ mia opinio, kaj tiu malsano faligis preskaŭ ĉiujn ĝiajn harojn kaj kovris ĝin per brunaj plakoj kaj krustoj. Ili ambaŭ vivas de tiel longe kune, solaj en ĉambreto, ke la maljuna Salamano similiĝis al la hundo. Li havas ruĝetajn krustojn sur la vizaĝo, liaj haroj estas flavaj kaj maldensaj. Sed la hundo prenis de sia mastro kvazaŭ kurbadorsan irmanieron, kun la muzelo direktita antaŭen kaj la kolo streĉiĝanta. Ili ŝajnas samrasaj kaj tamen malamas unu la alian. Du fojojn ĉiutage, je la horoj dek-unua kaj sesa, la maljunulo kondukas la hundon al promenado. De ok jaroj ili ne ŝanĝis sian vojplanon. Oni povas vidi ilin laŭlonge de la rue de Lyon, la hundo tiras la viron, ĝis la maljuna Salamano stumblas. Tiam li batas la hundon kaj ĝin insultas.

하늘은 푸르고 나는 만족했다.

그렇지만 곧장 집으로 돌아왔다.

감자를 삶을 준비를 하고 싶어서다.

올라가다가 어두운 계단에서 같은 층에 사는 **살라마노** 노인과 마주쳤다.

그는 개를 데리고 있었다.

그들이 함께 있는 것을 본 것은 8년 전부터였다.

이 스패니얼 종 개는 피부병을 앓고 있었는데, 내 생각엔 습진이다.

그 병 때문에 털이 거의 몽땅 빠져 버렸고, 반점(斑點)과 갈색 부스럼투성이가 되었다.

살라마노 노인은 비좁은 방에서 이 개와 단둘이서 살았기 때문에 마침내 이 개를 닮게 되었다.

그의 얼굴에는 불그스름한 부스럼이 있고 머리카락은 노랗고 듬성듬성했다.

개는 구부정한 걸음걸이와 앞으로 내민 주둥이, 처진 목이 주인을 **빼닮았다**.

그들은 마치 동족(同族) 같아 보였지만 서로 미워하고 있었다.

열 한 시와 여섯 시 하루에 두 번, 노인은 개를 산책시키려고 데리고 나간다.

8년 동안 그들은 그 일정을 바꿔 본 적이 없다.

살라마노 노인이 비틀거릴 때까지 **리옹** 가(街)를 따라 개가 사람을 끌고 가는 모습을 볼 수 있다.

그때 노인은 개를 때리고 욕을 퍼부어 댄다.

La hundo rampas pro timego kaj estas denove batata kaj insultata.

Tiam ili ambaŭ restas sur la trotuaro kaj rigardas unu la alian, la hundo kun timego, la viro kun malamo. Estas tiel ĉiutage. Kiam la hundo volas urini, la maljunulo ne lasas al ĝi ia necesan tempon kaj tiras la spanielon, kiu semas post si spuron el gutetoj. Se hazarde la hundo urinas en la ĉambro, ĝi estas denove batata. Tio daŭras jam ok jarojn.

Celesto ĉiam diras, ke "estas malfeliĉe", sed finfine neniu povas scii. Kiam mi renkontis lin en la ŝtuparo, Salamano insultadis sian hundon. Li diris : "Aĉulo! Putraĵo!" kaj la hundo ĝemadis. Mi diris : "Bonan vesperon!", sed la maljunulo plu insultadis.

Tiam mi demandis lin, kion kulpis la hundo. Li ne respondis al mi. Li nur diradis : "Aĉulo! Putraĵo!".

Mi konjektis, ke li kliniĝis super la hundo kaj ion ordigas sur la kolringo. Mi parolis pli laŭte. Tiam, sen turniĝi, li respondis al mi, kun ia kaŝita kolero : "Ĝi ankoraŭ estas ĉi tie." Poste li foriris, tirante la beston, kiu cedis al la trenado sur la kvar piedoj kaj ĝemadis.

개는 무서워 살살 기고 다시 맞고 욕을 먹는다.

그러면 그들은 둘 다 보도에 선 채로 개는 공포심을, 사람은 증오심을 띠고 서로를 노려보는 것이다.

매일 이렇다.

개가 소변을 보고 싶어 할 때 노인은 그럴 틈을 주지 않고 끌고 간다. 그러면 스패니얼 종 개는 노인 뒤에서 오줌 방울을 질금질금 흘리며 가는 수밖에 없다. 만일 우연히 개가 방 안에서 소변을 보는 날이면 개는 또 얻어맞는다.

8년 동안이나 이런 일이 계속되고 있다.

셀레스트는 "불행한 일이야!" 하고 늘 말하지만, 아무도 그건 알 수 없다.

층계에서 그를 만났을 때 살라마노는 개에게 욕설을 퍼붓는 중이었다. 노인은 "이놈! 더러운 놈!" 하고 말했고 개는 끙끙거렸다. 내가 "안녕하십니까?" 하고 저녁 인사를 했는데도 노인은 여전히 욕설만 퍼부어 댔다. 그래서 개가 무슨 잘못을 저질렀느냐고 물어보았지만 그는 대답하지 않았다. 단지 "이놈! 더러운 놈!" 하고 말했을 뿐이었다.

나는 그가 개에게 몸을 숙이고 개목걸이 줄에서 무언가를 바로잡아 주는 중임을 알았다.

내가 좀 더 큰 소리로 말했다.

그러자 돌아보지도 않고 그가 화를 참는 듯이 "여태 여기 있었구먼" 하고 대답했다.

그러고 나서 그는 네 발을 질질 끌며 신음하는 짐승을 잡아끌고 밖으로 나갔다.

En tiu sama momento eniris la domon mia dua sametaĝa najbaro. En la kvartalo oni diras, ke li vivtenas sin per virinoj. Tamen, kiam oni demandas lin pri lia profesio, li estas "magazenisto". Ĝenerale, li ne estas tre ŝatata. Sed li ofte alparolas min kaj kelkafoje pasigas momenton ĉe mi, ĉar mi lin aŭskultas. Mi opinias, ke liaj diroj estas interesaj.

Krome, mi ne havas motivon por ne paroli kun li. Lia nomo estas Rajmondo Sintes. Li estas relative malgranda, kun larĝaj ŝultroj kaj nazo kvazaŭ de boksisto. Li ĉiam estas dece vestita. Ankaŭ li diris al mi pri Salamano : "Ĉu ne malfeliĉe?" Li demandis al mi, ĉu tio ne naŭzas min; mi respondis, ke ne.

Ni supreniris kaj mi pretis lin lasi, sed li diris al mi : "Mi havas hejme sangokolbason kaj vinon. Ĉu vi volas manĝeti kun mi?". Mi ekpensis, ke tio liberigos min de la kuirado kaj akceptis. Ankaŭ li havas unu ĉambron, kun kuirejo sen fenestro. Super lia lito troviĝas anĝelo el blanka kaj roza stuko, fotoj de sportĉampionoj kaj du-tri bildoj de nudaj virinoj.

La ĉambro estis malpura kaj la lito malorda.

바로 그 순간에 같은 층에 사는 두 번째의 이웃이 들어왔다. 그는 이 동네에서 여자들 덕분에 사는 사람이라고 소문이 나 있다. 그렇지만 그에게 직업을 물으면 그는 "창고계원"이라고 했다. 대체로 그는 그다지 사랑을 받지 못한다. 하지만 그는 내게 종종 말을 걸고, 또 가끔 내 방에서 잠시 시간을 보내기도 한다. 내가 그의 이야기를 들어주기 때문이다. 그가 하는 이야기는 재미가 있다. 게다가 내가 그와 이야기를 나누지 않을 만한 어떤 이유도 없다.

그의 이름은 **레이몽 신테**라고 한다. 키가 퍽 작았으며 넓은 어깨에다 권투 선수 같은 코를 가지고 있었다. 그는 언제나 옷을 매우 단정하게 입었다. 그 사람 또한 살라마노에 대해 이야기하면서 "불행하지 않나?" 하고 말하곤 했다. 그는 저런 것을 보고 지겹게 생각하지 않느냐고 물어서 나는 그렇지 않다고 대답했다. 층계를 올라 그와 헤어지려고 하자 그는 "내 방에 햄과 포도주가 있어요. 나랑 같이 좀 들지 않겠어요?" 하고 말했다.

그렇다면 내가 음식을 만들지 않아도 되겠다는 생각이 들어서 나는 승낙을 했다.

그는 또한 창문이 없는 부엌이 딸린 방 하나만을 쓰고 있었다.

침대 위에는 희고 붉은 석고로 만든 천사와 운동 우승자들의 사진, 그리고 벌거벗은 여자들의 사진이 두서너 장 붙어 있었다.

방은 더러웠고 침대는 흐트러져 있었다.

Li unue ekflamigis sian petrollampon, poste eligis el sia poŝo sufiĉe malpuran pansaĵon kaj vindis per ĝi sian dekstran manon. Mi demandis lin, kio okazis. Li klarigis, ke li devis batali kun iu kverelema ulo.

"Vi komprenas, sinjoro Merso, li diris, mi ja ne estas malica, sed jes incitiĝema. Tiu ulo diris al mi: "Eliĝu el la tramo, se ci estas viro." Mi respondis : "Nu, restu kvieta." Li diris al mi, ke mi ne estas viro.

Tiam mi eliris kaj diris al li : "Pli bone ne pepu, aŭ mi cin draŝos." Li respondis "Kion?" Do mi lin pugnobatis. Li falis. Mi volis lin starigi. Sed, detere, li donis al mi piedbatojn. Tiam mi donis al li baton per la genuo kaj du pugnobatojn. Mi demandis lin, ĉu li ricevis sian saldon. Li diris : "Jes."

Dum li rakontadis tion, Sintes aranĝis sian pansaĵon. Mi sidis sur la lito. Li diris: "Vi konstatas, ke mi lin ne provokis. Male, li ofendis min." Mi konfesis, ke tio estas vera. Tiam li deklaris, ke li ĝuste intencis peti de mi konsilon pri tiu afero, ke mi, estante vera viro, konas la vivon kaj povas helpi lin kaj poste li estos mia kam'rado.

그는 우선 석유 램프를 켰다. 그러고 나서 주머니에서 매우 더러운 붕대를 꺼내 오른손에다 감았다. 무슨 일이 있었느냐고 물었다. 그는 시비를 걸어오는 한 놈과 싸움을 벌였노라고 했다.

"아시겠지만요, 뫼르소 씨" 하고 그가 말했다. "난 악의가 있는 사람은 아니에요. 그러나 흥분을 잘하지요. 어떤 놈이 '네가 남자라면 전차에서 내리시지' 하고 말하는 거예요. '얌전하게 있지그래' 하고 내가 말했지요. 그랬더니 그놈이 날 보고 사내가 아니라는 거예요. 그래서 내렸지요. 그러고는 '자, 널 사람으로 만들어 주는 게 낫겠다' 하고 말했어요. 그가 '무엇이 어째?' 하고 대꾸하더군요. 그때 내가 그를 한대 올려붙였지요. 그가 나가떨어지더군요. 나는 그를 일으켜주려고 했어요. 그런데 놈이 땅바닥에 누워 내게 발길질을 해대는 거예요. 그래서 무릎으로 한 번 내리누르고는 두 번 주먹으로 때려 주었지요. 이제 손익계산 했느냐고 물었더니 그렇다고 대답하더군요."

이렇게 말하면서 신테는 줄곧 붕대를 어루만졌다. 나는 침대 위에 앉아 있었다. 그는 "내가 그에게 시비를 걸지 않았다는 것을 아시겠지요? 오히려 나를 모욕한 사람은 바로 그 작자란 말입니다" 하고 말했다. 그건 사실이라고 나는 인정했다. 그러자 그는 정확하게 이 사건에 대하여 내게 어떤 조언을 바라며, 나는 남자이고 인생을 알고 있으며, 또 내가 자기를 도울 수 있으리라고 말하면서 그렇게 되면 그가 나의 친구가 된 것이라고 말하는 것이었다.

Mi nenion respondis kaj li denove demandis, ĉu mi volas esti lia kam'rado. Mi diris, ke al mi tio egalas; tio ŝajne kontentigis lin. Li elprenis sangokolbason, ĝin fritis sur pato kaj metis glasojn, telerojn, forkojn kaj tranĉilojn, kaj aldonis du vinbotelojn. Ĉion ĉi li faris silente. Ni instaliĝis. Dum la manĝo li komencis rakonti al mi sian historion. Komence, li iel hezitis.

"Mi konis sinjorinon... Ŝi estis, se tiel diri, mia amorantino." La viro, kun kiu li kverelis, estas la frato de tiu virino. Li rakontis, ke li ŝin vivtenis.

Kvankam mi nenion respondis, li tuj aldiris, ke li scias, kion oni klaĉas en la kvartalo, sed ke lia konscienco estas pura kaj ke li estas magazenisto.

"Nu, mi ekklarigu mian historion, li diris, mi rimarkis, ke okazis trompo." Li donis al ŝi la minimumon por vivteni sin. Li mem pagis la luprezon por ŝia ĉambro kaj donis al ŝi dudek frankojn ĉiutage por la manĝo. "Tricent frankoj por la ĉambro, sescent por la manĝo, ŝtrumpoparo de tempo al tempo, ĉio sumis je mil frankoj. Kaj la sinjorina moŝto ne laboris. Sed ŝi diradis, ke tio apenaŭ sufiĉas, ke ŝi ne povas elturniĝi per tio.

내가 아무 대답도 하지 않으니까 그는 다시 내게 그의 친구가 되고 싶지 않으냐고 물었다. 어찌 되든 나는 상관없다고 말했더니 그는 만족한 기색이었다.

그는 햄을 꺼내 프라이팬에 지지고 잔과 접시, 포크와 나이프, 그리고 포도주 두 병을 꺼내 놓았다. 말없이 그는 이 일을 했다. 우리는 자리 잡고 앉았다. 음식을 먹으면서 그는 내게 자기 이야기를 하기 시작했다. 처음에는 조금 망설였다.

"어떤 여자를 사귀었어요. 한마디로 말하자면 내 정부(情婦)지요." 그와 싸움을 벌였던 남자는 그 여자의 오빠였다. 그는 자기가 그 여자를 먹여 살려왔다고 말했다.

내가 아무런 대꾸도 하지 않자 그는 얼른 이 구역에서 쑥덕거리고 있는 소문을 자기도 알고 있다고 덧붙였다. 그렇지만 자기는 양심에 거리끼는 것이 없으며 또 자기는 창고계원이라고 했다.

"이야기를 설명할게요." 하고 그가 말했다.

"나는 거기에 속임수가 있다는 것을 알아차렸어요." 그는 그녀에게 최소한의 생활비를 주었다. 여자의 방값을 그 자신이 치렀고 매일 식비 조로 20프랑을 주었다. "방값으로 3백 프랑, 식비 6백 프랑, 가끔 양말 한 켤레도 사 주니까 천 프랑이 되지요.

그런데 여자는 일하지 않았어요.

그녀는 그것이 당연하다고 말했고, 또 내가 주는 돈 가지고는 어림없다고 말하곤 했지요.

Tamen, mi diris al ŝi : "Kial vi ne laboras duontage?

Tio estus por mi helpo en ĉiuj ĉi etaj aferoj. Ĉi tiun monaton mi aĉetis por vi ensemblon, mi donas dudek frankojn ĉiutage, mi pagas la luprezon, dum vi trinkas kafon posttagmeze kun viaj amikinoj. Vi donacas al ili la kafon kaj ia sukeron. Mi ja donacas la monon. Mi bone agis kun vi, sed vi ne reciprokas." Sed ŝi daŭre ne laboris, ŝi diris, ke ŝi ne povas elturniĝi, kaj tiel mi rimarkis, ke okazis trompo.

Li tiam rakontis al mi, ke li trovis loteribileton en ŝia mansako kaj ŝi ne povis klarigi, kiel ŝi ĝin aĉetis. Iom poste li malkovris ĉe ŝi "kvitancon" de la pruntoficejo, pruvantan, ke ŝi lombardis du braceletojn. Antaŭe li ne sciis pri la ekzisto de tiuj braceletoj. "Mi ja konstatis, ke okazis trompo. Do mi forlasis ŝin. Sed unue mi ŝin draŝis kaj riproĉis ŝin pri ĉiuj ŝiaj kulpoj. Mi diris al ŝi, ke ŝia sola zorgo estas amuziĝi sekse. Prave mi diris al ŝi, vi komprenas, sinjoro Merso : "Ĉu vi ne vidas, ke la homoj ja estas ĵaluzaj pro la feliĉo, kiun mi donas al vi. Iam estonte vi ekkomprenos, kian feliĉon vi ĝuis."

Li ŝin batis ĝissange.

그래서 그녀에게 말했지요. '왜 반나절이라도 일을 하지 않지? 소소한 것에 쓰이는 것쯤이야 날 덜어 줄 수도 있을 텐데. 이번 달에는 앙상블도 사 주었고 매일 20프랑을 네게 주잖아. 방세도 지급하고 말이야. 그런데 넌 오후에는 친구들과 어울려 커피나 마셔 대고 있어. 넌 그들에게 커피와 설탕을 거저 제공하고 있어. 난 네게 그 돈을 주고 있고, 난 네게 잘 대해주고 있는데 넌 그렇지도 못하잖아.' 그래도 그녀는 일하지 않았지요. 그리고는 늘 생활해 나가기가 힘들다고만 말하는 거예요. 그래서 나는 거기에는 어떤 속임수가 있다는 것을 알아차렸던 겁니다."

그러고 나서 그는 그녀의 핸드백 속에서 복권 한 장을 찾아냈다는 것과 그녀가 어떻게 그것을 사게 됐는지 자기에게 설명하지 않더라는 이야기를 했다. 얼마 후에 그는 그녀의 집에서 그녀가 팔찌 두 개를 저당 잡혔다는 것을 증명하는 전당포의 '쪽지'를 발견했다. 그때까지 그는 이런 팔찌가 있었는지도 몰랐다. "나는 속임수가 있다는 것을 분명히 알게 된 거예요. 그래서 그 여자와 헤어졌어요. 하지만 그 전에 나는 그 여자를 두들겨 팼지요. 그러고 나서 그녀에게 그녀의 모든 잘못을 책망했지요. 그리고 네가 관심 있는 것은 성적으로 재미 보는 일이라고 말해 주었지요. 그리고는 '넌 내가 너에게 준 행복에 대하여 세상이 부러워하고 있다는 것을 몰라. 훗날 언젠가 어떤 행복을 누렸는지 알게 될 거야'라고 옳게 말해 주었지요. 아시겠지요, 뫼르소 씨." 그는 피가 나도록 여자를 때려 주었다.

Antaŭe li ne batadis ŝin. "Mi frapis kutime, por tiel diri, tenere. Ŝi kriis iomete. Mi fermis la ŝutrojn, kaj ĉiam tiel finiĝis la afero. Sed nun ĝi estas serioza afero. Mi eĉ opinias, ke mi ŝin punis ne sufiĉe severe."

Tiam li klarigis al mi, ke ĝuste por tio li bezonas konsilon. Li ĉesis momenton por aranĝi la meĉon de la lampo, ĉar ĝi fumis. Mi senĉese lin aŭskultis. Mi estis trinkinta litron da vino, kaj miaj tempioj estis varmegaj. Mi fumadis la cigaredojn de Rajmondo, ĉar la miaj elĉerpiĝis. La lastaj tramoj estis pasantaj : ili forportadis kun si la jam malproksimajn bruojn de la ĉirkaŭurbo. Rajmondo plu rakontis. Lin ĉagrenis io, nome ke "li ankoraŭ havas ian senton por ŝia koito", sed li volis ŝin puni. Li unue ekhavis la ideon ŝin venigi en hotelon kaj alvoki la moralŝirman sekcion de la polico por kaŭzi skandalon kaj registrigi ŝin kiel putinon. Poste li turnis sin al amikoj el la bandita medio. Sed ili nenion taŭgan elpensis. Li rimarkigis : ĉu do valoras aparteni al la "medio"? Tion cetere li rimarkigis al ili, kaj ili proponis "stampi" ŝin. Sed ne tion li deziris. Li intencis pripensi. Antaŭe li volis peti min pri io.

이전에는 그녀를 때린 적이 없었다. "때리긴 했어도 이를테면 부드럽게 살살 때렸죠. 그녀는 조금 소리를 지르곤 했어요. 내가 덧문을 닫으면 일은 여느 때와 다름없이 끝나곤 했지요. 그런데 지금은 심각해요. 나로서는 그녀를 실컷 벌주지도 못했고 말입니다."

그가 조언을 바라는 것은 그것 때문이라고 내게 설명했다. 그는 그을음이 나는 램프의 심지를 조절하기 위해 말을 중단했다. 나는 계속 그의 말을 듣고 있었다. 포도주를 거의 1리터가량 마셨더니 관자놀이가 매우 후끈거렸다. 담배가 떨어져서 나는 레이몽의 담배를 태웠다. 마지막 전차들이 지나갔다. 시끄러운 소리를 실어 오던 전차들도 지금은 교외 밖으로 멀리 사라져 갔다. 레이몽이 말을 계속했다. 그를 난처하게 만드는 것은 '아직도 그녀와의 정사(情事)에 어떤 미련이 있다는 바로 그것'이었다. 그러면서도 그는 그 여자를 벌하고 싶은 것이다. 그래서 그는 우선 여자를 호텔로 데리고 간 뒤, 추문을 만들려고 '창녀 단속반'을 불러들여 그녀를 창녀로 등록시키겠다는 생각을 했다. 그리고 나서 그는 뒷골목사회에서 노는 친구들과 상의했다. 그들은 적합한 아무것도 생각해내지 못했다. "뒷골목사회에 가담한다는 것이 가치 있는가?" 하고 그가 물었다. 게다가 그들에게 그런 얘기를 들려주자 그들은 그녀에게 '흔적을 남겨 주는 것이 어떠냐'고 제의했다. 하지만 그것은 그가 바라는 것이 아니었다. 그는 곰곰이 생각해 보려 한다고 했다. 그러기 전에 그는 내게 어떤 것을 부탁하고 싶어 했다.

Cetere, antaŭ ol peti min pri tio, li volis scii, kion mi opinias pri tiu historio... Mi respondis, ke mi opinias nenion, sed ke tio estas interesa. Li demandis min, ĉu mi opinias, ke okazis trompo; al mi ja ŝajnis, ke okazis trompo. Poste : ĉu mi opinias, ke necesas ŝin puni kaj kion mi farus, se mi estus li? Mi respondis, ke estas malfacile juĝi, sed ke mi komprenas, ke li intencas ŝin puni. Mi trinkis denove iomon da vino.

Li ekbruligis cigaredon kaj malkovris sian ideon. Li volis skribi al ŝi leteron "kun piedbatoj kaj samtempe kun diraĵoj, kiuj vekos en ŝi bedaŭron." Poste, kiam ŝi revenos, li fikos ŝin kaj "ĉe la fina momento", li kraĉos en ŝian vizaĝon kaj ŝin forpelos. Mi opiniis, ke efektive per tiu maniero ŝi estos punita. Sed Rajmondo diris al mi, ke li ne sentas sin kapabla verki la taŭgan leteron kaj ke li pensis pri mi por ĝin redakti. Mi nenion respondis, kaj li demandis min, ĉu ĝenus min redakti ĝin tuj. Mi respondis, ke ne.

Tiam li stariĝis, trinkinte glason da vino. Li forpuŝis la telerojn kaj la malmultan reston de sangokolbaso. Li zorge viŝis la laktolon de la tablo.

게다가 나에게 그것을 부탁하기 전에, 그는 내가 이 이야기에 대해 어떻게 생각하는지를 알고 싶어 했다. 별로 생각되는 일은 없었지만 재미있다고 대답했다. 그는 내게 속임수가 있다고 생각하는지를 물었다. 내가 듣기에는 속임수가 있는 것 같기는 했다. 내가 그녀를 벌해야 한다고 생각한다 하더라도 그러면 무엇을 해야 할지 전혀 알 수가 없다. 판단하기가 어렵다고 대답해 주었지만, 그가 그녀를 벌하고 싶어 하는 심정에는 이해가 갔다. 나는 술을 또 조금 마셨다.

그는 담배에다 불을 붙이고 나서 나에게 자기 생각을 털어놓았다. 그는 그녀에게 '발길로 버리면서도 동시에 그녀가 미련을 느끼게 만드는 말 같은 것으로' 편지를 쓰고 싶어 했다. 그리고 난 후에 그녀가 돌아온다면 그는 그녀와 함께 자리에 누울 것이며 '일을 끝내는 바로 그 순간에' 그는 여자의 얼굴에 가래침을 뱉고 밖으로 내쫓아 버리고 싶다는 것이었다.

아닌 게 아니라 그렇게 하면 그녀는 충분히 벌을 받는 것이라고 나는 생각했다.

그러나 레이몽은 그런 훌륭한 편지를 쓸 수 없을 것 같은 느낌이 들어서 내게 편지를 써 달라야겠다는 생각을 했었다고 말했다. 내가 아무 대꾸도 하지 않으니까 그는 당장 그 일을 하는 것이 난처하냐고 물었다. 나는 그렇지는 않다고 대답했다.

그러자 그는 포도주 한 잔을 마시고 나서 일어섰다. 그는 접시들과 우리가 먹다 남긴 약간의 햄을 치웠다. 옻칠한 식탁보를 정성스럽게 닦았다.

Li prenis el la tirkesto de la noktotableto kvadratitan paperfolion, flavan koverton, etan plumingon el ruĝa ligno kaj kvadratan inkujon kun violkolora inko. Kiam li diris al mi la nomon de la virino, mi rimarkis, ke ŝi estas arabino. Mi redaktis la leteron.

Mi verkis ĝin iel hazarde, sed mi klopodis kontentigi Rajmondon, ĉar mi ne havis kialon por ne kontentigi lin. Poste mi laŭtlegis la leteron. Li aŭskultis, fumante kaj balancante la kapon, kaj petis, ke mi ĝin relegu. Li estis plene kontenta. Li diris : "Mi ja sciis, ke ci konas la vivon." Mi ne rimarkis tuj, ke li diris al mi "ci". Mi rimarkis tion nur poste, kiam li deklaris : "Nun ci estas vera kam'rado." Li ripetis tiun frazon kaj mi diris :"Jes." Esti lia kamarado estis por mi egale, kaj ŝajne li tion tre deziris. Li fermis la koverton kaj ni fintrinkis la vinon. Poste ni dum momento fumis silente. Ekstere ĉio estis kvieta, ni aŭdis gliton de preterpasanta aŭtomobilo. Mi diris : "Estas malfrue." Ankaŭ Rajmondo tiel opiniis. Li rimarkigis, ke la tempo rapide pasas kaj, iasence, tio estis vera. Mi dormemis, sed mi stariĝis kun granda peno.

그는 저녁용 탁자 서랍 속에서 원고지 한 장과 노란 봉투, 붉은 나무로 만든 작은 펜대, 그리고 보랏빛 잉크가 든 네모진 잉크병을 꺼내 놓았다. 그가 그 여자의 이름을 내게 말했을 때 나는 그녀가 아랍 여자라는 것을 알았다. 나는 편지를 썼다.

약간 아무렇게 쓰기는 했지만 레이몽을 만족시켜 주려고 열중했다. 그를 만족시켜 주지 않을 이유가 없었기 때문이다. 그 뒤 나는 목소리를 높여 편지를 읽었다. 그는 담배를 피우며 머리를 끄덕이면서 듣고 있다가 그것을 다시 읽어 달라고 부탁했다. 그는 아주 만족스러워했다.

그는 "나는 자네가 인생을 아는 사람이라는 것을 잘 알고 있었지!" 하고 말했다. 처음에는 그가 내게 말을 놓고 있다는 것을 깨닫지 못했다. 그가 "지금은 자네가 내 진실한 친구일세" 하고 분명히 말했을 때야 비로소 나는 알아차렸다. 그는 자기의 말을 되풀이했고 나는 "그렇군" 하고 말했다. 그의 친구가 된다는 것은 나와 상관없는 일이었지만 그는 진실로 그러고 싶은 모양이었다. 그는 편지를 봉했고 우리는 술을 다 마셔 치웠다. 그리고 나서 우리는 아무 말 없이 담배를 피웠다. 밖은 만물이 고요했고, 우리는 자동차 한 대가 미끄러지듯 지나가는 소리를 들었다. "밤이 깊었군" 하고 내가 말했다. 레이몽도 역시 그것을 생각하고 있었다. 그는 시간이 빨리 지나간 것을 알았다. 어떤 의미에서는 그건 사실이었다.

나는 졸음이 몰려와 힘들게 일어섰다.

Sendube mi ŝajnis laca, ĉar Rajmondo diris al mi, ke mi ne devas min allasi al senespero. Unue, mi ne komprenis. Li do klarigis al mi, ke li eksciis pri la morto de panjo, sed ĝi ja estas afero, kiu devis okazi iu tagon. Tia ankaŭ estis mia opinio.

Mi stariĝis. Rajmondo premis mian manon tre forte kaj diris, ke inter viroj oni ĉiam komprenas unu la alian. Elirinte, mi refermis la pordon kaj restis dum momento sur la senluma ŝtupara placeto. La domo estis kvieta kaj el la profundaĵoj de la ŝtupara ŝakto supreniĝis obskura kaj humida haladzo. Mi aŭdis nur la batojn de mia sango, zumanta ĉe miaj oreloj. Mi restis senmova. Sed en la ĉambro de la maljuna Salamano la hundo obtuze ekĝemis.

내가 피곤한 표정을 짓고 있었던 것 같다. 왜냐하면, 레이몽이 자포자기해서는 안 된다는 말을 내게 했기 때문이다. 처음에는 무슨 말인지 이해가 되지 않았다. 그러자 그는 엄마의 죽음을 알고 있었다는 것과 그런 일은 어느 때건 일어나기 마련이라는 것을 내게 설명했다. 내 의견 또한 그랬다.

나는 일어섰다. 레이몽이 아주 힘있게 악수하고는 남자들 사이는 언제나 서로 이해하기 마련이라는 말을 했다. 그의 방을 나오면서 나는 문을 닫았다.

그러고는 캄캄한 층계참에서 잠시 그대로 서 있었다. 집은 고요했고 계단 밑에서는 어둡고 습한 기운이 피어오르고 있었다. 들리는 것이라고는 귀에서 피가 윙윙거리는 소리뿐이었다. 나는 그대로 꼼짝하지 않고 있었다. 그러나 살라마노 노인 방에서 개가 낮은 소리로 끙끙거리는 소리가 들려왔다.

IV

La tutan semajnon mi bone laboris. Rajmondo venis kaj diris, ke li forsendis la leteron. Dufoje mi iris al kinejo kun Emanuelo, kiu ne ĉiam komprenas, kio okazas sur la ekrano. Necesas doni al li klarigojn.

Hieraŭ estis sabato kaj Maria venis, kiel interkonsentite. Mi tre ekdeziris ŝin, ĉar ŝi surportis belan robon kun strioj ruĝaj kaj blankaj kaj ledajn sandalojn. Duonvidiĝis ŝiaj firmaj mamoj kaj la bruno de l'suno faris ŝian vizaĝon floro. Ni eniris aŭtobuson kaj veturis kelkajn kilometrojn for de Alĝero, al iu plaĝo premita inter rokoj kaj borderita, rigarde al la tero, per kanoj. La kvarahora suno ne tro varmis, sed la akvo estis tepida, kun longaj kaj pigraj ondetoj. Maria instruis al mi ludon. Oni devis, dum la naĝo, trinki ĉe ondosupro, stoki en la buŝo la tutan ŝaŭmon kaj poste surdorsiĝi por ĝin ŝprucigi al la ĉielo. Tiam refariĝis ŝaŭmeca punto, kiu malaperis en la aero aŭ refalis kiel tepida pluvo sur mian vizaĝon. Sed post kelka tempo mia buŝo estis brulvundita pro la amareco de la salo. Maria tiam alnaĝis kaj gluiĝis al mi en la akvo.

4장. 레이몽의 다툼

나는 이 한 주일 내내 일을 많이 했다. 레이몽이 와서 편지를 보냈다고 말했다. 스크린 위에서 무슨 일이 벌어지고 있는지를 이해하지 못하는 **엠마뉴엘**과 함께 두 번 영화관에도 갔었다. 그래서 그에게는 설명을 해주어야 한다.

어제는 토요일이라서 우리가 동의한 대로 마리가 왔다. 나는 그녀에게 심한 욕망을 느꼈다. 그녀가 붉고 흰 줄무늬가 있는 예쁜 옷을 입은 데다가 가죽 샌들을 신고 있었기 때문이었다. 유방이 탄탄한 것을 알 수 있었고 또 햇볕에 탄 갈색 얼굴은 꽃처럼 아름다웠다. 우리는 버스를 타고 알제에서 몇 킬로 떨어져 있는 어느 해변으로 갔다. 그곳은 바위로 사방이 둘러싸여 있었으며 기슭으로는 갈대들이 가장자리를 이루고 있었다. 네 시의 태양은 그다지 뜨겁지는 않았으나 길고 느린 잔물결을 일으키고 있는 물은 미지근했다. 마리가 하나의 장난을 내게 가르쳐 주었다. 헤엄을 치면서 파도가 치솟는 그 꼭대기에서 물을 마시고, 입속에다 거품을 잔뜩 모으고 나서는 똑바로 누워 하늘에 대고 거품을 뿜어내는 것이었다. 그렇게 하니까 그것은 물거품으로 만든 레이스처럼 공중으로 사라져 가기도 하고 혹은 미지근한 빗물이 되어 얼굴 위로 도로 떨어지기도 했다. 그러나 얼마쯤 지나니 입이 소금의 짠맛으로 타들어 가는 것 같았다. 이때 마리가 오더니 물속에서 내게 달라붙었다.

Ŝi metis sian buŝon ĉe mian. Ŝia lango freŝigis miajn lipojn kaj ni ruliĝadis en la ondoj dum ioma tempo.

Kiam ni revestiĝis sur la plaĝo, Maria rigardadis min kun brilantaj okuloj. Mi ŝin kisis. Ekde tiu momento ni ne parolis plu. Mi tenis ŝin ĉe mi kaj ni rapidis trovi aŭtobuson, reveni al mia hejmo, kaj ĵetiĝi sur mian liton. Mi lasis la fenestron malfermita, kaj estis ĝue senti kiel la somera nokto fluas sur niaj brunaj korpoj.

Ĉi-matene Maria restis ĉe mi kaj mi diris al ŝi, ke nf tagmanĝos kune. Mi malsupreniris por aĉeti viandon. Iom poste, la maljuna Salamano grumblis kontraŭ sia hundo, ni aŭdis bruon de plandumoj kaj ungoj sur la lignaj ŝtupoj kaj "Aĉulo, putraĵo"; ili eliris sur la straton. Mi rakontis al Maria la historion de la maljunulo kaj ŝi ekridis. Ŝi surportis unu mian piĵamon, kuspinte la manikojn. Kiam ŝi ekridis, mi denove ŝin ekdeziris. Momenton poste, ŝi demandis min, ĉu mi amas ŝin. Mi diris, ke tio signifas nenion, sed ke ŝajne ne. Ŝi aspektis malgaja. Sed, dum mi preparis la tagmanĝon, ŝi denove ridis tiamaniere, ke mi ŝin kisis.

그녀는 자기 입을 내 입에 대었다. 그녀의 혀가 내 입술을 시원하게 해주었고 우리는 한동안 물결 속에서 뒹굴었다. 우리가 해변에서 옷을 입을 때 마리는 반짝이는 눈으로 나를 바라보았다. 나는 그녀에게 키스했다. 그때부터 우리는 더 말을 하지 않았다. 나는 그녀를 내 쪽으로 끌어당겼다.

그리고 서둘러 버스를 잡아타고 내 집으로 돌아와서 침대 위에 우리는 몸을 던졌다. 나는 창문을 열어 놓은 채로 두었다. 밤이 우리의 갈색 육체 위로 흐르고 있음을 느끼는 것이 좋았다.

오늘 아침, 마리는 그대로 머물러 있었고 나는 그녀에게 함께 점심을 들지 않겠느냐고 말했다. 나는 고기를 사러 아래로 내려갔다.

조금 있으니 살라마노 노인이 자기 개를 야단쳤고 우리는 층계의 나무 계단에서 들려오는 구두 소리와 발톱으로 나무 긁는 소리를 들었다. 그리고 나서 "더러운 놈! 썩어 빠질 놈!"하는 소리가 들려왔다. 그들은 거리로 나갔다. 나는 마리에게 그 노인에 관한 이야기를 들려주었고 그녀는 웃었다.

그녀는 내 파자마를 입고 있었는데 소매를 말아 올렸다. 그녀가 웃었을 때 나는 또 그녀에 대해 욕망을 느꼈다. 잠시 후에 그녀는 나에게 자기를 사랑하냐고 물었다. 나는 그런 것은 의미가 없다고 말하면서, 하지만 아닌 것 같다고 대답했다. 그녀는 침울한 표정을 지었다. 그러나 식사를 준비하면서 그녀가 또 웃어댔기 때문에 나는 그녀에게 키스했다.

Ĝuste tiam aŭdiĝis bruo de disputo ĉe Rajmondo.

Unue aŭdiĝis virina voĉo kaj poste Rajmondo, kiu diris : "Vi ofendis min, ja ofendis min. Vi tuj ricevos lecionon por tio." Aŭdiĝis kelkaj obtuzaj bruoj kaj la virino ekkriegis tiel terure, ke la etaĝa placeto tuj pleniĝis de homoj. Ankaŭ Maria kaj mi eliris. La virino plu kriis kaj Rajmondo plu frapis.

Maria diris, ke estas terure, kaj mi ne respondis. Ŝi petis min serĉi policanon, sed mi respondis, ke mi ne ŝatas la policanojn. Tiam alvenis policano, akompane de la loĝanto de la dua etaĝo, iu tubisto. Li frapis ĉe la pordo kaj tiam ekestis silento. Li frapis pli forte kaj post momento la virino ekploris kaj Rajmondo malfermis la pordon. Li havis cigaredon enbuŝe kaj mienis mildaĉe. La ino ĵetiĝis al la pordo kaj deklaris al la policano, ke Rajmondo batis ŝin. "Nomon!", diris la policano. Rajmondo diris sian nomon.

"Forĵetu la cigaredon el la buŝo, kiam vi parolas al mi", diris la policano. Rajmondo hezitis momenton, okulumis al mi kaj fumis fojon. Tiam la policano svinge vangofrapis lin, dense, peze.

바로 이때 레이몽의 방에서 싸우는 소리가 터져나왔
다. 처음에는 여자 소리가 들려 왔고 이어서 레이몽이
"네가 나를 망쳐 놓았어, 날 망쳐 놓았단 말이야. 나
를 망하게 하면 어떻게 되는지 가르쳐 줄 테다" 하고
말하는 소리가 들렸다.

몇 마디 알아들을 수 없는 소리가 나고 여자가 울부
짖었다. 그러나 너무도 무시무시한 소리라서 층계참은
금세 사람들로 가득 차버렸다. 마리와 나 역시 나가
보았다. 여자는 여전히 악을 쓰고 있었으며 레이몽은
그래도 계속 때리고 있었다. 마리는 너무 잔인하다고
말했지만 나는 아무 대꾸도 하지 않았다. 그녀는 경관
을 부르러 가자고 내게 청했지만 나는 경찰들을 좋아
하지 않는다고 그녀에게 말해 주었다.

그러나 2층에 세든 연관공(鉛管工)과 함께 경관 한 사
람이 도착했다. 경관이 문을 두드렸다. 그러나 그때는
아무 소리도 들리지 않았다. 경관이 좀 더 세게 두드
렸다. 조금 있으니 여자가 울음을 터뜨렸고 레이몽이
문을 열었다. 그는 입에다 담배를 물고 있었으며 사뭇
부드러운 표정을 짓고 있었다. 여자가 문가로 달려와
서는 레이몽이 자기를 때렸다고 경관에게 고발했다.
"자네 이름은?" 하고 경관이 말했다.

레이몽이 대답했다.

"말할 때는 입에서 담배를 빼" 하고 경관이 말했다.
레이몽은 잠시 주저하며 나를 바라보더니 담배를 한번
피웠다. 그때 경관이 두툼하고도 커다란 손바닥으로
그의 뺨을 힘껏 후려쳤다.

La cigaredo falis kelkajn metrojn for. La mieno de Rajmondo ŝanĝiĝis, sed li momente nenion diris; li poste demandis humile, ĉu li rajtas repreni la cigaredstumpon. La policano respondis, ke jes, kaj aldonis : "Sed venontan fojon vi scios, ke policisto ne estas arlekeno." Dum tiu tempo la ino ploradis kaj ŝi ripetis: "Li batis min. Li estas putinisto. "Sinjoro policisto, demandis tiam Rajmondo, ĉu estas laŭleĝe nomi viron 'putinisto'?" Sed la policano ordonis al li "fermi la faŭkon". Tiam Rajmondo turniĝis al la ino kaj diris : "Atendu nur, eta mia, ni renkontiĝos denove." La policano ordonis "fermi ĝin" kaj decidis, ke la virino foriru kaj Rajmondo restu en sia ĉambro, ĝis oni vokos lin al la policejo. Li aldonis, ke Rajmondo devus honti : li estas tiel ebria, ke li tremegas. Tiam Rajmondo klarigis : "Mi ne estas ebria, sinjoro policisto. Sed jen mi staras antaŭ vi, do mi tremas, kompreneble. Li fermis sian pordon kaj ĉiuj foriris. Maria kaj mi finpreparis la manĝon. Sed ŝi ne emis manĝi, mi manĝis preskaŭ ĉion. Ŝi foriris je la unua horo kaj mi iom dormis.
Ĉirkaŭ la tria mi aŭdis frapon ĉe la pordo kaj eniris Rajmondo. Mi restis kuŝe.

담배가 몇 미터쯤 멀리 굴러떨어졌다. 레이몽의 얼굴색이 변했으나 그 당장에는 아무 말도 하지 않았다. 그러다가 그는 겸손한 목소리로 자기의 담배꽁초를 주워도 괜찮겠냐고 물었다. 경관은 그래도 된다고 말하며 이렇게 덧붙였다. "그러나 다음번에는 경관이 꼭두각시가 아니라는 걸 알게 될 거야" 이러는 동안 여자는 계속 울어대면서 "이 사람이 나를 때렸어요. 이 사람은 뚜쟁이예요" 하는 말을 되풀이했다. 그러자 "경관님, 남자에게 뚜쟁이라고 말하는 것도 법이 허용하는 건가요?" 하고 레이몽이 물었다.

그러나 경관은 그에게 "입 닥쳐"라고 명령했다. 그러자 레이몽이 여자 쪽으로 돌아서며 말했다. "기다려, 이 여자야. 다시 만나게 될 테니까." 경관이 그에게 입 다물라고 말했다. 그러고는 여자는 가도 되지만 레이몽에게는 경찰서에서 출두 명령이 내릴 때까지 방에서 기다리고 있으라고 말했다. 경관은 레이몽에게 그렇게 몸을 떨 만큼 취해 있는 것을 부끄럽게 여겨야한다는 말을 덧붙였다. 이때 레이몽이 다음과 같이 해명했다. "나는 취하지 않았습니다, 경관님. 다만 여기당신 앞에 있으니 떨리는 것일 뿐입니다. 당연히." 그는 문을 닫았고 사람들은 모두 떠났다.

마리와 나는 식사 준비를 끝냈다. 그러나 마리는 먹고싶지 않았으므로 내가 거의 다 먹어치웠다. 그녀는 한시에 갔다. 그리고 나는 잠을 좀 잤다.

세 시경에 누군가 문을 두드리는 소리가 들리더니 레이몽이 들어왔다. 나는 그대로 자리에 누워 있었다.

Li sidiĝis sur la randon de mia lito. Dum momento li nenion diris kaj mi demandis lin, kiel okazis lia afero. Li rakontis, ke li faris, kion li intencis, sed ŝi vangofrapis lin kaj tiam li ŝin ekbatis. La ceteron mi mem vidis. Mi diris al li, ke, laŭ mi, ŝi estas nun punita kaj li devas esti kontenta. Ankaŭ li tiel opiniis kaj li rimarkigis, ke, kion ajn faru la policano, tio ne ŝanĝos la batojn, kiujn ŝi ricevis. Li aldiris, ke li bone konas la policanojn kaj scias, kiel konduti kun ili. Li tiam demandis min, ĉu mi supozis, ke li respondos al la vangofrapo de la policano. Mi respondis, ke mi nenion supozis kaj ke cetere la policanojn mi ne ŝatas. Rajmondo ŝajnis tre kontenta. Li demandis min, ĉu mi konsentas iri kun li surstraten. Mi stariĝis kaj komencis min kombi. Li diris, ke mi devos esti lia atestanto. Al mi estis egale, sed mi ne sciis, kion tio signifas. Laŭ Rajmondo, sufiĉos deklari, ke la virino lin ofendis. Mi akceptis esti atestanto.

Ni eldomiĝis kaj Rajmondo regalis min per likvoro. Poste li ekvolis ludi bilardopartion: mi perdis, sed kun malgranda diferenco. Li poste volis iri al bordelo, sed mi rifuzis, ĉar mi tion ne ŝatas.

그가 내 침대가에 걸터앉았다. 그는 잠시 그대로 말없이 있었다. 어떻게 해서 그런 일이 일어나게 되었느냐고 그에게 물었다. 그는 자기가 계획했던 대로 실행했지만, 그녀가 자기 뺨을 때렸기 때문에 그녀를 때려 주었다고 얘기했다. 그 나머지는 내가 본 대로라는 것이었다. 그만하면 그녀가 벌을 받은 셈이니 만족해야 한다고 말해 주었다. 그의 의견도 역시 같았다. 그러나 나는 경관이 아무리 해본다 해도 여자가 얻어맞은 것을 바꿀 수 없음을 지적했다. 그는 경관들을 잘 알고 있으며 또 그들하고는 어떻게 처신해야 한다는 것도 알고 있다는 말을 덧붙였다. 그러면서 그는 경관이 따귀를 때렸을 때 자기가 대항하기를 기대했느냐고 물었다. 전혀 아무것도 기대하지 않았다는 것과 또 게다가 나는 경관이라는 사람들을 좋아하지 않는다고 대답했다. 레이몽은 매우 흡족한 표정이었다. 그는 자기와 함께 외출하지 않겠느냐고 물었다. 나는 일어나 머리를 빗기 시작했다. 그는 내가 자기의 증인 노릇을 해주어야 한다고 말했다. 나는 아무래도 상관없지만 무어라고 증언해야 할지 몰랐다. 레이몽의 말에 의하면 여자가 자기를 망하게 했다는 것만 말해 주면 충분하다고 했다. 나는 그의 증인이 될 것을 승낙했다.

우리는 외출을 했다. 레이몽은 내게 고급 브랜디를 대접했다. 그 뒤 그는 당구를 한판 치고 싶어 했다. 근소한 차이로 내가 졌다, 다음에 그는 창녀 집에 가고 싶어 했으나, 나는 그런 곳을 좋아하지 않기 때문에 거절했다.

Tiam ni malrapide revenis hejmen kaj li diris al mi, kiel kontenta li estas, ke li sukcesis puni sian inon.

Mi trovis lin tre afabla al mi kaj pensis, ke ni havis agrablan momenton.

De malproksime mi ekvidis sur la sojlo la maljunan Salamanon. Li ŝajnis malkvieta. Kiam ni alproksimiĝis, mi rimarkis, ke li estas sen sia hundo.

Li rigardadis ĉiuflanken, turniĝadis surloke, provis trarigardi la nigron de la koridoro, grumblis per neligitaj vortoj kaj denove esploris la straton per siaj etaj ruĝaj okuloj. Kiam Rajmondo demandis lin, kio okazis, li ne respondis tuj. Mi aŭdis neklare, ke li murmuris : "Fiulo, putraĵo", kaj li daŭre agitiĝis. Mi demandis lin, kie estas lia hundo. Li abrupte respondis, ke ĝi malaperis. Kaj subite li ekparolis fluege : "Mi kondukis ĝin al la Manovra Kampo, kiel kutime. Estis multe da homoj ĉirkaŭ la foiraj barakoj.

Mi haltis por rigardi "la Reĝon de l'Eskapo". Kaj kiam mi volis ekiri denove, ĝi estis for. Ja delonge mi intencis aĉeti por ĝi malpli larĝan kolĉenon. Sed mi ja ne kredis, ke tiu putraĵo povus tiel forkuri."

그래서 우리는 천천히 집으로 돌아왔다. 그는 자기의 정부(情婦)를 혼내주는 일이 성공해서 얼마나 기쁜지 모르겠다고 나에게 말했다. 그가 내게는 매우 친절한 사람 같았는데 그때는 아마 우리가 즐거운 순간을 가졌기 때문일 것이라는 생각이 들었다.

멀리서 흥분한 것 같은 살라마노 노인이 출입문 앞에 있는 것이 보였다. 가까이 갔을 때 우리는 그의 개가 없는 것을 알았다. 그는 사방팔방으로 맴을 돌며 찾고 있었으며, 캄캄한 복도를 뒤졌다. 밑도 끝도 없는 말들을 중얼거리면서 그 작고 붉은 눈으로 거리를 다시 뒤지는 것이었다.

레이몽이 그에게 무슨 일이냐고 묻자 그는 얼른 대답하지 못하는 것이었다. 나는 "잡것, 썩을 놈"하고 중얼거리는 소리를 어렴풋이 들었다. 그는 여전히 흥분해 있었다.

나는 개가 어디에 있느냐고 물어보았다. 개가 없어졌다고 그가 퉁명스럽게 말했다. 그리고 단숨에 다음과 같이 입심좋게 말하는 것이었다.

"여느 때처럼 그놈을 연병장(練兵場)으로 데리고 갔었어요. 그 너절한 유랑극장의 둘레에는 사람들이 많았지요. 나는 '도피의 왕'을 보기 위해 걸음을 멈췄습니다. 그러고 나서 다시 가려고 하니까 그놈이 거기에 없더란 말입니다. 물론 오래 전부터 꼭 끼는 목걸이를 사 주어야겠다고 생각은 했어요. 그러나 그 썩어빠질 놈이 그렇게 가버릴 수 있으리라고는 전혀 믿지 못했군요."

Rajmondo tiam klarigis al li, ke la hundo eble erarvagis kaj revenos. Li citis ekzemplojn de hundoj, kiuj trakuris dekojn da kilometroj por retrovi siajn mastrojn. Malgraŭ tio la maljunulo ŝajnis eĉ pli malkvieta. "Sed ili prenos ĝin, vi komprenas. Se iu ĝin kompate akceptus hejmen, estus bone. Sed tio ne eblas, ĝi naŭzas ĉiujn pro siaj krustoj. La policanoj ĝin prenos, certe." Mi tiam diris al li, ke li devas iri al la urba bestogardejo kaj tie oni redonos al li la hundon kontraŭ ia takso. Li demandis min, ĉu tiu takso estas alta. Mi ne sciis. Tiam li ekkoleris : "Doni monon por tiu putraĵo! Ha, ĝi prefere mortaĉu!" Kaj li komencis ĝin insulti. Rajmondo ekridis kaj eniris la domon. Mi sekvis lin kaj adiaŭis sur la etaĝa placeto.

Post momento mi aŭdis la marŝon de la maljunulo kaj li frapis ĉe mia pordo. Kiam mi malfermis ĝin, li restis momenton sur la sojlo kaj diris : "Pardonu min, pardonu min." Mi invitis lin eniri, sed li ne volis. Li rigardis la ekstremojn de siaj ŝuoj kaj liaj krustozaj manoj tremadis. Ne rigardante min rekte, li demandis : "Ili ne forprenos ĝin de mi, sinjoro Merso, ĉu? Ili redonos ĝin al mi. Se ne, kiel mi vivos plu?"

그러자 레이몽이 개는 길을 잃어버렸을지도 모르는 일이며 곧 돌아올 거라고 그에게 설명했다. 그리고 주인을 찾으려고 수십 킬로를 걸어온 개들의 예를 들었다. 그런데도 노인은 더 흥분하는 것처럼 보였다.

"하지만 그 사람들은 내게서 그놈을 빼앗아 갈 거예요, 이해하지요! 만일 어느 누가 그놈을 불쌍히 여겨 집으로 데려간다면, 더 좋겠지요. 그러나 그럴 리는 없죠. 그 부스럼딱지 때문에 사람들이 싫어할 테니까. 순경들이 그놈을 붙잡았을 거예요, 틀림없어요."

그래서 내가 노인에게 시립동물보호소로 가 보라는 말과 벌금 몇 푼만 내면 개를 돌려줄 거라고 말했다. 노인은 벌금이 많냐고 물었다. 내가 알 리가 없다. 그러자 노인이 "그 썩어빠질 놈 때문에 돈을 내야 한다니. 아! 아주 완벽히 죽어 버려라!" 하고 화를 냈다. 그리고는 개에게 욕을 해대기 시작했다. 레이몽이 웃으며 집으로 들어갔다. 나는 그를 따라 들어갔다. 우리는 계단의 층계참에서 헤어졌다. 잠시 후에 노인의 발소리를 들었다. 노인이 내 문을 노크했다. 문을 열자 노인은 잠시 문간에 그대로 서서 "미안해요, 미안해요" 하고 말했다. 내가 들어오라고 했지만, 그러려고 하지 않았다. 그는 자기의 구두 끝을 바라보고 있었고 딱지가 앉은 손을 떨고 있었다. 나를 똑바로 바라보지도 않으면서 "그 사람들이 내게서 그놈을 빼앗아 가지는 않을 거예요. 뫼르소 씨. 그렇지요? 그 사람들은 내게 그놈을 돌려줄 거예요. 그렇지 않으면 나는 어떻게 살아야 하는 거지요?" 하고 물었다.

Mi diris al li, ke la bestogardejo konservas la hundojn tri tagojn je la dispono de iliaj mastroj kaj poste agas laŭplaĉe. Li rigardis min silente kaj diris : "Bonan vesperon." Li fermis sian pordon kaj mi ekaŭdis, kiel li marŝas tien-reen. Lia lito ekkrakis. kaj laŭ la stranga brueto, kiu transpasis la maldikan muron, mi komprenis, ke li estas ploranta. Tiam — mi ne scias kial — mi ekpensis pri panjo. Sed mi devis ellitiĝi frue la sekvontan tagon. Mi ne emis manĝi kaj enlitiĝis ne manĝinte.

동물보호소는 주인을 도와주려고 사흘간 개들을 보호 해 주지만 그 뒤에는 거기에서 임의대로 처분한다는 것을 그에게 말해 주었다.

그는 말없이 나를 바라보았다. 그러더니 "잘 자요" 하고 말했다. 그가 자기 방문을 닫았다.

그러나 나는 그가 왔다 갔다 하는 소리를 들었다. 그의 침대가 삐걱거렸다. 얇은 벽을 통해 들려오는 이상하고 작은 소리에 나는 그가 울고 있음을 알았다. 그때 내가 왜 엄마에 관해 생각했는지 모르겠다.

그러나 나는 다음날 빨리 일어나야 했다. 배가 고프지 않아서 나는 저녁도 들지 않고 자리에 누웠다.

V

Rajmondo telefonis al mi, dum mi estis en la oficejo. Li diris, ke unu lia amiko (al kiu li parolis pri mi) invitis min pasigi la dimanĉon en lia feridometo apud Alĝero. Mi respondis, ke konsentite, sed mi ja promesis tiun tagon al amikino. Rajmondo tuj deklaris, ke ankaŭ ŝin li invitas. La edzino de lia amiko estos tre kontenta, ke ŝi ne estos sola meze de vira grupo.

Mi volis tuj rekroĉi la parolilon, ĉar mi scias, ke la mastro ne ŝatas, kiam iu telefonas al ni elekstere.

Sed Rajmondo petis, ke mi atendu kaj diris, ke li povintus transdoni al mi tiun inviton vespere, sed li deziris averti min pri alia afero. Dum la tuta tago lin spionsekvis grupo de araboj, en kiu troviĝis la frato de lia eksamorantino. "Se vi vidos lin ĉi-vespere dum rehejmiĝo, avertu min." Mi diris, ke konsentite.

Iom poste la mastro alvokis min kaj en la unua momento tio min ĉagrenis : mi konjektis, ke li diros al mi, ke mi telefonu malpli ofte kaj laboru pli diligente. Sed temis tute ne pri tio.

5장. 미라의 결혼 제안

레이몽이 사무실에 있는 내게 전화를 했다. 그의 친구 하나가 -그는 그 친구에게 벌써 나에 관한 이야기를 한 것이다- 알제 근처에 있는 그의 작은 별장에서 일 요일 하루를 보내는데 나를 초대했다고 말했다.

나는 그러고 싶지만 여자친구와 약속이 있다고 대답했 다.

그러자 레이몽은 대뜸 그녀 역시 초대한다고 말했다. 그 친구의 부인은 남자들 가운데에서 혼자 있지 않게 된 것을 매우 기뻐할 것이라고 했다.

나는 얼른 전화를 끊고 싶었다. 사장은 우리가 사적인 전화를 받는 것을 좋아하지 않기 때문이었다.

그러나 레이몽은 기다려 달라고 부탁하면서 이런 초대 는 저녁에 전해 줄 수도 있겠지만 그것보다 다른 것 을 내게 알리고 싶어서였다고 말했다.

그는 하루 종일 아랍인 일당에게 미행을 당했다는 거 였다. 그중에 자기 예전 정부(情婦)의 오빠가 있었다 고 했다.

"만일 자네가 오늘 저녁 귀가하면서 집 근처에 그 자 를 보면 내게 알려주게."

나는 알았다고 말했다.

조금 있으니 사장이 나를 불렀다.

그러자 금방 짜증이 났다. 전화를 삼가하고 일을 더하 라고 말하겠지 하고 짐작했다.

그러나 전혀 그런 것이 아니었다.

Li deklaris, ke li volas paroli al mi pri projekto ankoraŭ malpreciza.

Li deziris nur ekscii mian opinion pri ĝi. Li intencis instali oficejon en Parizo por trakti la aferojn surloke kaj rekte kun la gravaj firmaoj, kaj li volis scii, ĉu mi konsentas iri tien. Tio ebligus al mi vivi en Parizo kaj ankaŭ vojaĝi dum parto de la jaro. "Vi estas juna, kaj ŝajnas al mi, ke tia vivo devas plaĉi al vi." Mi diris, ke jes, sed ke finfine tio al mi egalas. Li tiam demandis min, ĉu ŝanĝo de vivo ne interesas min.

Mi respondis, ke oni neniam povas ŝanĝi sian vivon, ke ĉiaokaze ĉiuj vivmanieroj egalas unu la alian, kaj ke la mia ĉi tie tute ne malplaĉas al mi. Li ekŝajnis malkontenta, diris, ke mi ĉiam respondas ekster la demandoj, ke al mi mankas ambicio — kio estas pereiga por la komercaj aferoj. Tiam mi reiris al la laboro. Mi ja preferus ne malkontentigi lin, sed mi ne vidis kialon por ŝanĝi mian vivon. Se pripensi bone, mi ne estas malfeliĉa. Kiam mi estis studento, mi havis multajn tiaspecajn ambiciojn. Sed kiam mi devis forlasi miajn studojn, mi rapide komprenis, ke ĉio ĉi estas sen vera graveco.

그는 아직 막연한 어떤 계획에 대해서 말하려고 한다고 선언했다. 그는 다만 이 문제에 대해서 나의 의견이 어떤지를 알고 싶어 할 뿐이었다. 그는 파리에다 사무실을 하나 차릴 계획인데 그 사무실에서 그곳의 일을 큰 회사들과 직접 거래하게 될 것이다. 그런데 내가 거기로 갈 의향이 있는지 알고 싶어 했다. 그렇게 되면 나는 파리에서 살게 될 것이고 또한 일 년 중 얼마는 여행을 할 수도 있게 된다.

"자네는 젊어. 그래서 이런 생활이 마음에 들 거라고 생각되는데."

나는 좋다고는 했지만 마침 어찌 되든 내게는 똑같다고 말했다. 그러니까 그는 생활의 변화에 대해서 흥미가 없느냐고 물었다. 나는 생활이란 절대로 변화되는 것이 아니며 어쨌든 모든 생활은 값어치가 있는 것이고, 여기에서 내 생활도 전혀 마음에 들지 않는 것은 아니라고 대답했다. 그는 불만스러운 표정을 짓더니 내가 늘 질문을 벗어난 대답을 하고 야심이 부족한데, 그건 장사하는 일에서는 곤란한 일이라고 말했다. 그때 나는 일을 하려고 돌아왔다. 그를 만족스럽게 했으면 나도 좋았을 테지만 나는 내 생활을 바꾸어야 할 아무런 이유가 없었다.

그런 것에 대해서 곰곰이 생각해 보아도 나는 불행하지는 않았다. 학생이었을 적에는 이런 종류의 야심을 많이 가졌었다. 그러나 학업을 포기해야만 했을 때 나는 이런 모든 것이 진짜 중요하지 않다는 것을 재빨리 깨달았다.

Vespere Maria venis al mi kaj demandis min, ĉu mi volas ŝin edzinigi. Mi diris, ke tio al mi egalas kaj ke ni povas tion fari, se ŝi volas. Ŝi ekvolis scii, ĉu mi amas ŝin. Mi respondis, kiel mi jam faris unufoje, ke tio nenion signifas, sed ke verŝajne mi ne amas ŝin.

"Do kial min edzinigi?" ŝi diris. Mi klarigis, ke tio tute ne havas gravecon : se ŝi deziras tion, ni povos geedziĝi. Cetere ŝi mem tion petis, mi nur konsentis.

Ŝi tiam rimarkigis, ke geedziĝo estas serioza afero.

Mi respondis :"Ne." Ŝi silentis momenton kaj senparole rigardis min. Poste ŝi ekparolis. Ŝi volis nur scii, ĉu mi akceptus la saman proponon de alia virino, al kiu mi estus same ligita. Mi diris : "Kompreneble." Ŝi tiam demandis sin mem, ĉu ŝi amas min, sed mi ne povis respondi al tiu demando.

Post plua momento de silentado, ŝi murmuris, ke mi estas stranga, ke ŝi amas min eble ĝuste pro tio, sed ke eble mi iam ŝin naŭzos pro la sama kialo. Ĉar mi nenion diris — nenio aldirendis — ŝi prenis mian brakon ridetante kaj deklaris, ke ŝi volas edziniĝi kun mi. Mi respondis, ke ni tion faros, kiam ŝi volos.

저녁에 마리가 찾아와서 자기와 결혼하고 싶은 생각이 없느냐고 물었다. 나는 어찌 되든 같다고 말하면서 그것을 원한다면 우리는 결혼할 수 있다고 말했다. 그러자 그녀는 내가 자기를 사랑하는지 알고 싶어 했다. 나는 이미 언젠가 한 번 그렇게 대답한 것처럼, 그런 것은 아무런 의미가 없지만 아마 사랑하지 않는다고 대답했다. "그렇다면 왜 나하고 결혼하려고 하는 거지?" 하고 그녀가 물었다. 나는 그런 것은 전혀 중요하지 않으며, 만일 원한다면 우리는 결혼할 수 있다고 설명해 주었다. 그리고 결혼을 요청해 온 것은 바로 그녀이고 나는 그저 만족하는 터였다.

그러자 그녀가 결혼이란 중대한 것이라는 사실을 지적했다. 나는 "그렇지 않아" 하고 대답했다. 그녀는 잠시 조용하더니 말없이 나를 쳐다보았다. 나중에 말을 꺼냈다. 만일 그녀와 똑같은 식으로 관계가 맺어진 어떤 여자가 같은 제안을 했어도 내가 받아들였겠는지를 그녀는 알고 싶어 했다. "물론이지" 하고 내가 말했다. 그러자 그녀는 자기가 나를 사랑하고 있는지 궁금했지만 나는 거기에 아무 대답도 할 수 없다. 잠시 침묵이 흐른 뒤에 그녀는 내가 이상한 사람이고, 자기는 아마 그런 것 때문에 나를 사랑하고 있지만 언젠가는 내가 같은 이유로 자기를 싫어하게 될지 모른다고 중얼거렸다. 내가 보탤 말도 없어 입을 다물고 있었더니 그녀는 미소를 지으면서 내 팔을 잡고 결혼하고 싶다고 분명히 말했다. 그녀가 결혼하고 싶은 생각이 들면 바로 하자고 대답했다.

Mi parolis al ŝi pri la propono de mia mastro kaj Maria diris, ke ŝi ŝatus ekkoni Parizon. Mi informis ŝin, ke mi iom vivis tie, kaj ŝi demandis min, kiel ĝi aspektas. Mi diris : "Malpure. Estas tie kolomboj kaj nigraj kortoj. La homoj havas blankan haŭton."

Poste ni marŝis kaj trairis la urbon laŭ la grandaj stratoj. La virinoj estis belaj, kaj mi demandis al Maria, ĉu ŝi tion rimarkas. Ŝi diris, ke jes kaj ke ŝi komprenas min. Dum momento ni ne parolis plu. Sed mi volis, ke ŝi restu kun mi kaj mi diris, ke ni povas vespermanĝi kune ĉe Celesto. Ŝi tion ja deziris, sed ŝi havis okupaĵojn. Ni estis proksime de mia hejmo kaj mi adiaŭis ŝin. ŝi rigardis min : "Vi ne volas scii, pro kio mi estas okupita." Mi ja volis tion scii, sed mi ne pensis pri tio kaj ŝajne ŝi tion riproĉis al mi. Tiam, vidante mian embarasitan mienon, ŝi denove ridis kaj proksimigis al mi sian buŝon per movo de la tuta korpo. Mi vespermanĝis ĉe Celesto. Mi jam komencis manĝi, kiam eniris stranga virineto, kiu demandis min, ĉu mi permesas, ke ŝi sidu ĉe mia tablo.

Kompreneble, mi permesis.

나는 그녀에게 사장의 제안에 관해 이야기를 해주었더니 마리는 파리를 알고 싶다고 말했다. 내가 한때 파리에서 생활한 적이 있다고 알려주자 그녀는 그곳이 어떠냐고 물었다.

내가 말했다. "더러운 곳이지. 거기에 비둘기하고 시커먼 마당들이 있어. 사람들의 피부는 하얗고 말이야."

그러고 나서 우리는 걸어, 큰길로 해서 도시를 가로질렀다. 여자들은 아름다웠다. 마리에게 그것을 알아차렸냐고 물어보았다. 그녀는 그렇다고 하며 나를 이해한다고 말했다.

잠깐 우리는 더 할 말이 없었다. 그러나 나는 그녀가 나와 함께 있어 주기를 바랐다. 그래서 셀레스트의 집으로 같이 저녁을 먹으러 갈 수 있느냐고 말했다. 그녀도 그러고는 싶었지만 해야 할 일이 있었다.

내 집 가까이에서 나는 그녀에게 작별인사를 했다. 그녀가 나를 쳐다보았다. "내가 무엇을 하려는지 알고 싶지 않은 거야?" 나도 알고는 싶었지만, 그것에 대해 생각하지는 않았다.

그런데 그녀는 그것이 못마땅한 모양이다.

그때 내가 난처한 표정을 짓자 그녀는 또 웃으면서 온몸으로 내게 다가와 자기 입술을 내미는 것이었다.

나는 셀레스트의 집에서 저녁을 먹었다.

내가 이미 먹기 시작했을 때 어떤 이상하고 키 작은 여인이 들어와 내 식탁에 앉아도 되느냐고 물었다.

물론 그렇게 하라고 했다.

Ŝi faris abruptajn gestojn kaj havis brilantajn okulojn en pomsimila eta vizaĝo.

Ŝi demetis sian ĵaketon, sidiĝis kaj febre ekkonsultis la menuon. Ŝi vokis Celeston kaj mendis tuj ĉiujn elektitajn manĝaĵojn per voĉo samtempe preciza kaj rapidega. Atendante la antaŭmanĝaĵojn, ŝi malfermis sian mansakon, elprenis kvadratan paperpecon kaj krajonon, faris la kalkulon, eltiris el monujeto la ekzaktan sumon — inkluzive la trinkmonon — kaj metis la monon antaŭ sin. En tiu momento oni alportis al ŝi la antaŭmanĝaĵojn kaj ŝi englutis ilin rapidege. Dum ŝi atendis la sekvontan pladon, ŝi elprenis denove el la mansako bluan krajonon kaj semajnan revuon pri radioprogramoj. Ŝi tre zorge markis unu post la alia preskaŭ ĉiujn elsendojn. Ĉar la revuo enhavis dekduon da paĝoj, ŝi daŭrigis tiun laboron pedante dum la tuta manĝo. Kiam mi jam finis manĝi, ŝi ankoraŭ markis kun la sama zorgemo.

Poste ŝi stariĝis, remetis sian ĵaketon per la samaj precizaj gestoj — kvazaŭ aŭtomate — kaj eliris. Ĉar mi nenion bezonis fari, mi eliris ankaŭ kaj sekvis ŝin dum momento.

그녀의 행동은 서두르는 듯했고, 사과같이 작은 얼굴에서 눈이 반짝거렸다.

그녀는 웃옷을 벗고 앉더니 열에 들뜬 듯이 메뉴를 들여다보았다.

그리고는 셀레스트를 불러 즉각 분명하면서도 급한 소리로 선택한 음식을 모두 주문했다.

오르되브르 (식사 전에 먹는 간단한 요리)를 기다리면서 그녀는 손가방을 열고 작고 네모진 종이 한 장과 연필을 꺼내 미리 계산을 해보고 나서 거기에 음료숫값을 더한 정확한 값을 지갑에서 꺼내 자기 앞에 놓았다.

그때 오르되브르를 가져왔는데 그녀는 그것을 잽싸게 먹어치웠다.

다음 요리를 기다리면서 그녀는 또 손가방에서 파란 연필과 이 주일의 라디오 방송 프로그램이 실려 있는 잡지를 꺼냈다.

그러고는 아주 정성을 기울여 그 모든 방송 프로그램 거의 하나하나에다 금을 그었다. 잡지는 12페이지였기 때문에 그녀는 식사하는 동안 내내 그 일을 꼼꼼히 계속했다.

내가 벌써 식사를 끝냈는데도 그녀는 여전히 열심히 금을 긋고 있었다.

이윽고 그녀가 일어나서 그 자동인형과 같은 정확한 몸짓으로 웃옷을 입고 밖으로 나갔다.

아무 할 일도 없고 해서 나는 밖으로 나와 한동안 그녀의 뒤를 따라갔다.

Ŝi lokiĝis sur la rando de la trotuaro kaj kun nekredeblaj rapideco kaj certeco sekvis sian vojon sen devio aŭ turniĝo. Finfine mi ĉesis ŝin vidi kaj iris returnen. Mi pensis, ke ŝi estas stranga, sed baldaŭ forgesis pri ŝi.

Sur la sojlo de mia ĉambro mi trovis la maljunan Salamanon. Mi invitis lin eniri kaj li sciigis al mi, ke lia hundo perdiĝis, ĉar ĝi ne estas en la bestogardejo.

La oficistoj diris al li, ke eble ĝi pereis sub la radoj de aŭtomobilo. Li demandis, ĉu ne eblas tion ekscii en la kvartalaj policejoj. Oni respondis, ke oni ne registras tiajn aferojn, ĉar ili okazas ĉiutage. Mi diris al la maljuna Salamano, ke li povus akiri alian hundon, sed li prave rimarkigis, ke al tiu ĉi li kutimiĝis.

Mi kaŭris sur mia lito kaj Salamano sidis sur seĝo antaŭ la tablo. Li sidis kontraŭ mi kaj tenis siajn manojn sur la genuoj. Li konservis surkape sian malnovan feltoĉapelon. Li maĉadis frazerojn sub siaj flaviĝintaj lipharoj. Li iom tedis min, sed mi havis nenion por fari kaj ne dormemis.

Por ion diri, mi demandis lin pri la hundo. Li diris al mi, ke li ekhavis ĝin post la morto de la edzino. Li edziĝis relative malfrue.

그녀는 보도의 가장자리를 따라서 믿을 수 없을 정도로 빨리, 그리고 정확하게 빗나가지도 않고 뒤돌아보지도 않으면서 자기 길을 걸어가고 있었다.

마침내 나는 시야에서 그녀를 놓치고 할 수 없이 되돌아오고 말았다.

이상한 여자라고 생각했지만, 곧 잊어버렸다.

현관 앞에서 살라마노 노인을 만났다.

내가 그에게 들어오라고 초대했고, 노인은 개가 보호소에도 없으니 잃어버린 것이라고 일러주었다. 그곳의 사무원들은 아마 개가 차에 치였을 거라고 말했을 것이다. 그는 지역경찰서에서 그 사실을 알 수는 없겠느냐고 물었다. 그랬더니 그런 일은 매일 일어나기 때문에 기록해 두지 않는다는 대답이었다. 나는 살라마노 노인에게 다른 개를 가질 수도 있지 않으냐고 말했다. 그러자 그는 마땅히 그 개에게 정이 들었다는 점을 내게 알려주었다.

나는 침대 위에 쪼그리고 앉아 있었고 살라마노는 탁자 앞 의자에 앉아 있었다.

그는 나와 마주 앉아 두 손을 무릎 위에 올려놓고 있었다. 여전히 낡은 펠트 모자를 쓴 채 그는 노란 코밑수염 아래로 말끝을 우물우물 씹었다. 노인은 나를 약간 지루하게 했지만 나는 할 일도 없고 졸리지도 않았다. 어떤 것이라도 말하려고 나는 그의 개에 관해 물어보았다.

노인은 아내가 죽은 후에 그 개를 기르게 되었다고 말했다. 그는 퍽 늦게 결혼을 했다.

Juna, li deziris karieri en teatro : dum la militservo li ludis en soldataj vodeviloj. Sed fine li dungiĝis en la fervojoj kaj tion ne bedaŭras, ĉar nun li ĝuas etan pension. Li ne estis feliĉa kun sia edzino, sed ĝenerale li bone kutimiĝis al ŝi. Kiam ŝi mortis, li sentis sin tre soleca. Tiam li petis hundon de laborkamarado. Tiun hundon li ricevis tre juna.

Necesis nutri ĝin el suĉbotelo. Sed ĉar hundo vivas malpli longe ol homo, ili finfine iĝis maljunaj samtempe.

"Ĝi havis malagrablan karakteron, diris Salamano. De tempo al tempo ni kverelis. Sed ĝi tamen estis bona hundo." Mi diris, ke ĝi estis belrasa, kaj Salamano ŝajnis kontenta. "Kaj plie, li aldiris, vi ne konis ĝin, kiam li ankoraŭ ne estis malsana. Plej bela en ĝi estis la felkoloro."

Ĉiuvespere kaj ĉiumatene, de kiam la hundon trafis tiu haŭtmalsano, Salamano ŝmiris ĝin per pomado.

Sed, laŭ lia opinio, ĝia vera malsano estis maljuneco, kaj maljunecon oni ne povas elkuraci.

En tiu momento, mi oscedis kaj la maljunulo anoncis, ke li nun foriros.

젊었을 때는 연극에 관한 일을 하고 싶었다. 그래서 군 복무 중에는 군대의 소연극에 출연하기도 했었다. 그러나 결국에는 철도청에 들어갔는데 그것을 후회하지는 않았다. 왜냐하면, 지금 적지만 연금이 나오기 때문이다.

그는 아내하고 행복스럽지는 못했으나 전체적으로 본다면 아내에게 적응이 잘 되어 있었다. 아내가 죽었을 때 그는 아주 고독하다는 느낌이 들었다.

그래서 공장 친구에게 개 한 마리를 부탁해서, 아주 어린 그 개를 가지게 된 것이었다. 우유로 개를 키워야만 했다. 그러나 개는 사람보다 수명이 짧으므로 마침내 그들은 함께 늙게 된 것이다.

"그놈은 성질이 나빴어요" 하고 살라마노가 말했다. "이따금 말다툼하기도 했지요. 그러나 그래도 역시 좋은 개였어요."

내가 그 개는 혈통이 좋았다고 말하자 살라마노는 흡족한 모양이었다.

"그리고…." 그가 말을 덧붙였다.

"당신은 병을 앓기 전의 그놈을 모르죠. 그놈에게서 가장 좋은 것은 바로 그 털 색이었어요."

개가 피부병을 앓으면서부터는 매일 저녁, 매일 아침 살라마노는 개에게 연고를 발라 주었다. 그러나 그의 생각에 그놈의 진짜 병은 노쇠(老衰)였고 그리고 노쇠란 치유되는 것이 아니었다.

이때 내가 하품을 하자 노인은 이제 가겠다고 말했다.

Mi diris al li, ke li povas resti kaj ke min tre ĉagrenas tio, kio okazis al lia hundo : li dankis min. Li diris, ke panjo tre amis lian hundon. Parolante pri ŝi, li nomis ŝin "via kompatinda patrino". Li eldiris la supozon, ke mi certe estas tre malfeliĉa post la morto de panjo kaj mi nenion respondis. Li tiam diris, tre rapide kaj kun embarasita mieno, ke laŭ lia scio, oni min juĝis malbone en la kvartalo, ĉar mi sendis panjon al la azilo, sed — li diris — li konas min kaj scias, ke mi tre amis panjon. Mi respondis — mi ankoraŭ nun ne scias kial —, ke mi ĝis nun ne sciis pri tiu misjuĝo ĉirilate, sed ke la azilo ŝajnis al mi normala afero, ĉar mi ne havis sufiĉan monon por restigi panjon hejme. "Cetere, mi diris, jam delonge ŝi havis nenion por diri al mi kaj ŝi enuis sola. — Jes, li diris, en la azilo oni almenaŭ akiras kamaradojn." Poste li pardonpetis : li volis dormi. Nun lia vivo ŝanĝiĝis kaj li ne sciis ĝuste, kion li faros. Unuafoje de kiam mi konis lin, li, per gesto ŝtelrapida, etendis al mi la manon kaj mi sentis la skvamojn de lia haŭto. Li iom ridetis kaj antaŭ ol eliri, diris : "Mi esperas, ke la hundoj ne bojos ĉi-nokte. Mi ĉiam kredas, ke bojas la mia."

내가 더 있어도 괜찮은데 개에게 일어난 이야기가 지루했다고 말하니 그가 감사하다고 말했다. 노인은 엄마가 자기 개를 무척 사랑했다고 이야기했다. 엄마 이야기를 하면서 그는 엄마를 "당신의 불쌍한 어머니"라고 불렀다. 그는 내가 엄마가 돌아가시고 나서 아주 불행할 것이라고 짐작해서 나는 아무 대답도 하지 않았다. 그러자 그는 매우 빨리, 그리고 난처한 표정으로 내가 엄마를 양로원에 보냈기 때문에 이 구역에서 나를 나쁘게 평했던 것을 그도 알고 있지만, 자기는 나를 이해하며 내가 엄마를 몹시 사랑한 것도 알고 있다고 말했다. 나는 그 점에 있어서 사람들이 나를 나쁘게 평한 것을 지금까지 몰랐었다는 것과 하지만 엄마를 집에서 간호할만큼 충분한 돈이 없었기 때문에 양로원에 가시게 한 것은 당연한 것처럼 생각되었다는 대답을 했는데, 왜 그랬는지 지금도 그 이유를 모르겠다. "게다가 어머니는 오래전부터 나와 할 말이 없었고 그래서 혼자 지루해하셨어요" 하고 내가 덧붙였다. "그래요. 적어도 양로원에서는 친구들을 사귀게 되지요" 하고 그가 말했다. 그러고 나서 그는 잠을 자고 싶다고 양해를 구했다. 그의 생활은 지금 변해 버렸다. 그런데 그는 무엇을 해야 할지 정말 모르고 있다. 그를 알고 난 후 처음으로 그는 은밀한 몸짓으로 내게 손을 내밀었다. 나는 그의 살갗이 비늘 같다고 느꼈다. 그는 살짝 웃었다. 그리고 방을 나가기 전에 이렇게 말했다. "오늘 밤 개들이 짖지 말았으면 좋겠어요. 내 개가 짖는다고 항상 믿거든요."

VI

Dimanĉon mi pene vekiĝis : Maria devis por tio min voki kaj skui. Ni ne matenmanĝis, ĉar ni deziris nin bani frue. Mi sentis min absolute malplena kaj mia kapo iom doloris. Mia cigaredo gustis amare.

Maria mokis min : ŝi diris, ke mi havas "entombigan mienon". Ŝi surportis robon el blanka tolo kaj lasis siajn harojn liberaj. Mi diris al ŝi, ke ŝi estas bela, kaj ŝi ekridis de plezuro.

Malsuprenirante, ni frapis ĉe la pordo de Rajmondo. Li respondis, ke li tuj venos. Sur la strato, pro mia laco kaj ankaŭ pro tio, ke ni ne malfermis la ŝutrojn, la taglumo, jam plena je suno, frapis nin kiel survango. Maria saltadis pro ĝojo kaj ripetadis, ke la vetero estas bela. Mi eksentis min pli bone kaj rimarkis, ke mi malsatas. Mi tion diris al Maria : ŝi montris al mi sian sakon el laktolo, en kiu troviĝis niaj bankostumoj kaj unu tuko. Mi devis do atendi.

Ni aŭdis Rajmondon fermi sian pordon. Li surportis bluan pantalonon kaj blankan ĉemizon kun kurtaj manikoj.

6장. 레이몽의 친구 마쏭

일요일, 나는 힘겹게 깨어났다.

그래서 마리가 내 이름을 부르고 나를 흔들어 깨워야 했다. 우리는 일찍 해수욕하고 싶었기 때문에 아침도 먹지 않았다. 나는 아주 허탈한 느낌이었고 머리도 조금 아팠다. 담배 맛이 썼다.

마리는 내가 "무덤에 들어간 얼굴"을 하고 있다고 말하면서 나를 놀려댔다. 그녀는 흰 천으로 된 옷을 입고 있었고 머리카락은 느슨하게 풀어 놓았다. 아름답다고 그녀에게 말해 주었더니 그녀는 기뻐서 웃었다.

아래층으로 내려가면서 우리는 레이몽의 문을 두드렸다. 그는 내려간다고 우리에게 대답했다.

거리에 나서니 피곤한 탓으로, 또 덧문들을 열지 않았던 탓으로 벌써 햇빛으로 충만해진 대낮이 뺨을 치듯 나를 후려쳤다.

마리는 기뻐서 깡충거리며 날씨가 좋다는 말을 여러 차례 되풀이했다. 나는 기분이 좋아졌고 배가 고프다는 것도 느꼈다. 내가 그 말을 마리에게 했더니, 그녀는 우리 둘의 수영복과 수건이 들어있는 방수(防水) 천으로 된 그녀의 가방을 내게 가리켜 보였다.

이제는 기다리는 수밖에 없다.

레이몽이 자기 방문을 닫는 소리가 들렸다.

그는 파란 바지에다 짧은 소매가 달린 흰 셔츠를 입고 있었다.

Sed lian kapon kovris pajloĉapelo, kio ridigis Marian; kaj liaj antaŭbrakoj estis tre blankaj sub la nigraj haroj. Tio iom naŭzis min.

Malsuprenirante, li fajfadis kaj ŝajnis tre kontenta. Li diris al mi :"Saluton, oldulo", kaj nomis Marian "fraŭlino".

La antaŭan tagon ni estis en la policejo kaj tie mi atestis, ke la ino lin "ofendis". Li elturniĝis kun nura admono. Mian aserton oni ne kontrolis. Ĉe la pordo, ni aludis tiun okazaĵon kun Rajmondo kaj ni decidis uzi aŭtobuson. La strando ne estas tre malproksime, sed tiel estos pli rapide. Rajmondo opiniis, ke lia amiko estos kontenta vidi nin frue. Ni estis forirontaj, kiam, subite, Rajmondo signis, ke mi rigardu kontraŭen. Mi ekvidis grupon da araboj apogiĝintaj ĉe la fenestro de tabakvendejo. Ili rigardis nin silente, sed laŭ sia maniero, tutsimple kvazaŭ ni estus ŝtonoj aŭ mortaj arboj. Rajmondo diris al mi, ke la dua de dekstre estas "lia" ulo, kaj li ekŝajnis maltrankvila. Li aldonis, ke tio estas tamen finita historio. Maria ne bone komprenis kaj demandis min, pri kio temas. Mi diris, ke ili estas araboj, kiuj havas ion kontraŭ Rajmondo. Ŝi esprimis la deziron, ke ni tuj foriru.

그러나 머리를 다 덮을 밀짚모자를 쓰고 있어, 마리가 그것을 보고 웃음을 터뜨렸다. 그의 팔뚝은 아주 희었으나 시커먼 털로 덮여 있었다. 그것이 내겐 좀 역겨웠다. 그는 내려오면서 휘파람을 불었다. 아주 흡족한 표정이었다. 그는 내게 "늙은이, 잘 잤나?"하고 말했고 마리를 보고는 "아가씨"라고 불렀다.

전날 우리는 경찰서에 갔었다. 그래서 나는 그 여자가 레이몽을 '화나게 했다'라는 것을 증언했다. 그는 경고처분으로 그 사건에서 풀려났다. 내가 단정적으로 한 말을 확인해 보지도 않았다.

문 앞에서 우리는 레이몽과 그 사건을 넌지시 말하다가 버스를 타고 가기로 결정을 내렸다. 해변은 그다지 멀지 않았지만 그렇게 해야 더 빨리 갈 수 있었다. 레이몽은 일찍 오는 우리를 보고 자기 친구가 기뻐할 것이라는 생각을 했다. 막 떠나려고 할 때 레이몽이 내게 앞을 바라보라는 표시를 얼른 해 보였다. 담배가게의 진열장에 기대고 있는 한 떼의 아랍인들이 보였다. 그들은 말없이 우리를 바라보고 있었지만 그들의 태도는 마치 우리를 돌멩이들이나 죽은 나무 정도로밖에는 여기지 않는다는 투였다. 레이몽이 오른쪽에서부터 두 번째 사람이 바로 그놈이라는 말을 해주고 불안한 표정을 지었다. 그러나 그는 이젠 끝난 이야기라는 말을 덧붙였다. 마리가 잘 이해하지 못하고 무슨 일인지 내게 물었다. 나는 그녀에게 레이몽에게 어떤 음모를 꾸미고 있는 아랍인들이라는 것을 말해 주었다. 그녀는 지체하지 말고 떠났으면 했다.

Rajmondo rektiĝis, ekridis kaj diris, ke ni devas rapidi.

Ni iris al la aŭtobushaltejo, situanta je kelka distanco, kaj Rajmondo informis, ke la araboj ne sekvas nin. Mi turniĝis. Ili estis plu sur la sama loko kaj rigardis kun la sama indiferenteco la lokon, kiun ni ĵus forlasis. Ni eniris la aŭtobuson. Rajmondo, kiu ŝajnis tute trankviliĝinta, senĉese diradis spritaĵojn por Maria. Mi sentis, ke ŝi plaĉas al li, sed ŝi preskaŭ ne respondis al li. De tempo al tempo ŝi rigardis lin ridante.

La strando estas sufiĉe proksima al la aŭtobushaltejo. Sed necesis trairi malaltan plataĵon, kiu staras super la maro kaj poste deklivas al la maro. Ĝi estis kovrita de flavecaj ŝtonoj kaj de asfodeloj tute blankaj sur la bluo, jam akra, de la ĉielo. Maria amuziĝis, disŝutante la petalojn per fortaj batoj de sia laktola sako. Ni marŝis inter la rangoj de etaj vilaoj kun verdaj aŭ blankaj bariloj, kelkaj forkaŝitaj, kun siaj verandoj, sub la tamarikoj, aliaj nudaj meze de la ŝtonoj. Antaŭ ol alveni al la bordo de la plataĵo, oni jam povis vidi la senmovan maron kaj, pli fore, kabon dormantan kaj masivan en la klara akvo.

레이몽이 몸을 바르게 세우고, 서둘러야 한다고 말하면서 웃었다.

우리는 약간 멀리 있는 버스 정류장으로 갔다. 레이몽은 아랍인들이 우리를 따라오지 않는다고 내게 일러주었다. 내가 돌아다보았다. 그들은 여전히 똑같은 장소에 있었으며 또 똑같이 무관심한 태도로 우리가 방금 떠나온 장소를 처다보고 있었다. 우리는 버스를 탔다. 완전히 마음을 놓은 것같이 보이는 레이몽은 마리에게 쉬지 않고 농담을 했다. 그녀가 그의 마음에 들었다는 것을 나는 알 수 있었다. 하지만 그녀는 거의 그에게 대꾸하지 않았다. 이따금 그녀는 웃으면서 그를 바라보곤 했다.

해변은 버스 정류장에서 멀지 않았다. 그러나 바다가 내려다보이고 바닷가로 경사져 있는 한 작은 고원(高原)을 가로질러 가야 했다. 고원은 노르스름한 돌과 벌써 새파래진 하늘을 향해 온통 하얗게 피어 있는 수선화로 덮여 있었다.

마리는 방수(防水) 가방을 크게 휘둘러 꽃잎을 흐트러뜨리며 재미있어했다. 우리는 녹색이나 흰색의 울타리가 쳐진 작은 별장들이 죽 늘어서 있는 가운데로 걸어갔다. 그중의 어떤 것들은 베란다까지도 위성류(渭城柳)로 파묻혀 있었고, 어떤 것들은 바위 한가운데에 그대로 드러나 있는 것도 있었다.

고원의 기슭에 도달하기 전에 벌써 잠잠한 바다가 보였고, 더 멀리 맑은 물속에서 졸고 있는 육중한 갑(岬)이 보였다.

Mallaŭta bruo de motoro suprenvenis ĝis ni en la kvieta aero. Kaj ni ekvidis, tre fore, malgrandan trolŝipon, kiu antaŭeniris, nerimarkeble, sur la brileganta maro. Maria plukis kelkajn rokiridojn. De la deklivo, kiu kondukas al la maro, ni vidis, ke tie estas jam kelkaj baniĝantoj.

La amiko de Rajmondo loĝis en ligna feridometo ĉe la fino de la strando. La domo apogiĝis al rokoj kaj la fostoj, kiuj ĝin subtenis, baniĝis en la maro. Rajmondo prezentis nin unu al la alia. Lia amiko nomiĝis Mason. Li estis alta tipo, kun masivaj talio kaj ŝultroj. Lia edzino estis afabla diketulino kun pariza parolmaniero. Li tuj konsilis, ke ni instaliĝu senĝene kaj deklaris, ke li havas fritaĵon el fiŝoj kaptitaj matene. Mi diris al li, kiel belaspekta mi trovas lian dometon. Li sciigis, ke li pasigas en ĝi ĉiujn sabatojn, dimanĉojn kaj feriojn.

"Mi kaj la edzino, ni bone akordiĝas", li aldonis. En tiu sama momento lia edzino estis ŝerce ridanta kun Maria. Eble la unuan fojon mi ekpensis vere, ke mi edziĝos.

Mason volis sin bani, sed lia edzino kaj Rajmondo ne volis veni.

조용한 모터 소리가 고요한 대기속에서 우리가 있는 곳까지 올라왔다.

우리는 아주 멀리, 반짝이는 바다 위로 서서히 가고 있는 작은 트롤선(船) 한 척을 보았다.

마리는 붓꽃을 몇 송이 땄다.

바다로 내려가는 비탈길에서 보니 벌써 해수욕객들 몇 사람이 보였다.

레이몽의 친구는 해변 맨 끝에 자리한 작은 목조 별장에서 살고 있었다. 그 집은 바위에 기대어 세워져 있었는데 집을 떠받치고 있는 말뚝들은 바다 속에 잠겨 있었다.

레이몽이 우리를 서로 소개했다. 그의 친구 이름은 마쏭이었다. 그는 키가 크고 어깨가 벌어진 덩치가 큰 사내였다. 그의 아내는 파리 억양이 있고, 몸이 조금 작고 상냥스러운 여자였다.

그는 얼른 우리에게 편하게 있으라고 권하면서 자기가 바로 아침에 잡은 생선으로 튀긴 것이 있다고 말했다. 나는 그에게 별장이 얼마나 멋진지 말해 주었다. 그는 토요일, 일요일, 그리고 휴일은 모두 여기에서 지낸다고 내게 알려 주었다.

"아내와는 아주 뜻이 잘 맞거든요" 하고 그가 말을 덧붙였다. 그 같은 순간에 그의 아내가 마리와 함께 웃었다. 아마 그때 처음으로 내가 결혼하게 되리라는 생각을 정말로 했던 것 같다.

마쏭은 해수욕을 하고 싶어 했지만, 그의 아내와 레이몽은 그럴 생각이 없었다.

Ni tri malsupreniris kaj Maria tuj ĵetiĝis en la akvon. Mason kaj mi iom atendis. Li parolis malrapide kaj mi rimarkis, ke li kutimas kompletigi ĉiun sian aserton per "mi eĉ diros pli...", eĉ kiam, finfine, li aldonas nenion al la senco de sia frazo. Pri Maria li diris al mi "Ŝi estas mirinda, mi eĉ diros pli: ĉarma." Mi poste ne atentis plu tiun manion, ĉar mi estis absorbita de la sento, ke la suno efikas al mi agrable. La sablo iĝis varmega sub la piedoj. Mi ankoraŭ prokrastis mian deziron al akvo, sed fine diris al Mason : "Ni iru, ĉu?". Mi plonĝis. Li male eniris la akvon malrapide kaj eknaĝis, kiam li perdis piedtenon. Li brustonaĝis, sufiĉe malbone, tiel ke mi lin forlasis kaj alnaĝis ĝis Maria. La akvo etis malvarma kaj mi naĝis kontente.

Kun Maria ni naĝis for kaj ni sentis nin plene akorditaj en niaj gestoj kaj nia kontento.

Malproksimiĝinte de la bordo, ni dorsoflosis kaj sur mia vizaĝo direktita al la ĉielo, la suno fortiris la lastajn akvajn vualojn, fluantajn en mian buŝon. Ni vidis, ke Mason estis renaĝanta al la strando por sterniĝi sub la suno. Defore, li ŝajnis dikega. Maria ekdeziris, ke ni naĝu kune.

우리 셋이서만 바닷가로 내려갔다. 마리는 곧장 물속으로 뛰어들었다. 마쏭과 나는 잠시 기다렸다.

그는 천천히 이야기했는데, 자기가 주장하는 모든 것에 '그리고 뿐만 아니라' 하는 말로써 보충하는 버릇이 있었다. 사실 자기 말에다 아무런 의미를 덧붙일 것이 없을 때조차도 그랬다.

마리에 대해서 그는 "저 여자는 멋있군요. 그리고 뿐만 아니라 매혹적이고요." 하고 말했다.

그러나 나는 그 버릇에 더 신경 쓰지 않았다. 왜냐하면, 건강에 좋은 태양을 맛보기에 바빴기 때문이다.

모래가 발밑에서 뜨거워지기 시작했다.

나는 물에 들어가고 싶은 욕망을 좀 더 억제하고 있었지만, 마침내 마쏭에게 "들어갈까요?" 하고 말했다. 나는 뛰어들었다. 그는 반대로 천천히 물에 들어가서 수영했다. 평영(平泳)으로 헤엄을 쳤는데 퍽 서툴렀다. 그래서 그를 내버려 두고 마리와 합류하려고 나아갔다. 물이 차서 헤엄치는 것이 즐거웠다.

마리와 함께 우리는 멀리 나아갔다.

우리는 우리의 동작과 만족감 속에서 서로가 일치되고 있음을 느꼈다.

바닷가에서 멀어지자 우리는 몸을 띄웠다. 하늘로 향한 내 얼굴 위로, 입속으로 흘러드는 물의 베일을 헤치고 태양 빛이 비쳐들었다. 우리는 마쏭이 바닷가로 되돌아가서 햇볕 아래 길게 누워 있는 것을 보았다.

멀리서도 그는 거대하게 보였다.

마리는 우리가 함께 수영하기를 바랐다.

Mi lokiĝis post ŝi, kroĉiĝis al ŝia talio; ŝi antaŭeniĝis movante la brakojn, dum mi helpis ŝin per piedbatado. La eta bruo de la batata akvo sekvis nin en la mateno, ĝis mi laciĝis. Tiam mi lasis ŝin kaj revenis naĝante regule kaj forte spirante. Sur la strando mi sterniĝis surventren apud Mason kaj metis mian vizaĝon en la sablon. Mi diris al li, ke "estas agrable", kaj li aprobis. Post nelonge alvenis Maria. Mi turniĝis por rigardi ŝin venantan. Ŝi estis tute viskoza pro la sala akvo kaj tenis siajn harojn malantaŭe. Ŝi sterniĝis ĉe mia flanko kaj ambaŭ varmoj, de la suno kaj de ŝia korpo, min iom ekdormigis.

Maria ekskuis min kaj diris, ke Mason jam reiris hejmen : ni devas tagmanĝi. Mi stariĝis tuj, ĉar mi malsatis, sed Maris diris, ke mi depost la tagiĝo ne kisis ŝin. Tio estis vera, kvankam mi tion deziris.

"Venu en la akvon", ŝi diris. Ni ekkuris kaj sterniĝis en la unuajn ondetojn. Ni faris kelkajn naĝopaŝojn kaj ŝi premiĝis al mi. Mi eksentis ŝiajn krurojn ĉirkaŭ miaj kaj ekdeziris ŝin.

Kiam ni revenis, Mason estis vokanta nin. Mi diris, ke mi tre malsatas kaj li tuj deklaris al sia edzino, ke mi ekplaĉis al li.

나는 그녀 뒤로 가서 그녀의 허리를 안았다. 내가 발장구를 치면서 그녀를 도와주는 동안에 그녀는 팔을 움직여 나아갔다. 찰싹거리는 작은 물소리가 피로를 느낄 때까지 이 아침에 줄곧 우리를 붙어 다녔다.

그때 나는 마리를 그대로 둔 채 숨을 충분히 쉬며 규칙적으로 헤엄을 쳐 돌아왔다. 마쏭 곁에 배를 깔고 엎드려 모래 속에다 얼굴을 묻었다. 나는 그에게 "기분이 괜찮군요" 하고 말했다. 그의 의견도 마찬가지였다. 조금 후에 마리가 왔다. 나는 몸을 돌려 다가오는 그녀를 바라보았다. 그녀는 온몸이 소금기로 끈적거렸고 머리카락은 뒤로 묶어 버렸다. 그녀는 내 곁에 나란히 몸을 펴고 누웠다. 그녀의 몸뚱이와 태양의 열기(熱氣)가 나를 조금 잠들게 했다.

마리가 나를 흔들며 마쏭은 벌써 집으로 돌아갔고 점심을 먹어야 되지 않겠느냐고 말했다. 배가 고팠기 때문에 나는 얼른 몸을 일으켰다. 그때 마리가 오늘 아침부터 여지껏 자기에게 키스를 해주지 않았다는 말을 했다. 그건 사실이었다. 그렇지만 나도 키스하고 싶었었다. "물속으로 들어가요" 하고 그녀가 말했다.

우리는 달려가서 제일 잔잔한 물결 속에 드러누웠다. 우리는 몇 차례 평영(平泳)을 했고 그녀는 내게 달라붙었다. 그녀의 다리가 내 다리에 감겨드는 것을 느끼자 나는 그녀에게 육체적 욕망을 느꼈다.

우리가 돌아오자 마쏭이 우리를 불렀다. 내가 몹시 배고프다고 말하자 그는 얼른 자기 아내에게 내가 그의 마음에 들었다고 말하는 것이었다.

La pano estis bongusta, mi voris mian fiŝporcion.

Poste la menuo konsistis el viando kaj frititaj terpomoj. Ni ĉiuj manĝis silente.

Mason ofte trinkis vinon kaj senĉese verŝis ĝin al mi.

Dum la kafotrinko mi sentis mian kapon iom peza kaj mi multe fumis. Mason, Rajmondo kaj mi ekplanis pasigi kune aŭguston sur la strando, dividante la elspezojn. Subite Maria deklaris : "Ĉu vi scias, kioma horo estas? La dekunua kaj duono." Ni ĉiuj miris, sed Mason diris, ke ni manĝis tre frue, kio estas normala, ĉar la tempo por la tagmanĝo estas nenio alia ol la tempo de la malsato. Mi ne scias, kial tio ridigis Marian. Mi kredas, ke ŝi drinkis iom tro. Mason demandis min, ĉu mi volas promeni sur la strando kun li. "Mia edzino ĉiam siestas post la tagmanĝo, sed mi tion ne ŝatas : mi bezonas marŝi.

Mi ĉiam diras al ŝi, ke tio estas pli bona por la sano.

Sed finfine, ŝi rajtas agi laŭplaĉe." Maria deklaris, ke ŝi restos por helpi sinjorinon Mason en lavado de la manĝilaro.

빵은 맛있었다. 나는 내 몫의 생선을 게걸스럽게 먹어 치웠다. 다음으로는 고기와 튀긴 감자가 나왔다.

우리는 모두 조용히 식사했다.

마쏭은 자주 포도주를 마셨고 또 내게 쉴 새 없이 따라주었다.

커피를 마시는 동안 나는 조금 머리가 무거움을 느꼈다. 담배도 자주 피웠다.

마쏭과 레이몽과 나는 지출비용을 나누어서 8월달을 해변에서 같이 보낼 궁리를 했다.

갑자기 마리가 우리에게 말했다.

"지금 몇 시인지나 아세요? 열한 시 반이에요."

우리는 모두 놀랐다.

하지만 마쏭은 매우 빨리 식사를 하기는 했으나 그건 자연스러운 일이라고 말했다.

왜냐하면, 바로 배고플 때가 식사 시간이기 때문이라고 했다.

그 말에 왜 마리가 웃었는지 이유를 모르겠다.

그녀가 술을 너무 마셨다고 생각되었다.

마쏭이 함께 해변을 산책하지 않겠느냐고 물었다.

"아내는 점심 후에 언제나 낮잠을 자지요. 나는 낮잠 자는 것을 좋아하지 않아요. 난 걷는 것이 필요해요. 건강을 위해서는 그게 좋은 거라고 늘 그녀에게 말합니다. 그러나 결국 아내는 자기 마음에 들게 행동할 권리가 있지요."

마리는 설거지를 해야 하는 마쏭 부인을 도와주기 위해 남아 있겠다고 말했다.

La eta Parizanino diris, ke por tio necesas elĵeti la virojn. Ni tri malsupreniris.

La sunradioj falis preskaŭ vertikale sur la sablon kaj la brilo sur la maro estis neeltenebla. Sur la strando jam estis neniu. En la feridometoj, kiuj ĉirkaŭrandas la plataĵon kaj elstaras super la maro, estis aŭdebla bruo de teleroj kaj manĝiloj. En la ŝtona varmo, leviĝanta de la grundo, estis preskaŭ neeble spiri. Komence, Rajmondo kaj Mason parolis pri aferoj kaj homoj, kiujn mi ne konis. Mi ekkomprenis, ke ili jam longe konas unu la alian kaj ke iam ili eĉ vivis kune. Ni iris al la akvo kaj marŝis laŭlonge de la maro. Kelkafoje iu ondeto pli longa ol la aliaj atingis nin kaj malsekigis niajn tolŝuojn. Mi pensis pri nenio, ĉar tiu suno sur mia nuda kapo min duone endormigis.

Tiam Rajmondo diris al Mason ion, kion mi neklare aŭdis. Sed mi samtempe ekvidis, ĉe la fino de la strando kaj tre malproksime de ni, du arabojn, vestitajn per bluaj laborbluzoj, venantajn renkonte al ni. Mi rigardis Rajmondon kaj li diris : "Estas li". Ni daŭrigis nian marŝon. Mason demandis, kiel ili povis nin sekvi ĉi tien.

그 키가 작은 파리 여자는 그러기 위해서 남자들을 밖으로 내몰아야 한다고 말했다. 우리 셋은 모두 해변으로 내려갔다.

태양은 모래 위로 거의 수직으로 내리쬐였는데, 바다 위에 반사되는 그 강렬한 빛은 견딜 수 없을 지경이었다. 해변에는 이제 아무도 없었다.

고원(高原)의 가장자리에 늘어서 있으며 바다 위로 불쑥 튀어나온 별장들에서는 접시와 수저가 부딪치는 소리가 들려왔다. 땅에서 올라오는 돌의 열기(熱氣)로 숨을 쉬기가 힘들었다.

처음에는 레이몽과 마쏭이 내가 알지 못하는 일과 사람들에 관해 이야기했다. 그들이 서로 알게 된 지는 오래되었고 한때는 함께 생활하기까지 했다는 것을 알았다. 우리는 물가로 가서 바다를 따라 걸었다. 이따금 다른 것보다 긴 잔잔한 물결이 우리의 헝겊신을 적셔 오곤 했다. 나는 아무것도 생각하지 않았다. 왜냐하면, 모자를 쓰지 않은 머리 위로 내리쬐는 태양열 때문에 반쯤 졸고 있었기 때문이었다.

그때 레이몽이 마쏭에게 뭐라고 말했는데 나는 잘 듣지를 못했다. 그러나 그와 동시에 해변의 맨 끝에, 그러니까 우리가 있는 곳으로부터 아주 멀리, 파란 작업복을 입은 두 명의 아랍인이 우리 쪽으로 오고 있는 것이 언뜻 보였다. 내가 레이몽을 쳐다보았더니 그는 내게 "그놈이다"하고 말했다. 우리는 계속해서 걸었다. 마쏭이 그들이 어떻게 여기까지 우리를 따라올 수 있었느냐고 물었다.

Mi ekpensis, ke ili verŝajne vidis nin, kiam ni eniris la aŭtobuson kun niaj bansakoj, sed mi nenion diris.

La araboj iris malrapide kaj estis jam pli proksimaj al ni. Ni ne modifis nian paŝadon, sed Rajmondo diris : "Se ekestos batalo, vi, Mason, prenos la duan. Koncerne min, mi okupiĝos pri mia ulo. Vi, Merso, se alvenos alia, zorgu pri li." Mi diris : "Jes" kaj Mason metis la manojn en siajn poŝojn. La ardigita sablo ŝajnis nun al mi ruĝa. Per regulaj paŝoj ni proksimiĝis al la araboj. La distanco inter ni regule malpliiĝis. Kiam ni proksimis al ili nur kelkajn paŝojn, la araboj haltis. Mason kaj mi bremsis nian iradon. Rajmondo direktiĝis rekte al sia ulo. Mi malbone aŭdis, kion li diris al li, sed la alia gestis, kvazaŭ li frapos lin per la kapo. Tiam Rajmondo frapis unuafoje kaj vokis al Mason. Mason iris al tiu, kiu estis al li destinita kaj frapis dufoje per sia tuta korpomaso. La arabo sterniĝis en la akvon, kun la vizaĝo ĉe la fundo, kaj restis tiel kelkajn sekundojn, dum akvovezikoj krevis ĉe la surfaco, ĉirkaŭ lia kapo. Dum tiu tempo Rajmondo ankaŭ frapis, kaj la vizaĝo de la alia estis sangoplena.

나는 수영가방을 들고 버스를 타는 우리를 그들이 보았음이 틀림없다고 생각했으나

아무 말도 하지 않았다.

아랍인들은 천천히 걸어왔으나 상당히 가까워졌다. 우리는 보조(步調)를 바꾸지 않았다. 그러나 레이몽이 "만약 싸움판이 벌어지면 마쏭 자네는 두 번째 놈을 맡아. 나는 그놈을 맡을 테니까. 자네 뫼르소는 다른 놈이 나타나면 그놈을 책임지게" 하고 말했다. "그러지" 하고 내가 대답했다.

그런데 마쏭은 주머니 속에다 양손을 찔러 넣었다. 너무 뜨거워진 모래가 내게는 빨갛게 보였다.

우리는 아랍인들 쪽으로 똑같이 한 걸음씩 나아갔다. 우리 사이의 거리는 규칙적으로 좁혀져 갔다.

우리가 서로 몇 걸음밖에 되지 않는 거리까지 좁혀졌을 때 아랍인들이 멈추어 섰다.

마쏭과 나는 발걸음을 늦추었다. 레이몽은 직접 그놈에게 향했다. 레이몽이 그에게 무슨 말을 했는지 잘 듣지는 못했으나 상대방이 그를 머리로 들이받으려는 듯이 보였다. 그래서 레이몽이 먼저 한 대 후려갈기고 마쏭을 불렀다. 마쏭이 그놈에게로 갔다.

그러고는 있는 힘을 다해서 두 번 후려쳤다.

아랍인은 물속으로 엎어지며 얼굴을 바닥에 처박았다. 그는 그런 상태로 잠시 그대로 있었다.

머리 주위의 수면(水面)에는 거품이 끓어올랐다.

이러는 동안 레이몽도 또한, 구타해서 상대방은 얼굴이 피투성이가 되었다.

Rajmondo sin turnis al mi kaj diris : "Vi tuj vidos, kion li ricevos."

Mi kriis al li : "Atentu, li havas trančilon!". Sed Rajmondo jam estis ricevinta vundon če la brako kaj trančostrekojn če la bušo.

Tiam Mason eksaltis antaŭen. Sed la alia arabo estis restariĝinta kaj lokiĝis post tiu, kiu tenis trančilon. Ni ne aŭdacis moviĝi. Ili malrapide retroiris, ne česante nin rigardadi kaj sin minace protekti per la trančilo. Kiam ili konstatis, ke ili disponas sufičan distancon, ili rapidege forkuris, dum ni restis senmovaj, kvazaŭ alnajlitaj sub la suno, kaj Rajmondo premtenis sian brakon, el kiu gutadis sango.

Mason tuj diris, ke proksime estas iu kuracisto, kiu pasigas čiun dimančon sur la plataĵo. Rajmondo volis iri tuj al li. Sed čiufoje, kiam li parolis, la sango de lia vundo bobelis en lia bušo. Ni lin eksubtenis kaj revenis al la dometo kiel eble plej rapide. Tie Rajmondo diris, ke la vundoj estas supraĵaj kaj ke li povas iri al la kuracisto. Li foriris kun Mason kaj mi restis por klarigi al la virinoj la okazintaĵon. S-ino Mason estis ploranta kaj Maria palega. Min tedis la klarigado. Mi fine ekmutis kaj fumadis, rigardante al la maro.

레이몽이 나를 돌아다보면서 "이놈이 어떻게 되는지 두고 보라고"하고 말했다.

나는 "조심해, 칼을 가졌어."하고 소리쳤다.

그러나 벌써 레이몽은 팔을 찔리고 입이 베어졌다.

그때 마쏭이 앞으로 껑충 뛰었다.

그러나 상대방 아랍인은 다시 몸을 일으켜 칼을 가진 사나이 뒤로 다가섰다.

우리는 감히 움직일 수가 없었다. 그들은 우리에게서 눈을 떼지 않고 또 칼로 위협을 하면서 천천히 뒷걸음질 쳤다. 그들이 충분한 거리를 가졌다고 생각이 들자 재빨리 달아났다. 그러는 동안 우리는 태양 아래에서 꼼짝도 못 하고 그대로 서 있었고 레이몽은 피가 뚝뚝 떨어지는 팔을 꽉 잡고 있었다.

마쏭이 얼른 일요일마다 이 고원(高原)에서 시간을 보내는 의사가 한 사람 있다고 말했다.

레이몽은 당장 그에게 가고 싶어 했다.

그러나 그가 말을 할 적마다 상처의 피가 그 입에서 거품을 일으켰다.

우리는 그를 부축하고 될 수 있는 한 빨리 별장으로 돌아왔다.

거기에서 레이몽은 자기 상처는 외상(外傷)이며 또 의사한테 갈 수 있다고 말했다.

그는 마쏭과 함께 떠났고 나는 여자들에게 사건을 설명해 주려고 남았다. 마쏭 부인은 울고 마리는 아주 창백해졌다. 설명이 귀찮았다. 마침내 입을 다물어 버리고 바다를 바라보면서 담배를 피웠다.

Ĉirkaŭ la unua kaj duono Rajmondo revenis kun Mason. Lia brako estis bandaĝita kaj ĉe la buŝangulo estis sparadrapo.

La kuracisto diris al li, ke ĝi tute ne gravas, sed Rajmondo ŝajnis tre malserena. Mason provis ridigi lin. Sed li ne ĉesigis sian mutadon. Kiam li deklaris, ke li tuj iros al la strando, mi demandis lin, kien li intencas. Mason kaj mi diris, ke ni deziras lin akompani. Tiam li koleriĝis kaj insultis nin. Mason diris, ke ni ne devas agi kontraŭ lia volo. Mi tamen sekvis lin.

Ni marŝis longe sur la strando. La suno tiam estis premega. Ĝi diseriĝadis sur la sablo kaj la maro.

Al mi ekŝajnis, ke Rajmondo scias, kien li celas, sed ĝi estis sendube falsa impreso. Ĉe la fino de la strando ni atingis fonteton, fluadantan en la sablo, post rokego. Tie ni trovis niajn du arabojn. Ili tie kuŝis, en siaj grasmakulaj laborvestoj. Ili ŝajnis tute kvietaj kaj kvazaŭ kontentaj. Nia apero nenion ŝanĝis. Tiu, kiu estis vundinta Rajmondon, rigardis lin senvorte.

한 시 반경에, 레이몽이 마쏭과 함께 돌아왔다.

팔에는 붕대를 감고 입 가장자리에 반창고를 붙였다. 의사는 그에게 대단치 않다고 말했었지만 그래도 레이몽은 매우 침울한 표정이었다.

마쏭이 그를 웃기려고 애를 썼다. 그러나 그는 말을 하지 않았다. 그가 바닷가로 내려가겠다고 말해서 나는 어디로 가겠느냐고 물었다.

마쏭과 내가 그를 따라가겠노라고 말했다. 그랬더니 화를 발칵 내면서 우리에게 욕설을 퍼부어 댔다.

마쏭은 그의 기분을 건드릴 필요가 없다고 말했다. 그러나 나는 어쨌든 그의 뒤를 따라갔다.

오랫동안 우리는 해변을 걸었다. 태양은 견디기 어려울 만큼 작열했다. 모래 위로 바다 위로 태양은 산산조각으로 부서지고 있었다.

나는 레이몽이 자기가 어디로 가고 있는지 알고 있다는 느낌이 들었으나 어쩌면 그것은 잘못된 생각일지도 모르는 일이었다.

우리는 마침내 해변의 맨 끝에 있는 작은 샘에 다다랐다. 그 샘은 큰 바위 뒤에서 모래사장으로 흘러내리고 있었다.

거기에서 우리는 그 두 명의 아랍인을 만났다. 그들은 기름이 묻은 작업복을 입고 누워 있었다. 그들은 아주 평온해 보였는데 거의 만족스러운 표정까지 짓고 있었다. 우리가 왔다고 해서 변한 것은 아무것도 없었다. 레이몽을 찌른 그자가 아무 말 없이 그를 바라보았다.

La alia estis blovanta en etan kanon kaj senĉese ripetadis, dum li oblikve rigardis nin,
la tri notojn, kiujn li produktis per sia instrumento.

Dum tiu tempo estis jam nur la suno kaj tiu silento, kun la brueto de la fonto kaj la tri notoj.

Poste Rajmondo metis sian manon al la pistolpoŝo, sed la alia ulo restis senmova kaj ili daŭre rigardis unu la alian. Mi rimarkis, ke la flutiudanto havas tre interspacitajn piedfingrojn. Sed, ne deturnante sian rigardon de sia kontraŭulo, Rajmondo demandis min : "Ĉu mi lin forpafu?". Mi pripensis, ke, se mi diros :"ne", li sen fremda helpo ekscitiĝos kaj certe ekpafos. Mi nur diris al li : "Li ankoraŭ ne alparolis vin. Malbele aspektus pafi senkaŭze." Aŭdiĝis denove la brueto de la akvo kaj de la fluto meze de la silento kaj varmo. Tiam Rajmondo diris: "Do, mi insultos lin, kaj kiam li respondos, mi lin forpafos."

Mi respondis : "Ĝuste. Sed se li ne eligas la tranĉilon, vi ne rajtas pafi." Rajmondo komencis iom ekscitiĝi.

La alia daŭre ludadis kaj ambaŭ observadis ĉiun geston de Rajmondo.

다른 녀석은 작은 갈대로 피리를 불며, 우리를 곁눈질하면서 그 갈대가 낼 수 있는 세 가지 소리를 쉬지 않고 반복해 댔다. 그러는 동안 이곳에는 태양과 침묵과 샘에서 들려오는 작은 물소리와 갈대의 세 가지 음(音)밖에는 없었다.

이윽고 레이몽이 권총 주머니에 손을 갖다 대었는데도 상대방은 움직이지 않았으며, 그들은 여전히 서로를 바라보고 있을 뿐이었다.

나는 피리를 불고 있는 그자의 발가락이 매우 벌어져 있는 것을 주의해 보았다.

레이몽이 그의 적수에게서 눈을 떼지 않고 "저자를 때려눕힐까?" 하고 내게 물었다.

내가 그러지 말라고 한다면 그는 자기 혼자 흥분해서 분명 총을 쏠 것이라는 생각이 들었다.

나는 그에게 "아직 저자는 자네에게 말을 걸지 않았어. 그런데 이유 없이 총을 쏜다는 것은 아름답지 못할 것 같군" 하고 말했을 뿐이었다.

여전히 침묵과 무더위 속에서 작은 물소리와 피리 소리가 들려왔다. 그러자 레이몽이 "그렇다면 놈에게 욕설을 퍼부어 주겠어. 그래서 그자가 대꾸하면 그때 때려눕히지" 하고 말했다. "그렇게 해. 그러나 저자가 칼을 꺼내지 않으면 자넨 총을 쏠 수 없는 거야" 하고 내가 대답했다.

레이몽이 약간 흥분하기 시작했다.

상대방은 여전히 피리를 불고 있었고, 둘은 모두 레이몽의 동작 하나하나를 주시하고 있었다.

"Ne, mi diris al Rajmondo.

Provoku lin lojale kaj donu al mi la revolveron. Se la alia intervenos aŭ elpoŝigos la trančilon, mi lin forpafos."

Kiam Rajmondo donis al mi sian revolveron, la sunlumo ekglitis sur ĝi. Tamen ni restis ankoraŭ senmovaj, kvazaŭ ĉio ĉirkaŭ ni refermiĝis. Ni rigardis unu la alian, sen mallevi la rigardon, kaj ĉio finiĝis tie ĉi inter la maro, la sablo kaj la suno, la duobla silento de la fluto kaj de la akvo. Mi tiumomente ekpensis, ke eblas pafi aŭ ne pafi. Sed subite la araboj retromarŝe forglitis post la rokon.

Rajmondo kaj mi ekmarŝis revene. Li ŝajnis en pli bona stato kaj eĉ parolis pri la aŭtobuso, kiu rekondukos nin hejmen.

Mi akompanis lin ĝis la dometo kaj, dum li supreniris la lignoŝtuparon, mi restis antaŭ la unua ŝtupo. Mia kapo estis bruoplena pro la suno kaj mi senkuraĝiĝis antaŭ la peno necesa por supreniri la etaĝon laŭ la lignoŝtuparo kaj denove renkonti la virinojn. Sed estis tia varmo, ke estis ankaŭ penige resti senmove sub la blindiga pluvo, falanta de la ĉielo. Resti surloke aŭ foriri, estis egale. Post momento mi reiris al la strando kaj ekpaŝis.

"안 되겠어, 사나이답게 행동해. 그리고 권총은 내게 줘. 만일 딴 놈이 끼어들거나 혹은 저자가 칼을 뽑으면 내가 해치울 테니까" 하고 레이몽에게 말했다.

레이몽이 내게 권총을 줄 때 햇빛이 그 위로 스쳐 지나갔다.

그러나 우리는 마치 우리 주위의 모든 것이 다시 막고 있는 것처럼 여전히 움직이지 않고 그대로 서 있었다. 우리는 시선을 떨구지 않고 서로를 바라보았다. 모든 것이 여기 바다와 모래와 태양, 그리고 피리와 물의 이중 침묵 사이에 멈추어져 있었다.

나는 이때 총을 쏠 수도 있고, 총을 쏘지 않을 수도 있다는 생각을 했다.

그런데 갑자기 아랍인들이 뒷걸음질을 쳐서 바위 뒤로 기어들어 갔다.

그래서 레이몽과 나는 왔던 길로 되돌아갔다.

그는 기분이 좋은 것 같이 보였고, 또 집으로 돌아갈 버스에 관해 이야기하였다.

나는 별장이 있는 곳까지 그와 동행했다. 그가 나무 계단을 올라가고 있는 동안 나는 햇빛으로 머리가 윙윙거리고, 나무 층계를 올라가야 하고 또 여자들을 만나러 가야만 하는 수고에 미리 맥이 빠져, 첫 번째 계단 앞에 그대로 서 있었다.

그러나 하늘에서 쏟아지는 눈부신 이 빛줄기 속에 꼼짝하지 않고 그대로 있는 것도 덥고 장소를 옮겨 머물거나 떠나는 것도 똑같다.

잠시 뒤 나는 해변 쪽으로 몸을 돌려 걸어갔다.

Tie estis la sama ruĝa brileksplodo. Sur la sablo la maro anhelis per la spirado rapida kaj obtuza de siaj ondetoj.

Mi marŝis malrapide al la rokoj kaj sentis, kiel mia frunto ŝvelas sub la suno. La tuta varmo sin premis sur min kaj kontraŭstaris mian iradon. Ĉiufoje, kiam mi sentis ĝian vastan varman spirblovon sur mia vizaĝo, mi kunpremis la makzelojn, pugnigis la manojn en la poŝoj de mia pantalono, streĉis la tutan korpon por venki la sunon kaj la densan ebrion, kiun ĝi verŝis sur min. Ĉiufoje, kiam lumglavo ŝprucis el la sablo, el blankiĝanta konko aŭ vitrero, miaj makzeloj spasme kunpremiĝis. Mi longe marŝadis.

Defore mi vidis la etan, malhelan mason de la roko, kiun la lumo kaj mara polvo ĉirkaŭis per blindiga haloo. Mi pensis pri la malvarmeta fonto post la roko. Mi deziris retrovi la murmuron de la ĝia akvo, forfuĝi de la suno, la peno kaj la virinplorado, mi sopiris ombron kaj ripozon. Sed kiam mi staris pli proksime, mi rimarkis, ke la ulo de Rajmondo estis reveninta.

Li estis sola.

거기에는 아까처럼 빨간빛이 폭발하고 있었다.

모래 위로는 잔물결로 숨이 가쁜 바다가 급한 숨결로 헐떡거리고 있었다.

나는 바위들이 있는 곳으로 천천히 걸어갔다.

그리고 햇빛 아래에서 이마가 부풀어 오르는 것을 느꼈다.

이 뜨거운 열이 모두 나를 압박해 내 갈 길에 장애가 되었다.

그래서 태양의 뜨거운 입김을 얼굴에 느낄 때마다 나는 이를 악물고, 바지 주머니 속에서 주먹을 불끈 쥐며, 태양과 내게 내리쏟는 진한 술 취함을 이겨내려고 아주 긴장했다.

모래나 하얀 조가비나 유리 파편 같은 것에서 내쏘는 빛이 칼날처럼 번뜩일 때마다 내 턱은 경련을 일으키곤 하였다.

오랫동안 나는 걸었다.

나는 멀리에서, 눈이 부시는 빛으로 빛과 바다의 물거품이 둘러싼 작고 어두운 바윗덩어리를 보았다.

나는 바위 뒤에 있는 시원한 샘을 생각했다.

그 샘물의 속삭임을 다시 듣고 싶었으며, 태양과 수고와 여자의 눈물에서 도망치고 싶었으며, 마침내는 그늘과 휴식을 되찾고 싶어졌다.

그러나 아주 가까이 다가갔을 때 나는 레이몽의 적수가 되돌아와 있는 것을 보았다.

그는 혼자였다.

Li kuŝis sur la dorso, la manojn sub la nuko, la frunton en la ombroj de la roko, la tutan korpon sub la suno. Lia laborvesto fumadis en ia varmo. Mi iom surpriziĝis. Laŭ mi, la afero estis finita kaj mi estis tien veninta jam ne pensante pri ĝi.

Tuj kiam li min ekvidis, li iom leviĝis kaj metis sian manon en la poŝon. Mi, kompreneble, ekpremis la revolveron de Rajmondo en mia jako. Tiam li denove ekkuŝis, tamen lasante sian manon en la poŝo. Mi staris sufiĉe malproksime de li, ĉirkaŭ dek metrojn. Mi divene imagis lian rigardon, fojfoje, inter liaj duonfermitaj palpebroj. Sed plej ofte lia figuro balanciĝis antaŭ miaj okuloj, en la flamiĝinta aero.

La bruo de la ondoj estis ankoraŭ pli malvigla, pli malforta, ol tagmeze. Gi estis la sama suno, la sama lumo sur la sama sablo, kiu daŭris plu tie ĉi.

Jam de du horoj la tagotempo ĉesis flui, ĝi ĵetis ankron en oceano farita el bolanta metalo... Ce la horizonto vaporŝipeto pasis, kaj mi konjektis ties nigran makulon ĉe la bordo de mia rigardo, ĉar mi ne ĉesis rigardi la arabon.

그는 목 밑에다 두 손을 대고 이마는 바위 그늘 속에, 온몸은 햇빛에 드러내 놓고 누워 쉬고 있었다.

그의 작업복은 더위 속에서 김을 발산하고 있었다.

나는 약간 놀랐다.

나로서는 그것은 끝난 일이라고 생각되었기 때문에 거기에 대해서는 생각지 않고 이곳에 온 것이었다.

나를 보자마자 그는 몸을 조금 일으키고는 손을 주머니 속에 넣었다.

나는 물론 겉저고리 속에서 레이몽의 권총을 쥐었다. 그러자 다시 그는 몸을 뒤로 젖혔지만, 주머니에서 손을 꺼내지는 않았다.

나는 그에게서 제법 멀리, 십여 미터 떨어진 곳에 있었다. 나는 때때로 반쯤 감고 있는 그의 눈꺼풀 사이로 그의 시선을 가늠했다.

그러나 줄곧 그의 모습은 내 눈앞, 불타는 듯한 대기 속에서 춤을 추었다.

파도 소리는 정오 때보다 더욱 완만했고 더욱 잠잠했다. 연장되고 있는 것은 똑같은 모래 위의 똑같은 태양이며 똑같은 빛이었다.

한낮은 벌써 두 시간 전부터 흐름을 멈추었고, 끓어오르는 금속으로 만들어진 대양(大洋)에 닻을 내렸다. 수평선으로는 작은 기선 한 척이 지나갔다.

나는 그것을 내 시선의 가장자리에 비치는 검은 얼룩으로 알아냈다.

왜냐하면, 내가 그 아랍인에게서 눈을 떼지 않았기 때문이었다.

Mi tiam pensis, ke mi bezonas nur iri returne kaj ĉio estos finita. Sed tuta strando, sunplene vibranta, sin premis post mia dorso. Mi faris kelkajn paŝojn direkte al la fonto. La arabo ne moviĝis. Nu, li estis ankoraŭ sufiĉe malproksime.

Eble por la ombroj sur sia vizaĝo, li ŝajnis ridanta. Mi atendis momenton.

La brulo de la suno atingis miajn vangojn kaj mi sentis, kiel ŝvitgutoj amasiĝas en miaj brovoj. Ĝi estis la sama suno, kiel dum tiu tago, kiam mi entombigis panjon kaj, same kiel tiam, precipe la frunto doloris kaj ĉiuj ĝiaj vejnoj batis kune sub la haŭto. Pro tiu brulo, kiu iĝis jam netolerebia, mi ekmoviĝis antaŭen. Mi sciis, ke tio esta stulta, ke mi ne liberiĝos de la suno per unupaŝa translokiĝo. Sed mi faris unu paŝon, ununuran, antaŭen. Kaj ĉifoje, sen leviĝi, la arabo eligis sian tranĉilon, kiun li prezentis al mi en la sunlumo. La lumo ŝprucis sur la ŝtalon kaj ekŝajnis, ke longa lumplena klingo trafas mian frunton. Sammomente, la ŝvito, amasiĝinta en miaj brovoj, subite defluis sur miajn palpebrojn kaj ilin kovris per tepida kaj dika vualo. Miaj okuloj blindiĝis post tiu kurteno el larmoj kaj salo.

나는 그때 내가 할 일은 되돌아가는 것이고 그러면 일은 끝나게 되리라는 생각을 했다.

그러나 태양에 떨고 있는 해변이 온통 내 뒤로 밀려드는 것이었다.

나는 샘 쪽으로 몇 걸음 걸었다.

아랍인은 움직이지 않았다.

그래도 그는 아직 먼 거리에 있었다. 아마 그의 얼굴 위에 드리워진 그늘 때문인지 그는 웃고 있는 것처럼 보였다. 나는 잠깐 기다렸다.

태양의 열기(熱氣)가 내 뺨에 와 닿았고, 눈썹에 땀방울이 고이는 것을 느꼈다.

엄마를 매장하던 그 날의 태양과 똑같은 태양이었다. 그때처럼 특히 이마가 따가웠으며 혈맥은 모두 살갗 밑에서 일제히 뛰고 있었다.

더 견딜 수 없는 열기 때문에 나는 앞으로 나아갔다. 나는 이것이 어리석은 짓이라는 것과 한 걸음 옮겨 놓았다고 해서 태양을 피하지 못한다는 것도 알았다. 그러나 나는 한 걸음, 단 한 걸음을 앞으로 내디뎠다. 그런데 이 순간 몸을 일으키지도 않고, 아랍인은 칼을 꺼내 그것을 햇빛 속에서 내게 보여 주었다.

빛이 강철 위에서 뿜어 나왔다.

그것은 마치 내 이마에 와 닿는 번뜩이는 긴 칼날과도 같았다.

그때 눈썹에 고여 있던 땀이 일시에 눈꺼풀로 흘러내려서 미지근하고 두꺼운 베일이 눈꺼풀을 덮어씌웠다. 내 눈은 눈물과 소금의 커튼 뒤에서 멀게 되었다.

Mi plu sentis nur la cimbalojn de l'suno sur mia frunto kaj, malklare, la lumplenan glavon, ŝprucintan el la trançilklingo, kiu ankoraŭ staris antaŭ mi. Tiu brulvarma glavo ronĝis miajn okulharojn kaj fosis miajn dolorplenajn okulojn. En tiu momento ĉio ŝanceliĝis.

La maro ekportis densan kaj varmegan venton. Ŝajnis al mi, ke la ĉielo malfermiĝas vaste por ellasi fajran pluvon. Mia tuta korpo streĉiĝis kaj mia mano spasme ekpremis la revolveron. La ĉanrisorto cedis, mi ektuŝis la glatan ventron de la kolbo kaj ĝuste tiam, en la bruo samtempe abrupta kaj surdiga, ĉio komenciĝis. Mi forskuis la ŝviton kaj la sunon. Mi komprenis, ke mi estis detruinta la ekvilibron de tiu tago, la apartan silenton de strando, sur kiu mi estis ĝuinta feliĉon. Tiam mi pafis ankoraŭ kvar fojojn en senmovan korpon, en kiun la kugloj eniĝis nevideble. Kvazaŭ mi frapus kvarfoje — per kvar mallongaj frapoj — la pordon de l'malfeliĉo.

나는 다만 이마에 울리는 태양의 심벌즈와 그리고 불분명하게 태양 빛에 번뜩이는 칼날을 내 바로 앞에서 느꼈을 뿐이다. 이 타는 듯한 칼날이 내 속눈썹을 찌르고 고통스러운 눈을 후벼 파는 것 같았다.

바로 그때 모든 것이 흔들렸다.

바다가 확확 달은 짙은 입김을 데리고 왔다.

하늘은 비 오듯 불을 내리쏟기 위해 있는 대로 활짝 열려 있는 것 같았다.

내 온몸이 긴장되었고 손이 권총 위에서 경련을 일으켰다. 방아쇠가 꺾였다.

나는 손잡이의 반들반들한 아랫부분을 만졌다.

바로 그때 삭막하면서도 귀를 째는 듯한 소리와 함께 모든 것은 시작되었다.

나는 땀과 태양을 흔들어 떨어뜨렸다.

나는 내가 한낮의 균형과 행복스러웠던 해변의 특이한 침묵을 망쳐버린 것을 알았다.

그러자 나는 또다시 움직이지 않는 몸뚱이에다 네발을 쏘았다.

총알은 볼 수 없게 깊이 박혔다.

그런데 그것은 마치 내가 불행의 문을 두드린 네 번의 짧은 노크 소리와도 같았다.

DUA PARTO

I

Tuj post mia aresto mi estis plurfoje pridemandita. Sed tiuj pridemandoj koncernis identecon kaj ne daŭris longe. La unuan fojon, en la policejo, mia afero ŝajne interesis neniun. Unu semajnon poste la enketjuĝisto, male, rigardis min kun scivolo. Sed komence li demandis min nur pri miaj nomo kaj adreso, profesio, dato kaj loko de naskiĝo. Poste li volis scii, ĉu mi elektis advokaton.

Mi konfesis, ke ne, kaj mi demandis lin por ekscii, ĉu estas absolute necese havi advokaton. "Kial?", li diris. Mi respondis, ke mi opinias mian aferon tre simpla. Li ridetis dirante : "Tiel vi opinias. Tamen la leĝo esta tia. Se vi mem ne elektos, mi nomumos advokaton laŭ aŭtoritata proceduro." Mi opiniis tre oportuna afero, ke la justico zorgas pri tiuj detaloj.

Mi diris tion al li. Li min aprobis kaj konkludis, ke la leĝo estas bone farita.

Komence mi ne konsideris lin serioze. Li akceptis min en ĉambro tegita per kurtenoj.

제2부

1장. 체포 후의 신문 과정

체포되자마자 나는 여러 번 신문을 받았다. 그러나 인정 신문에 관해서였고 오래 계속되지는 않았다. 처음에 경찰서에서는 내 사건에 아무 흥미를 갖지 않는 것 같았다. 일주일이 지나자 예심판사가 이와는 반대로 나를 호기심을 갖고 주시했다.

그러나 우선 그는 나의 이름과 주소와 직업, 그리고 생년월일과 출생지에 대해서만 물었다. 그러고 나서 내가 변호사를 선임했는지 알고 싶어 했다. 나는 그러지 않았다고 말하고 나서 변호사를 반드시 내세워야 하느냐고 그에게 질문했다.

"왜 그러시죠?" 하고 그가 말했다. 나는 내 사건을 아주 단순한 것으로 생각한다고 대답을 했다.

"그건 의견이지요. 그러나 법이 있습니다. 만일 당신이 변호사를 선택하지 않으면 우리가 직권으로 임명하게 됩니다" 하고 말하면서 그가 미소를 지었다.

나는 사법이라는 것이 이런 세부적인 일까지 책임지고 있다는 것은 아주 편리한 일이라는 생각이 들었다.

나는 그 점을 그에게 말했다.

그는 내 말에 동의하고는 법은 잘 만들어져 있다는 결론을 내렸다. 처음에는 그를 대수롭지 않게 여겼다. 그는 커튼을 둘러친 방에서 나를 맞아들였다.

Sur lia labortablo estis nur unu lampo lumiganta la fotelon, sur kiun li sidigis min, dum li mem restis en la ombro. Mi estis jam leginta en libroj similan priskribon kaj ĉio ĉi aspektis al mi ludo. Post nia konversacio, male, mi lin rigardis kaj ekvidis viron kun delikataj trajtoj, kaviĝintaj bluaj okuloj, alta, kun longaj grizaj liparoj kaj abundaj, preskaŭ blankaj, haroj. Li ŝajnis al mi tre prudenta kaj, finfine, simpatia, malgraŭ kelkaj nervaj tikoj, kiuj tiris lian buŝon. Elirante, mi eĉ ekintencis etendi al li la manon, sed mi ekmemoris ĝustatempe, ke mi estis murdinta homon.

La postan tagon advokato vizitis min en la malliberejo. Li estis malalta kaj graseta, relative juna, kun haroj zorge kungluitaj. Malgraŭ la suno (mi surportis nur ĉemizon), li surportis malhelan kostumon, kolumon kun flugiletoj kaj strangan kravaton kun dikaj strioj, nigraj kaj blankaj. Li metis sur mian liton la tekon, kiun li portis subbrake, prezentis sin kaj diris, ke li studis mian dosieron, ke mia afero estas delikata, sed li ne dubas pri la sukceso, se mi fidos al li. Mi dankis lin kaj li diris :

"Ni aliru la kernon de la afero."

그의 책상 위에는 램프가 하나 달랑 놓여 있으며 나에게 앉으라고 한 의자를 비추고 있었다. 그런데 그 자신은 어둠 속에 있었다. 나는 책 속에서 이와 비슷한 묘사를 읽은 적이 있었는데 이 모든 것이 내게는 무슨 장난처럼 여겨졌다. 우리가 이야기를 마치고 난 후 반대로 내가 그를 바라보았다.

나는 그가 섬세한 얼굴 윤곽에 깊숙한 푸른 눈을 가졌으며 키가 크고, 길고 회색빛 나는 콧수염에다 거의 반백이 된 숱이 많은 머리카락을 가진 남자라는 것을 알았다. 입을 실룩거리는, 신경질적인 몇 가지 버릇이 있기는 하지만 어쨌든 그는 매우 이지적이고 착한 사람처럼 보였다. 나오면서 나는 그에게 손을 내밀려고까지 했다. 그러나 그때 내가 사람을 죽였다는 사실이 생각났다.

이튿날 어느 변호사가 교도소로 나를 만나러 왔다.

그는 몸이 작고 뚱뚱했으며, 머리를 정성 들여 빗어 붙인 비교적 젊은 사람이었다. 더운데도 불구하고 -나는 셔츠 바람이었다- 그는 어두운 빛깔의 양복을 입고 있었으며, 작은 날개같이 생긴 옷깃에 검고 흰 굵은 줄무늬가 진 이상한 넥타이를 매고 있었다.

그는 내 침대 위에다 옆구리에 끼고 있던 가방을 내려놓았다. 자기소개하고 나서는 내 서류를 검토했다는 말을 했다. 내 사건이 미묘하긴 하지만 내가 자기를 신뢰하면 성공을 의심하지 않는다고 했다. 내가 그에게 감사를 표했다. 그러자 그는 "문제의 핵심으로 들어갑시다" 하고 말했다.

Li sidiĝis sur la liton kaj klarigis, ke oni informiĝis pri mia privata vivo. Oni eksciis, ke mia patrino mortis antaŭ mallonge en azilo. Oni tiam enketis en Marengo. La enketantoj eksciis, ke "mi montris sensentecon" dum la tago de la entombigo de panjo. "Vi komprenu, diris mia advokato, demandi vin pri tio min iom ĝenas. Sed ĝi estas tre grava. Kaj tio certe estas granda argumento por la akuza partoy se mi trovos nenion por kontraŭdiri."

Li volis, ke mi helpu lin. Li demandis min, ĉu mi sentis ĉagrenon dum tiu tago. Tiu ĉi demando tre mirigis min, kaj ŝajnis al mi, ke mi estus tre ĝenata, se mi devus ĝin fari. Mi tamen respondis, ke mi iom perdis la kutimon demandi min mem kaj do estas malfacile lin informi. Sendube mi amis panjon, sed tio nenion signifas. Okazis ja al ĉiuj normalaj homoj deziri la morton de amataj personoj. Tiam ĉi, la advokato min interrompis kaj ekŝajnis tre malkvieta.

Li petis de mi la promeson, ke mi ne diros tion dum la procesa kunsido, ankaŭ ne ĉe la enketjuĝisto.

그는 내 침대에 앉아서 내 사생활에 관해 조회했었노라는 설명을 했다.

내 어머니가 최근에 양로원에서 사망했다는 것을 알아냈다. 그래서 마랑고에 조회도 했다.

예심판사들은 내가 엄마 장례식날 '태연했었다'라는 것도 알게 되었다.

"당신도 이해하시겠지만, 이런 것을 당신에게 묻는 것이 약간 거북합니다. 그러나 그것은 매우 중요한 일입니다. 그리고 내가 대답할 것이 아무것도 없다면, 이것은 기소(起訴)하는데 중요한 논거가 될 것입니다" 하고 변호사가 말했다.

그는 내가 자기를 도와주기를 원했다. 그리고 내가 그날 괴로웠는지를 물었다.

이 질문은 나를 매우 놀라게 했다. 그리고 만일 내가 그런 질문을 던져야 한다면 매우 난처할 것 같은 느낌도 들었다. 그러나 나는 내가 자신에게 반문하는 습관을 약간 상실했다는 것과 그래서 그것을 말해 주는 일이 나로서는 어려운 일이라고 대답했다.

물론 나는 엄마를 매우 사랑했었다.

그러나 그것은 아무것도 의미하지 못한다.

건강한 사람들은 누구나 자기가 사랑하는 사람들의 죽음을 다소간 바라는 수가 있다.

여기서 변호사는 내 말을 중단시켰다.

매우 흥분한 것 같았다.

그는 법정에서도, 예심판사 방에서도 그런 말은 하지 말 것을 내게 약속시켰다.

Tamen mi klarigis al li, ke mi havas temperamenton tian, ke miaj korpaj bezonoj ofte perturbas miajn sentojn. Tiun tagon, kiam mi entombigis panjon, mi estis tre laca kaj dormema. Tiel do mi ne konsciis klare la okazaĵojn. Nur ion mi povis aserti kun certeco : mi preferintus, ke panjo ne mortu. Sed mia advokato ne ŝajnis kontenta. Li diris al mi : "Tio ne sufiĉas."

Li pripensis. Li demandis min, ĉu li rajtas diri, ke tiun tagon mi superregis miajn naturajn sentojn.

Mi respondis : "Ne, ĉar tio ne estas vera."

Li rigardis min strange, kvazaŭ mi inspiris al li ioman naŭzon.

Li diris al mi preskaŭ malice, ke ĉiaokaze la direktoro kaj la dungitaro de la azilo estos aŭskultitaj kiel atestantoj kaj ke "tio povas kaŭzi al mi aĉan rezulton". Mi rimarkigis al li, ke tio tute ne rilatas al mia afero, sed li respondis nur, ke videble mi neniam rilatis kun la juĝistoj.

Li foriris kun malkontenta mieno. Mi volus lin reteni, klarigi, ke mi deziras lian simpation, ne por esti pli bone defendata, sed, se mi povas tiel diri, laŭnature.

그러나 나는 내가 육체적인 요구로 종종 감정이 흐트러지는 그런 성격이라는 것을 그에게 설명했다. 엄마를 매장하는 그날, 나는 매우 피곤했고 또 졸렸다. 그래서 무슨 일이 일어났는지 분명하게 알 수가 없었다. 확실히 말할 수 있는 것은 엄마가 죽지 않았으면 좋았을 텐데 하고 생각했다.

그러나 변호사는 "그것으로써는 충분치 못해요." 하고 말했다. 그는 곰곰이 생각하였다. 그러고 나서 내가 그날 내 자연스러운 감정을 억제했다는 말을 할 수 있느냐고 물었다.

"그럴 수는 없습니다. 그건 사실이 아니기 때문입니다" 하고 그에게 대답했다.

그는 내가 자기에게 약간의 혐오감을 불러일으키기라도 한 것처럼 이상하게 나를 바라보았다.

어쨌든 양로원의 원장과 원생이 증인으로 신문을 받게 될 것이며, 그렇게 되면 '그것이 나에게 좋지 못한 결과를 초래할 수도 있다'라는 것을 거의 심술궂게 내게 말했다.

나는 이것이 내 사건과는 관계가 없다는 것을 그에게 지적해 주었지만, 그는 다만 내가 재판소와 관계를 한 번도 가져 본 적이 없는 사람임이 분명하다는 대답만을 했을 뿐이었다.

그는 화가 난 모습으로 나가 버렸다. 나는 그를 붙잡고, 공감을 얻고 싶다는 설명을 해주고 싶었다. 좀 더 잘 변호해 달라는 뜻에서가 아니라 다만 그것은 자연스러운 감정이었다고 말할 수 있겠다.

Precipe, mi vidis, ke li sentis ĝenon kun mi. Li ne komprenis min kaj li iom koleris kontraŭ mi pro tio. Mi deziris aserti al li, ke mi similas al ĉiuj homoj, absolute al ĉiuj. Sed ĉio ĉi finfine ne tre utilis kaj mi pri ĝi pro pigremo rezignis.

Mallongan tempon poste, oni denove kondukis min al la enketjuĝisto. Estis la dua horo posttagmeze kaj, ĉifoje, lian laborĉambron plenigis lumo apenaŭ mildigita de diafana kurteno. Estis tre varme. Li sidigis min kaj deklaris ege ĝentile, ke mia advokato "pro iu malhelpo" ne povis veni. Sed, li aldiris, mi rajtas ne respondi liajn demandojn kaj atendi, ke mia advokato povu min asisti. Mi diris, ke mi povas respondi sola. Li perfingre tuŝis ŝaltilon sur la tablo.

Juna aktisto alvenis kaj instaliĝis preskaŭ ĉe mia dorso. Ni ambaŭ komfortiĝis en la foteloj. Komenciĝis la demandado. Li unue diris al mi, ke min oni priskribis siientema kaj sekretema, kaj li deziris scii, kion mi opinias pri tio. Mi respondis : "Tial, ke mi neniam havas multon por diri. Do mi silentas." Li ridetis, kiel ĉe la unua fojo, konfesis, ke tio estas la plej bona kialo kaj aldiris : "Cetere, tio neniel gravas."

특히 무엇보다도 내가 그를 기분 나쁘게 했다는 것을 알았다. 그는 나를 이해하지 못했다. 그리고 내게 그것 때문에 약간 화를 내고 있다. 나는 그에게 나도 모든 사람과, 분명히 여느 모든 사람과 똑같은 사람이라는 것을 주장하고 싶었다. 그러나 그 모든 것이 마침내 큰 소용이 없는 일이었고 또 게으름 때문에 그만두어 버렸다.

조금 후에 나는 다시 예심판사 앞으로 인도되었다. 오후 두 시였다. 이번에는 그의 사무실을 투명한 커튼으로 겨우 새어 들어오는 빛이 꽉 채웠다. 무척 더웠다. 그는 나에게 앉으라고 하고는, 대단히 예의를 차리면서 내 변호사가 '어떤 일로 해서' 올 수 없다는 말을 했다. 물론 나는 그의 신문에 대답하지 않아도 되고 변호사가 돕도록 기다릴 권리가 있다고 덧붙였다. 그렇지만 나는 혼자 대답할 수 있다고 말했다. 그는 책상 위의 누름단추를 손가락으로 눌렀다. 젊은 서기 한 사람이 들어와 내 등 뒤쪽에 자리를 잡았다.

우리 두 사람은 모두 안락의자에 푹 파묻혀 있다. 신문이 시작되었다. 그는 우선 내가 말이 적고 흉금을 털어놓지 않는 성격을 가진 사람이라고들 하는데 거기에 대해서 어떻게 생각하는지 알고 싶어 했다. 나는, "그것은 내가 도무지 이야기할 거리가 없습니다. 그래서 입을 다물고 있는 겁니다"하고 대답했다. 그는 처음처럼 웃어 보였다. 그는 그것이 가장 좋은 이유라는 것을 인정한 것이다. 그래서 그는 이렇게 말을 덧붙였다. "하기야 그건 중요한 일이 못 되지요."

Li eksilentis, rigardis min kaj, sufiĉe abrupte rektiĝinte, diris al mi tre rapide : "Kio min interesas, estas vi." Mi ne bone komprenis, kion li per tio celis, kaj nenion respondis. "Estas detaloj, li aldiris, kiujn mi ne komprenas en via ago. Mi estas certa, ke vi helpos min kompreni." Mi diris, ke ĉio estas tre simpla. Li insistis, ke mi rakontu tutan mian tagon. Mi rakontis tion, kion mi jam antaŭe priskribis : pri Rajmondo, la strando, la bano, la kverelo, denove la strando, la fonteto, la suno kaj la kvin revolverpafoj. Ce ĉiu frazo li diris "Bone, bone."

Kiam mi atingis la kuŝantan korpon, li aprobis dirante : "Nu, bone." Min lacigis tiu ripetado de la sama historio, kaj mi havis la impreson, ke mi neniam antaŭe tiel multe parolis.

Post silento li stariĝis kaj diris al mi, ke li volas helpi min, ke mi interesas lin, ke, kun la helpo de Dio, li faros ion por mi. Sed antaŭe li volas fari al mi kelkajn demandojn. Sen rekta rilato kun la ĵus dirita, li demandis min, ĉu mi amis panjon. Mi diris : "Jes, kiel ĉiuj homoj" kaj la aktisto, kiu ĝis tiu momento tajpis regule, supozeble eraris pri la klavoj, ĉar li embarasiĝis kaj devis retroiri.

그는 입을 다물고 나를 바라보았다. 그러더니 아주 갑작스럽게 몸을 곧추세우며 "내 관심을 끄는 것은 바로 당신입니다" 하고 재빨리 말을 하는 것이었다. 그것이 무슨 뜻인지 잘 이해가 가질 않아 나는 아무 대답도 하지 않았다. "당신의 행동에는 이해할 수 없는 것들이 있습니다. 당신이 내가 그것을 이해하도록 도와줄 것이라고 확신합니다" 하고 말을 덧붙였다. 모든 것은 아주 간단하다고 내가 말했다. 그는 그날 하루의 일을 전부 이야기해 보라고 재촉했다. 나는 이미 내가 진술했던 것을 다시 그에게 되새겨주었다. 즉 레이몽, 해변, 해수욕, 싸움, 또 해변, 작은 샘, 태양, 그리고 권총 다섯 발. 한마디 말을 할 적마다 그는 "좋아요, 좋아요" 하고 말했다. 내가 마침내 누워 있는 시체까지 말하자, 그는 "그래, 좋아요" 하면서 인정했다. 나는 그렇게 똑같은 이야기를 반복하는 데 지쳐 있었다. 그토록 말을 많이 한 적은 없었던 것 같았다.

침묵이 흐른 후 그는 일어나서, 나를 돕고 싶다는 것과 내가 자기의 관심을 끈다는 것, 또 신의 가호로 자기가 나를 위해 무언가를 할 수 있을 것이라는 말을 했다. 그러나 그전에 그는 나에게 몇 가지 질문을 더 하고 싶어 했다. 느닷없이 그는 내가 엄마를 사랑했느냐고 물었다. 나는 "네, 모든 사람처럼" 하고 말했다. 그랬더니 그때까지 규칙적으로 타이프를 치고 있던 서기가 틀림없이 키를 잘못 누른 것 같았다. 왜냐하면, 그가 당황해하며 뒤로 다시 돌아가지 않으면 안 되었기 때문이다.

Ĉiam ankoraŭ sen videbla logiko, la enketisto tiam demandis min, ĉu mi pafis kvin fojojn sinsekve. Mi pripensis kaj precizigis, ke mi pafis unue nur unu fojon kaj, post kelkaj sekundoj, ellasis la kvar aliajn pafojn. "Kial vi atendis inter la unua kaj la dua pafo?" li tiam diris.

Plian fojon mi revidis la ruĝan strandon kaj sentis sur mia frunto la brulon de la suno. Sed ĉifoje mi nenion respondis. Dum la silento, kiu sekvis, la juĝisto kvazaŭ malkvietiĝis. Li sidiĝis, taŭzis siajn harojn, metis la kubutojn sur la tablon kaj iom kliniĝis al mi kun stranga mieno. "Kial, kial do vi pafis al kuŝanta korpo?" Denove mi ne kapablis respondi. La juĝisto frotis sian frunton per la manoj kaj rediris sian demandon per iom difektita voĉo : "Kial? Vi devas tion diri al mi. Kial?" Mi plu silentadis.

Subite li stariĝis, marŝis per longaj paŝoj al unu ekstremo de la oficejo kaj malfermis tirkeston de klasifikmeblo. Li eltiris arĝentan krucifikson, kiun li svingis revenante al mi : "Ĉu vi konas lin, ĉi tiun?" Mi diris : "Jes, kompreneble."

언제나 명백한 논리성이 없는 판사가 그때 다섯 발의 권총을 연달아 쏘았느냐고 물었다. 곰곰이 생각하고 나서 나는 처음에는 단 한 발을 쏘았고 조금 후에 네 발을 쏘았다고 분명히 말했다.

"왜 첫 번째와 두 번째 발사 사이에서 뜸을 들였습니까?" 하고 그때 그가 말했다.

다시 한번 붉은 해변이 생각났고 또 이마에 태양의 뜨거움을 느꼈다.

그러나 이번에는 아무 대답도 하지 않았다. 침묵이 계속되는 동안 판사는 흥분이 되는 표정을 짓고 있었다. 그가 자리에 앉더니, 자기의 머리카락을 뒤 헝클며 팔꿈치를 책상 위에 올려놓았다. 그리고는 이상한 표정을 짓고 내 쪽으로 약간 몸을 굽혔다.

"도대체 왜, 왜 당신은 누워 있는 시체에다 대고 총을 쏘았습니까?" 다시 나는 대답할 수 없었다.

판사는 이마에다 두 손을 갖다 대고는 좀 목소리를 바꾸어 자기의 질문을 반복했다.

"왜 그랬습니까? 그것을 당신은 내게 말해야 합니다. 왜 그랬죠?" 나는 여전히 입을 다물고 있었다.

갑자기 그가 일어서더니, 사무실 끝쪽으로 성큼성큼 걸어갔다.

그리고는 서류함 속에서 서랍 하나를 열었다. 그는 그 속에서 은 십자가 하나를 꺼내더니 내 쪽으로 돌아오면서 그것을 흔들었다.

"그분을, 이분을 알죠?"

나는 "네, 물론이고 말고요" 하고 말했다.

Tiam li diris tre rapide kaj pasie, ke li kredas je Dio kaj lia konvinko estas, ke neniu homo estas tiel kulpa, ke Dio ne pardonus lin aŭ ŝin; sed por tio necesas, ke la homo, per sia pento, iĝu kiel infano, kies animo estas malplena kaj preta ĉion akcepti. Lia korpo estis klinita sur la tablo.

Li svingis la krucifikson preskaŭ super mi. Verdire, mi tre malbone komprenis lian rezonadon, unue ĉar estis al mi varme kaj dikaj muŝoj troviĝantaj en lia oficejo lokiĝis sur mian vizaĝon, kaj ankaŭ ĉar li iom timigis min. Mi samtempe agnoskis, ke tio estas ridinda, ĉar, finfine, la krimulo ja estas mi. Li tamen daŭrigis. Mi komprenis proksimume, ke, laŭ lia opinio, estas nur unu malklara punkto en mia konfeso : la fakto, ke mi atendis antaŭ la dua revolverpafo. Pri la cetero ĉio estas en ordo, sed tion ĉi li ne komprenis.

Mi intencis diri al li, ke malprave li obstinas : tiu ĉi lasta punkto ja estas sen graveco. Sed li min interrompis kaj admonis lastafoje, ekstarinte altakreske, kaj demandis minr ĉu mi kredas je Dio.

Mi respondis, ke ne. Li eksidis indignante.

그때 그는 아주 재빨리, 그리고 열정적인 태도로 자기는 하느님을 믿는다는 것과 어떠한 사람도 하느님이 용서할 수 없을 정도로 죄를 짓지는 않는다는 것이 자기의 신념이라고 하며, 그렇지만 그러기 위해서는 인간은 회개를 통하여 마음이 비어 있고 모든 것을 받아들일 준비가 되어 있는 어린아이와 같이 되어야만 한다고 말했다. 그는 책상 위에 온몸을 구부리고 있었다. 그리고 거의 내 머리 위에서 십자가를 흔들어댔다. 솔직이 말하자면 그의 추론(推論)이 계속되는 동안 나는 그것을 고통스럽게 듣고 있었다. 첫째로 더웠기 때문이며, 또 그의 사무실에는 커다란 파리들이 날아다녀 내 얼굴에 와 앉곤 했기 때문이며, 또한 그가 나를 약간 겁나게 했기 때문이었다. 그와 동시에 이것은 우스운 일이라는 생각이 들었다. 왜냐하면, 결국 죄인은 나이기 때문이었다. 그러나 그는 말을 계속했다. 그의 의견에 의하면, 내 자백에는 애매한 점이 단 하나 있는데, 그것은 두번째 권총을 발사하기 위해 기다렸다는 사실이라는 것을 나는 대략 이해할 수 있었다. 그 밖의 것에 대해서는 이해가 되지만 그것만은 그가 이해할 수 없었다.

나는 그가 고집부리는 것은 잘못이라는 말을 하려고 했다. 그 마지막 의문점은 그렇게 중요하지가 않았다. 그러나 그는 내 말을 잘라 버리고 나서는 마지막으로 타일렀다. 그러고는 하느님을 믿느냐고 물으면서 벌떡 몸을 일으켜 세웠다. 나는 아니라고 대답했다. 그는 분개하여 도로 주저앉았다.

Li diris, ke tio neeblas, ke ĉiuj homoj kredas je Dio, eĉ tiuj, kiuj forturnas sin de lia vizaĝo. Tia estas lia konvinko kaj, se li devus iam ekdubi pri ĝi, lia vivo perdus ĉian sencon. "Ĉu vi deziras, li ekkriis, ke mia vivo ne havu plu sencon?" Miaopinie, tio ne koncernis min, kaj tion mi diris. Sed trans la tablo li alŝovis la krucifikson sub miajn okulojn kaj ekkriis senprudente : "Mi ja estas kristano. Mi petos pardonon al ĉi tiu pro ciaj kulpoj. Kiel ci ne povas kredi, ke li pro ci suferis?" Mi ja rimarkis, ke li diras "ci", sed mi tediĝis. Iĝis pli kaj pli varme. Kiel ĉiam, kiam mi deziras liberigi min de iu, kiun mi preskaŭ ne aŭskultas, mi ekŝajnis aprobi. Surprizante min, li triumfe diris : "Nu, nu. Ĉu ne vere, ke ci kredas, kaj triumfe diris : "Nu, nu. Ĉu ne vere, ke ci kredas, kaj ci konfidos al li?" Kompreneble, mi denove neis. Li refalis sur la fotelon.

Li ŝajnis tre laca. Li restis momenton silenta dum la maŝino, kiu senhalte sekvis la dialogon, daŭrigis plu ties lastajn frazojn. Poste, li rigardis min atente kaj iom triste. Li murmuris : "Mi neniam vidis animon tiel harditan, kiel via.

그는 그것은 있을 수 없는 일이며, 하느님의 얼굴에서 멀어진 사람들조차도 신을 믿고 있다고 내게 말했다. 그것이 바로 자기의 신념이며, 만일 이전에 그것을 의심해야만 했다면 자기의 인생은 무의미해져 버렸을 것이라고 말했다. "당신은 내 인생이 무의미해지기를 원합니까?" 하고 그가 외쳤다. 내 생각으로는 그것은 나와는 상관이 없는 일이었다. 나는 그 말을 그에게 했다. 그러나 책상 너머에서 그는 벌써 내 눈앞에다 그리스도상을 내밀었다. 그러고는 무례하게 소리를 질렀다. "난 말이야, 기독교 신자야. 나는 하느님에게 자네의 죄를 사하여 달라고 간구하고 있어. 그런데 자네는 어떻게 하느님이 자네 때문에 괴로워하셨다는 것을 믿지 못하는 거지?" 나는 그가 나를 자네라고 부르고 있음을 똑똑히 알았으나 이젠 진저리가 났다. 더위는 점점 심해졌다. 이야기를 듣고 싶지 않은 사람에게서 벗어나고 싶을 때 언제나 그러듯이, 나는 동의하는 표정을 지었다. 내 뜻밖의 태도에 그는 의기양양하게 말했다. "그것 봐, 자네도 하느님을 믿는 것 아냐?" 그리고 자랑스럽게 말했다. "그것 봐, 자네도 하느님을 믿고 신뢰하는 것 아냐?" 분명하게 나는 한 번 더 아니라고 말했다. 그는 의자에 다시 주저앉았다.

그는 매우 피로한 기색이었다. 잠시 입을 다물고 있었다. 그러는 동안 쉬지 않고 대화를 따라가던 타자기는 아직도 마지막 문장들을 찍어 대고 있었다. 그는 나를 주의 깊게, 그리고 약간 침울하게 바라보았다. 그는 "난 한 번도 당신처럼 냉혹한 사람을 본 적이 없었소.

La krimuloj, kiuj ĝis nun venis antaŭ min, ĉiam ploris, vidante tiun figuron de l'doloro." Mi intencis respondi, ke tiel estas ĝuste tial, ĉar ili estis krimuloj. Sed mi pensis, ke ankaŭ mi estas kiel ili. Al tia ideo mi ne povis kutimiĝi. La enketisto tiam ekstaris, kvazaŭ li informus minr ke la pridemandado finiĝis. Li nur demandis min, kun la sama iom laca mieno, ĉu mi bedaŭras pri mia ago. Mi pripensis kaj deklaris, ke mi sentas ne tiom veran bedaŭron, kiom ian tedon.

Ŝajnis al mi, ke li ne komprenas min. Sed tiun tagon la afero ĉesis tiel.

Pli poste, mi ofte revidis la enketjuĝiston. Sed tiam min akompanis ĉiufoje mia advokato. Oni postulis de mi nur, ke mi precizigu kelkajn punktojn pri la akuzaĵoj. Sed fakte ili neniam okupiĝis pri mi dum tiuj momentoj. Iom post iom la tono de la pridemandadoj aliiĝis. Ŝajnis, kvazaŭ la enketisto ne plu interesiĝas pri mi kaj iel forlasis la aferon. Li ne plu parolis al mi pri Dio kaj mi neniam revidis lin ekscitita kiel dum tiu unua tago. Rezulte, niaj konversacioj iĝis pli korecaj. Kelkaj demandoj, iom da konversaciado kun mia advokato — kaj finita la pridemandado.

지금껏 내 앞에 왔던 죄인들은 이 고통의 성상(聖像) 앞에서 언제나 눈물을 흘렸었소"하고 중얼거렸다. 나는 그것은 바로 죄인들에 관계되는 것이기 때문이라고 대답하려고 했다. 그러나 나 역시 그들과 같은 사람이라는 생각이 들었다. 그것은 내가 익숙해질 수 없는 생각이었다. 그때 판사가 일어났다. 그것은 신문이 끝났다는 것을 내게 암시하는 것 같았다. 그는 다만 조금 지친 듯한 변함없는 표정으로 내가 내 행동에 대해 후회하고 있느냐고 물었을 뿐이다. 나는 곰곰이 생각해 보고 나서 진정으로 후회한다기보다는 어떤 권태감을 느끼고 있다고 말했다. 나는 그가 나를 이해하지 못하는 것 같은 인상을 받았다. 그러나 이날은 일이 더 진척되지는 않았다.

계속해서 나는 종종 예심판사를 만났다. 다만 매번 변호사를 동반하고서였다. 앞서 진술한 내용에서 몇몇 의문점을 내가 명확히 밝히게 하는 것뿐이었다. 그런데 사실 그들은 그때만은 나를 절대로 개입시키지 않았다. 어쨌든 조금씩 신문하는 투가 달라져 갔다. 판사는 나에 대해 이제는 흥미가 없고 또 어떻게 보면 내 사건을 일단 매듭지은 것처럼 보이기도 했다. 이제는 나한테 더는 하느님에 관해 이야기하지도 않았고 또 첫날 때처럼 흥분하는 그를 결코 본 적도 없었다. 그 결과, 우리의 대답은 더 진지해졌다. 몇 마디 질문과 변호사와의 약간의 대화, 이것으로 신문은 끝나곤 했다.

Mia afero pluiris normale, laŭ la opinio de la enketisto mem. Kelkafoje ankaŭ, kiam la konversacio temis pri ĝeneralaĵoj, oni min implikis en ĝin. Mi komencis spiri pli libere. Dum tiuj horoj neniu estis malica kontraŭ mi. Ĉio estis tiel natura, tiel bone reguligita kaj sobre ludata, ke mi havis la ridindan impreson, kvazaŭ mi "apartenas al la familia rondo". Kaj dum la dekunumonata enketo, mi povas diri, ke mi preskaŭ miris pri tio, ke mi iam foje ĝojis pro io alia ol tiuj maloftaj momentoj, dum kiuj la enketisto min rekondukis al la pordo de sia oficejo, frapetante min sur la ŝultro kaj dirante kun bonkora mieno : "Finite por hodiaŭ, Antikrista moŝto." Post tio oni transdonis min al la ĝendarmoj.

바로 예심판사의 표현에 의하면, 내 사건은 순조롭게 진전되고 있었다.

때때로 대화가 일반적인 범주에 속하는 것일 때는 나도 거기에 가담했다. 나도 안도의 숨을 내쉬기 시작했다. 아무도 그럴 때는 나에게 냉혹하게 굴지 않았다. 내가 "가족의 일원"인 것 같은 터무니없는 느낌이 들 만큼 모든 것이 아주 자연스럽고, 아주 순조로웠으며, 또 조심성 있게 진행되어 갔다.

이와 같은 예심이 계속된 열 한 달이 지났다.

나는 판사가 내 어깨를 두드리며 또 다정한 태도로 "오늘은 이것으로 끝났네, 무신론자 선생" 하고 말하면서 자기 사무실의 문이 있는 데까지 나를 배웅해 주는 그 흔하지 않은 순간들 말고 다른 것에서는 결코 즐거움을 찾아보지 못했다는 것이 거의 놀라울 지경이었음을 말할 수 있겠다. 그의 방에서 나와 나는 헌병들의 손에 인도되곤 했다.

II

Ekzistas tiaj aferoj, pri kiuj mi neniam volonte parolis. Kiam mi eniris la malliberejon, mi komprenis post kelkaj tagoj, ke mi ne volonte parolos pri tiu parto de mia vivo.

Pli poste mi ĉesis konsideri grava tiun malemon.

Fakte, mi ne estis reale en malliberejo la unuajn tagojn : mi svage atendis iun novan okazaĵon. Ĉio komenciĝis nur post la unua kaj ununura vizito de Maria. Ekde la tago, kiam mi ricevis ŝian leteron (ŝi klarigis, ke oni ne plu permesas al ŝi veni, ĉar ŝi ne estas mia edzino), ekde tiu tempo mi sentis, ke en mia ĉelo mi estas hejme kaj ke mia vivo trovas tie sian limon. La tagon de mia aresto oni unue enŝlosis min en ĉambro, kie sidis jam pluraj arestitoj, plejparte araboj. Vidante min, ili ekridis. Poste ili demandis, kion mi kulpis. Mi diris, ke mi mortigis arabon, kaj ili restis silentaj. Sed post momento vesperiĝis. Ili klarigis al mi, kiel aranĝi la maton, sur kiu mi kuŝos. Volvante unu ekstremaĵon, oni povas el ĝi fari cilindran kapkusenon. La tutan nokton cimoj kuradis sur mia vizaĝo.

2장. 교도소에서

절대로 이야기하고 싶지 않은 것들도 있다. 내가 교도소에 들어오고 나서 며칠이 지난 후, 나는 내 생(生)에 있어서 이 부분에 대한 것은 이야기하고 싶지 않을 것이라는 생각이 들었다.

좀 더 시간이 흐르자, 나는 이러한 혐오감에 대해서는 더 대수롭지 않게 여기게 되었다. 사실, 처음 며칠간은 내가 교도소에 있다는 실감이 나지 않았다. 나는 막연히 어떤 새로운 사건을 기다리고 있었다. 그러나 모든 것이 시작된 것은 마리의 처음이자 단 한 번의 방문이 있고 난 후부터이다. 그녀의 편지를 받고 난 날부터 (그녀는 자기가 내 아내가 아니므로 더 면회가 허용되지 않는다는 말을 했었다), 바로 그날부터 나는 내 독방에서 내 집에 있는 것 같은 느낌이 들었고 또 내 생(生)이 이곳에서 한계를 가질 것이라는 느낌이 들었다.

검거되는 날, 처음에 나는 몇 사람의 수감자, 대부분이 아랍인이 이미 들어있는 방 속에 처넣어졌다.

그들은 나를 보며 웃었다. 그러고 나서 나에게 무슨 잘못을 저질렀느냐고 물었다. 내가 아랍인 한 사람을 죽였다고 말하자 그들은 조용해졌다. 잠시 후에 밤이 되었다. 그들은 내가 깔고 자야 할 돗자리를 어떻게 정돈해야 하는지 내게 설명해 주었다. 한쪽 끝을 굴리면 그쪽을 베개로 사용할 수 있었다. 밤새껏 빈대들이 얼굴 위로 기어 다녔다.

Kelkajn tagojn poste oni izolis min en ĉelo, kie mi kuŝis sur ligna tabulo.

Mi havis tinon — anstataŭ necesejo — kaj feran pelvon. La malliberejo staris en la supra parto de la urbo : tra fenestreto mi povis vidi la maron. Ĝuste iun tagon, kiam mi kroĉiĝis al la stangetoj, kun la vizaĝo streĉita al la lumo, eniris unu provoso kaj diris, ke mi havos viziton. Mi ekpensis, ke temas pri Maria. Estis ŝi, efektive. Por atingi la vizitejon, mi iris laŭ longa koridoro, poste ŝtuparo, poste alia koridoro. Mi eniris tre grandan ĉambron lumigitan per vasta aperturo. Tiun ĉambron dividis en tri partoj du kradegoj, kiuj ĝin tratranĉis laŭlonge. Inter ambaŭ kradoj estis spaco ok- ĝis dekmetra, kiu apartigis la vizitantojn disde la malliberuloj. Mi ekvidis Marian kontraŭ mi, · kun ŝia striita robo kaj sunbrunigita vizaĝo. Ĉe mia flanko estis deko da arestitoj, plejparte araboj. Maria estis ĉirkaŭita de arabinoj kaj staris inter du vizitantinoj: unu maljunulineto, nigre vestita, kun kunpremitaj lipoj, kaj iu dika virino nudkapa, kiu parolis tre laŭte kaj multe gestis. Pro la distanco inter la kradoj la vizitantoj kaj malliberuloj estis devigataj paroli tre laŭte.

며칠이 지나자 나를 독방 속에 격리했는데, 거기에서는 나무판자 위에서 잠을 잤다. 변기(便器)용의 함지와 쇠 대야도 가지게 되었다.

교도소는 도시의 맨 꼭대기에 있었다. 작은 창으로 바다를 볼 수 있었다. 바로 어느 날 내가 창살에 달라붙어 햇빛이 있는 쪽으로 얼굴을 내밀고 있을 때, 간수가 들어와서 면회하러 온 사람이 있다는 말을 하였다. 마리일 것이라는 생각이 들었다. 정말 그녀였다.

나는 면회실로 가기 위해 긴 복도를 따라갔다. 그다음에는 계단을 오르고 마지막으로 다른 복도를 지나갔다. 넓은 감시탑을 통해서 빛이 환하게 들어오는 매우 큰 방으로 들어섰다. 방은 그 방을 세로로 가로막고 있는 커다란 두 개의 살창 칸막이로 해서 세 부분으로 나누어져 있었다. 두 살창 칸막이 사이에는 8m에서 10m쯤 되는 간격이 있었는데 그것이 죄수를 면회자와 갈라놓고 있었다. 나는 내 정면에 줄무늬가 진 옷을 입고 얼굴이 햇볕에 그은 마리를 알아보았다. 내 옆에는 열 명가량의 수감자들이 있었는데 대개 아랍인들이었다.

마리는 아랍인 사람들에게 둘러싸여 두 명의 여자 면회인 가운데 서 있었다. 그 하나는 입술을 꽉 다물고 있는, 검은 옷차림의 작고 늙은 여자였으며 또 한 여자는 모자를 쓰지 않은 뚱뚱한 여자였는데 손짓을 많이 해가며 아주 큰 소리로 떠들고 있었다.

살창 칸막이 사이의 거리 때문에 면회인과 죄수들은 아주 큰 소리로 이야기해야만 했다.

Kiam mi eniris, la bruo de la voĉoj, reeĥantaj ĉe la grandaj nudaj muroj de la ĉambro, la kruda lumo, fluanta el la ĉielo sur la vitrojn kaj reŝprucanta en la ĉambron, kaŭzis al mi kapturnon. Mi bezonis kelkajn sekundojn por adaptiĝi. Tamen mi fine sukcesis vidi ĉiun vizaĝon nete, konturiĝintan en plena lumo. Mi rimarkis, ke provoso sidas ĉe la fino de la koridoro inter ambaŭ kradoj. La plej multaj arabaj malliberuloj kaj iliaj familianoj kaŭris vidalvide. Tiuj ne kriis. Malgraŭ la bruego ili sukcesis interaŭdiĝi, parolante tre mallaŭte. Ilia obtuza murmurado, origininta el malsupre, formis kvazaŭ kontinuan bason por la konversacioj interkruciĝantaj super iliaj kapoj. Ĉion ĉi mi tre rapide rimarkis, dum mi proksimiĝis al Maria. Jam algluiĝinta al la krado, ŝi ridetis al mi plenforte. Mi trovis ŝin bela, sed mi ne kapablis tion diri al ŝi.

"Nu? ŝi diris al mi tre laŭte — Nu, jen. — Vi fartas bone, vi havas ĉion deziratan? — Jes, ĉion."

Ni eksilentis kaj Maria plu ridetis. La dikulino kriegis al mia najbaro, verŝajne ŝia edzo, ulo alta kun sincera rigardo.

내가 들어섰을 때, 그 방의 장식이 없는 넓은 벽에 부딪혀 되돌아오는 목소리와 유리 위의 하늘에서 쏟아져 들어와 방 안에 반사되는 거친 빛이 내게 현기증을 일으키게 했다. 내가 이런 것에 적응되려면 짧은 시간이 필요했다. 마침내 나는 이 환한 빛 속에 드러난 하나하나의 얼굴을 뚜렷하게 볼 수 있었다. 간수 하나가 살창 칸막이 사이의 복도 끝에 앉아있는 것을 보았다. 대부분의 아랍인 죄수들과 그들의 가족들이 서로 마주보며 웅크리고 앉아있었다. 그들은 소리치지 않았다. 소란스러운 가운데 그들은 아주 나지막이 말을 나누며 의사소통을 할 수 있었다. 더 낮은 곳에서 울려 나오는 그들의 은은한 중얼거림은 그들의 머리 위에서 주고받은 이야기에 대해 마치 계속되는 저음부(低音部)를 형성하고 있는 것 같았다. 이 모든 것을 나는 마리가 있는 쪽으로 나아가면서 재빨리 알아낼 수 있었다. 진작 살창 칸막이에 붙어 있던 그녀가 있는 힘을 다해서 내게 미소를 지어 보였다. 그녀가 매우 예쁘다고 생각했지만, 그 말을 그녀에게 어떻게 해야 할지 알 수가 없었다. "어때요?" 그녀가 아주 높은 소리로 내게 말을 걸었다. "이래, 보는 대로지."

"건강이 좋아 보이는군요. 필요한 것은 모두 있나요?"

"있어. 모두다."

우리는 입을 다물었다. 마리는 여전히 미소를 짓고 있었다. 뚱뚱한 여자가 내 옆에 있는 남자에게 소리쳤다. 아마 그녀 남편인가 본데 진지한 눈빛의 금발로 키가 컸다.

Ĝi estis la daŭrigo de jam komencita konversacio.

"Johanino ne volis ĝin preni, ŝi kriis plengorĝe — Jes, jes, diris la viro. — Mi diris al ŝi, ke vi reprenos ĝin post liberiĝo, sed ŝi ne volis ĝin preni."

Maria, siaflanke, kriis, ke Rajmondo petis ŝin transdoni al mi lian saluton kaj mi diris "Dankon." Sed mian voĉon superlaŭtis mia najbaro, kiu demandis "ĉu li fartas bone". Lia edzino ridis dirante ke "li neniam ajn tiel bone fartis". Mia maldekstra najbaro, junuleto kun delikataj manoj, silentis. Mi rimarkis, ke li estas kontraŭ la maljunulineto kaj ambaŭ rigardas unu la alian intense. Sed al mi ne prosperis ilin observi pli longe, ĉar Maria kriis al mi, ke necesas esperi. Mi diris : "Jes." Samtempe mi rigardis ŝin kaj mi deziris premi ŝian ŝultron tra la robo. Mi deziris tiun fajnan teksaĵon kaj ne sciis klare, kion esperi krom ĝi. Sed supozeble ĝuste tion intencis diri Maria, ĉar ŝi plu ridetis. Mi vidis nur la brilon de ŝiaj dentoj kaj la faldetojn de ŝiaj okuloj.

Ŝi kriis denove : "Vi liberiĝos kaj ni geedziĝos!" Mi respondis "Cu?", sed ĉefe por diri ion.

그들은 아까부터 시작한 이야기를 계속하고 있었다.
"잔이 그를 돌보려고 하지 않아요." 그녀는 목청을 다
하여 소리를 질렀다. "그래, 그래." 사나이가 말했다.
"당신이 나오는 길로 그를 다시 데려올 거라고 얘기해
주었는데도 그 여자가 그를 맡으려고 하지 않는 거예
요." 마리가 살창 너머에서 레이몽이 안부를 전하더라
고 소리를 질러서 내가 "고맙다"라고 말했다. 그러나
내 목소리는 "그는 잘 있나?" 하고 묻는 내 옆 사람
때문에 지워져 버렸다. "도무지 건강이 좋아지지 않아
요" 하고 말하면서 그의 아내가 웃었다. 내 왼쪽에 있
는, 키가 작고 손이 섬세한 젊은이는 아무 말도 하지
않았다. 나는 그가 작은 노파 앞에 서 있었고 또 그들
두 사람이 서로를 뚫어지게 쳐다보고 있는 것을 주의
해 바라보았다. 그러나 그들을 더 오래 지켜볼 겨를이
없었다. 마리가 희망을 품어야 한다고 내게 소리쳤기
때문이다. 나는 "그래" 하고 말했다. 그와 동시에 나
는 그녀를 바라보았고 그녀의 옷 위로 어깨를 껴안아
주고 싶은 생각이 들었다. 나는 그 고운 옷감이 탐났
다. 이것 말고 무엇에 희망을 품어야 할지 도무지 알
수가 없었다. 그러나 그것은 아마도 마리가 말하고 싶
은 것일지도 모른다. 그녀가 여전히 미소를 짓고 있었
기 때문이다. 나는 반짝이는 그 치아와 눈가에 지는
잔주름밖에는 쳐다보지 않았다. 그녀가 다시 "당신이
나오게 되면 우리 결혼해요!" 하고 소리쳤다. 나는
"그래?" 하고 대답했지만, 그것은 무엇보다도 아무 말
이라도 하기 위해 그랬을 뿐이다.

Ŝi tiam diris tre rapide, ke jes ŝi tion kredas, mi ja estos absolvita kaj ni denove nin banados en la maro.

Sed la alia virino blekis siaflanke kaj diris, ke ŝi lasis korbon ĉe la prizona registrejo. ŝi listigis ĉion, kion ŝi en ĝin enmetis. Necesas kontroli, ĉar ĉio ĉi multekostas. Mia alia najbaro kaj lia patrino plu rigardadis unu la alian. La murmurado de la araboj pluis sub ni. Ekstere la lumo ekŝajnis ŝveliĝi ĉe la aperturo. Mi sentis min iom malsana kaj mi volonte irus for. La bruo suferigis min. Sed aliflanke, mi volis ankoraŭ ĝui la ĉeeston de Maria. Mi ne scias, kiom da tempo pasis ankoraŭ. Maria parolis al mi pri sia laboro kaj senĉese ridetis. La murmurado, la krioj, la konversacioj interkruciĝis. La sola oazo de silento estis apud mi en tiu junuleto kaj tiu maljunulino, rigardantaj unu la alian. Iom post iom oni forkondukis la arabojn. Preskaŭ ĉiuj ĉeestantoj eksilentis, kiam la unua eliris. La maljunulineto reproksimiĝis al la stangetoj kaj sammomente iu provoso signis al ŝia filo. Tiu diris : "Gis revido, panjo." kaj ŝi ŝovis la manon inter du stangetojn por fari al li malrapidan kaj longan signeton.

그러자 그녀가 재빨리, 그리고 여전히 매우 높은 소리로 그러겠다고 말하고 내가 무죄 석방이 될 거라고 하면서 그때 다시 해수욕하러 가자고 말했다.

그런데 그쪽에 있는 다른 여자가 소리를 지르면서 서기과(書記課)에 바구니를 두고 왔다고 말했다. 그녀는 거기에 들어있는 것을 모두 적었다. 그 모든 것들이 비싼 것이었기 때문에 확인해야만 했다.

내 곁에 있는 다른 사나이와 그의 어머니는 여전히 서로를 쳐다보고 있었다. 아랍인들의 중얼거리는 소리는 우리 밑에서 계속되고 있었다. 밖에서는 빛이 감시탑에 부딪혀 부풀어 오르는 것 같았다.

나는 약간 몸살이 난 것 같은 느낌이 들어서 이 자리를 떠나고 싶어졌다. 시끄러운 소리가 나를 괴롭게 했다. 그러나 한편으로는 마리와 좀 더 같이 있고 싶기도 했다. 시간이 얼마나 지났는지 알 수가 없다. 마리는 자기 일에 대해 내게 이야기를 했고 쉬지 않고 미소를 짓고 있었다. 중얼거림, 외침, 대화들이 서로 엇갈렸다.

유일하게 침묵을 지키고 있는 사람은 내 곁의, 서로 쳐다보고 있는 그 키 작은 젊은이와 노파뿐이었다. 조금씩 아랍인들을 데리고 갔다. 첫 번째 사람이 나가자 모든 사람이 거의 입을 다물어 버렸다. 그 작은 노파가 창살로 다가왔다. 그 순간, 간수가 그의 아들에게 신호했다.

그는 "엄마, 안녕히 가세요" 하고 말했고 그녀는 두 창살 사이로 손을 넣어 천천히 오래 손을 저었다.

Ŝi foriris dum viro eniris, kun ĉapelo enmane, kaj okupis ŝian lokon. Oni enkondukis malliberulon kaj ili interparolis vigle, sed duonvoĉe, ĉar la ĉambro iĝis denove silenta. Oni venis por forkonduki mian dekstran najbaron kaj lia edzino diris sen mallaŭtigo, kvazaŭ ŝi ne rimarkis, ke jam ne necesas krii: "Flegu vian sanon kaj atentu." Venis mia vico. Maria signis, ke ŝi min kisas. Antaŭ ol malaperi, mi returnis min.

Ŝi staris senmova, kun la vizaĝo premegita ĉe la krado, kun la sama rideto kuntirita kaj disstreĉita.

Iom poste ŝi skribis al mi. Ĝuste ekde tiu momento komenciĝis tio, pri kio mi neniam volonte parolis. Sume, ne indas troigi : tio estis pli facila por mi, ol por multaj aliaj. En la komenco de mia mallibereco, tamen, plej dolore estis, ke mi havis pensojn de liberulo. Ekzemple, mi kelkafoje deziris esti sur strando kaj iri malsupren al la maro.

Imagante la bruon de la unuaj ondoj sub miaj plandoj, la eniĝon de la korpo en la akvon kaj la senton de liberiĝo, kiu rezultis el tio, mi subite sentis, kiom la muroj de mia malliberejo estas proksimaj.

노파가 나가자 손에 모자를 든 한 남자가 들어와 그녀의 자리를 차지했다. 죄수 한 사람이 안내되자 그들은 힘찬 어조로 말을 나누었다. 그러나 작은 소리였다. 방이 다시 조용해졌기 때문이었다.

내 오른편에 있던 남자를 데리러 오자 그의 부인이 이제는 소리칠 필요가 없어졌음을 알지 못하는 것처럼 목소리를 낮추지 않고 그에게 "건강에 유의하시고 조심하세요" 하고 말했다.

그리고 나서 내 차례가 왔다. 마리가 내게 키스하는 시늉을 해 보였다. 방을 나가기 전에 나는 뒤를 돌아다보았다. 마리는 움직이지 않은 채 얼굴을 으스러지도록 살창에 대고, 처참하면서도 경련이 이는 듯한 미소를 짓고 있었다.

그리고 나서 얼마 안 된 후에 그녀가 내게 편지를 보냈다. 내가 절대로 이야기하고 싶지 않은 일들이 시작된 것은 바로 그 순간부터였다. 하여간에 아무것도 과장해서는 안 된다.

그런데 그것이 내게는 다른 사람들보다 훨씬 쉬웠다. 구류되던 초기에 가장 곤란했던 것은 바로 내가 자유로운 사람이 갖는 그러한 생각들을 품고 있다는 그것이었다.

예를 들자면 해변으로 가서 바닷가로 내려가고 싶었다. 발바닥에 와닿는 물결 소리, 물속에 뛰어드는 몸뚱이, 그리고 해방감 같은 것을 마음속에 그려보면 갑자기 감방의 벽이 얼마나 가까이 있는지를 느끼게 되는 것이었다.

Sed tio daŭris kelkajn monatojn. Poste mi havis nur pensojn de malliberulo. Mi atendis la ĉiutagan promenadon, kiun mi faris en la korto, aŭ la viziton de mia advokato.

Mi bonege organizis la ceteran tempon.

Mi tiam ofte pensis, ke, se oni devigus min vivi en trunko de morta arbo, sen alia okupo ol kontempli la ĉielan floron super mia kapo, mi iom post iom kutimiĝus.

Mi atendus la preterflugojn de birdoj aŭ la renkontojn de nuboj, same kiel mi ĉi tie atendis la kuriozajn kravatojn de mia advokato kaj kiel mi, en iu alia mondo, paciencis ĝis sabato por brakumi la korpon de Maria.

Sed, se bone pripensi, mi ne estis en morta arbo. Ekzistas homoj pli malfeliĉaj ol mi. Tiel, cetere, opiniis panjo, kaj ŝi ofte ripetadis, ke oni finfine kutimiĝas al ĉio.

Cetere, mi kutime ne pensis tiel malproksimen.

La unuaj monatoj estis doloraj. Sed ĝuste la penado, kiun mi devis fari, helpis por ilin pasigi. Ekzemple, min turmentis la deziro al virino. Normale, mi ja estis juna.

Mi neniam pensis speciale pri Maria.

그러나 이런 일은 몇 달 동안 계속되었을 뿐이었다. 그다음에는 오로지 죄수가 갖는 생각들밖에는 가지지 않았다. 나는 구내 마당에서 하는 매일의 산책이나 변호사의 방문을 기다렸다. 그 나머지 시간은 아주 잘 조절이 되었다.

내가 죽은 나무줄기 속에서 사는 것은 아닌가 하는 생각이 종종 들었으며 내 머리 위로 보이는, 하늘에 피어 있는 꽃을 바라보는 일밖에는 다른 일이 없다 해도 차차로 그것에 익숙해질 거라는 생각이 들었다. 나는 이곳에서 변호사의 이상한 넥타이를 기다리는 것처럼, 또 다른 세계에서 내가 마리의 육체를 껴안기 위해 토요일까지 참고 기다렸던 것처럼, 새들이 지나가는 것이나 구름이 서로 만나는 것을 기다리게 될 것이다.

그런데 곰곰이 생각해 보면 나는 죽은 나무 속에 있는 것만은 아니었다. 나보다도 더 불행한 사람들이 있었다. 게다가 이것은 엄마의 생각이었다.

또 엄마는 그 말을 자주 되풀이하곤 했었는데, 사람이란 무엇에든 익숙해지기 마련인 것이다.

게다가 나는 그렇게 멀리 생각하는 습관이 없었다. 처음 몇 달은 괴로웠다.

그러나 바로 자기 억제로써 나는 그것을 극복했다.

예를 들자면 나는 여자에 대한 욕망으로 번민도 했었다. 그건 자연스러운 일이었다. 나는 젊었기 때문이다. 특별하게 마리를 생각한 적은 없었다.

Sed mi tiom pensis pri iu virino, pri la virinoj, pri ĉiuj virinoj, kiujn mi iam konis, pri ĉiuj cirkonstancoj de miaj amrilatoj kun ili, ke mia ĉelo pleniĝis per ĉiuj vizaĝoj kaj iĝis loĝata per miaj deziroj. Iel, tio min perturbis. Sed aliflanke, tio forbagateligis la tempon.

Mi fine sukcesis akiri la simpation de la ĉefprovoso, kiu kutime akompanis la kelneron dum la manĝotempo. Li unua parolis al mi pri la virinoj. Li diris, ke ĝi estas la afero, pri kiu unue plendas la aliaj. Mi diris, ke mi samas kiel ili kaj opinias tiun pritrakton maljusta. "Sed, li diris, ĝuste pro tio oni vin enprizonigas — Kiel pro tio? — Kompreneble, la libereco, ĝi ja estas tio. oni forprenas de vi la liberecon." Mi estis neniam pensinta pri tio. Mi aprobis lin : "Estas vere, mi diris, se estus alie, kie estus la puno? — Jes, la aferojn vi bone komprenas. La aliaj ne. Sed ili fine ekkutimas kontentigi sin mem." Poste la provoso foriris.

Estis ankaŭ la cigaredoj. Kiam mi eniris la malliberejon, oni forprenis de mi la zonon, la ŝulaĉojn, la kravaton kaj la tutan enhavon de miaj poŝoj, interalie miajn cigaredojn. Enkarcerigite, mi petis, ke oni redonu ilin. Sed oni respondis, ke tio estas malpermesita.

그러나 나는 어떤 한 여자를, 여러 여자를, 내가 알았던 모든 여자를, 그들과 맺은 사랑 관계의 모든 조건을 생각했기 때문에 내 독방은 온갖 얼굴들로 채워졌고 내 욕망이 차지했다.

어떤 의미에서 이런 일은 내 머리를 산란케 했다. 그러나 다른 의미에서 본다면 시간을 죽이는 일이 되었다. 나는 마침내, 식사 시간에 취사장의 종업원을 따라오는 간수장의 동정을 사게 되었다. 처음에 여자에 관한 이야기를 내게 한 사람은 바로 그였다. 다른 사람들이 불평하는 첫 번째 것이 바로 여자에 관해서라고 내게 말했다. 나도 그들과 같다는 것을 그에게 말하면서 이 대우는 부당하다고 생각한다는 말을 했다. "하지만 당신네를 교도소에 집어넣는 것도 바로 그것 때문인걸요" 하고 그가 말했다.

"왜 그것 때문이라는 거지요?" "네, 자유, 바로 그것이에요. 당신들에게서 그 자유를 빼앗는 거지요." 나는 한 번도 그런 것에 대해서는 생각해 보지 않았다. 나는 그의 말에 동의했다. 그리고는 "사실이 그렇군요. 그렇지 않으면 어디에다 처벌을 가하겠어요?" 하고 그에게 말했다. "그럼요. 당신은 사리를 아는군요. 다른 사람들은 몰라요. 그러나 그들도 마침내 자기 자신을 편하게 만들지요." 간수는 이렇게 말하고 가버렸다. 또한, 담배도 있었다. 교도소에 들어갈 때, 나는 허리끈과 구두끈, 넥타이와 주머니 속의 모든 것과 특히 담배를 빼앗겼다. 한 번은 독방에서 담배를 돌려달라고 청했지만 그건 금지되어 있다는 답변이었다.

La unuaj tagoj estis malfacilaj. Eble tio min plej deprimis. Mi suĉis lignerojn, kiun mi elŝiris el la tabulo de mia lito. Min la tutan tagon tenis senĉesa naŭzo.

Mi ne komprenis, kial oni senigis min je tio, kio al neniu malutilas. Poste mi komprenis, ke ankaŭ tio estas parto de la puno. Sed mi tiam estis jam kutimiĝinta al nefumado kaj tiu puno ne plu efikis por mi.

Krom tiuj malagrablaĵoj, mi ne estis tro malfeliĉa. La sola problemo, mi rediru, estis, kiel forpasigi la tempon. Mi fine sukcesis tute ne plu enui ekde la unua momento, kiam mi eklernis memoradi.

Mi foje komencis pensi pri mia ĉambro kaj mi image foriris de unu angulo kaj revenis al ĝi, mense nombrante ĉion, kio troviĝis survoje. Komence, tion mi faris rapide. Sed ĉiufoje, kiam mi refaris, tio daŭris iom pli longe. Ĉar mi rememoris pri ĉiu mebloj kaj, por ĉiu el ili, pri ĉiu objekto troviĝanta en ĝi kaj, por ĉiu objekto, pri ĉiuj detaloj kaj, por ĉiu detalo — inskrustaĵo, rompfendeto au breĉetita rando — pri ĝia koloro aŭ supraĵa konsisto.

Samtempe mi klopodis ne perdi la ĉenon de mia inventaro kaj fari plenan elnomadon.

처음 며칠은 매우 고통스러웠다. 나를 가장 낙심케 했던 것은 아마 바로 이것이었을 것이다. 나는 침대 널빤지에서 뜯어낸 나무 조각들을 씹기도 했다. 온종일 구역질을 계속했다. 아무에게도 화가 되지 않는 그것을 왜 못하게 하는지 알 수가 없었다. 나중에 서야 이것도 벌의 부분이라는 것을 알았다. 그러나 그때는 담배를 피우지 않는 것에 습관이 되었고 그래서 이 형벌이 내게는 더 자극적으로 되지 못했다.

이러한 걱정 외에는 그다지 불행하지 않았다. 다시 한 번 말하면, 문제가 되는 것은 시간을 죽이는 일이다. 그러나 회상하는 것을 배우고 난 순간부터 나는 마침내 전혀 권태를 느끼지 않게 되었다. 가끔 나는 내 방에 대해서 생각하기도 했다. 상상 속에서 나는 방 한 모퉁이에서부터 출발하여 도중에 있는 것을 모두 마음속으로 열거하면서 제자리로 돌아오곤 하였다. 처음에는 빨리했다. 그러나 다시 시작할 때마다 조금씩 더 길어졌다. 왜냐하면, 가구 하나하나에 대해서 생각했고, 또 가구 하나하나에 대해서는 거기에 들어 있는 하나하나의 물건들을 생각했으며, 하나하나의 물건에 대해서는 세세한 것들까지 모두 생각해냈고, 그 세세한 것들에 대해서는 장식이나 균열이나 이가 빠진 가장자리에 대해서 생각했으며, 또 그것들의 색깔이나 외관상 구성 같은 것을 생각해냈기 때문이었다.

그러는 동시에 나는 내가 생각해 낸 것 중에서 하나도 빠뜨리지 않으려고 하며 또한 완전히 열거하려고 애썼다.

Tiel, ju pli mi pripensis, des pli multe da aferoj nekonataj kaj forgesitaj ĉerpiĝis al mia memoro. Mi tiam ekkomprenis, ke homo, kiu estus vivinta nur unu tagon, povus senpene vivi cent jarojn en karcero. Li havus sufiĉan kvanton da rememoroj por ne enui. El ia vidpunkto, tio estis avantaĝo.

Estis ankaŭ la dormo. Komence, mi dormis mallonge dum la nokto kaj tute ne dum la tago. Iom post iom miaj noktoj pliboniĝis kaj mi povis dormi ankaŭ tage. Mi povas diri, ke dum la lastaj monatoj, mi dormis dek-ses ĝis dek-ok horojn ĉiutage. Restis do ses horoj malŝparendaj per la manĝoj, la naturaj bezonoj, miaj rememoroj kaj la historio de la Ĉeĥoslovakiano. Efektive mi estis trovinta inter mia pajlomatraco kaj la tabulo de la lito malnovan pecon de gazeto flaviĝintan, diafanan kaj preskaŭ gluitan ĉe la ŝtofo. Ĝi raportis en la rubriko "Diversaĵoj" pri krima afero, kies komenco mankis, sed kiu supozeble okazis en Ceĥoslovakio. Iu viro estis forlasinta sian ĉeĥan vilaĝon por riĉiĝi fremdlande.

Post dudek-kvin jaroj li, riĉiĝinte, revenis kun edzino kaj infano. Lia patrino mastris, kun lia fratino, hotelon en la hejma vilaĝo.

그래서 생각하면 할수록 나는 기억 속에서 모르고 잊어버렸던 것들을 끄집어내곤 했다.

그때 나는 난 하루밖에 살지 못한 사람이라도 교도소 안에서는 백 년을 어렵잖게 살 수 있으리라는 것을 알았다. 그 사람은 권태를 느끼지 않을 만큼의 충분한 추억을 가지게 될 것이다.

어떤 의미에서 생각하면 그것은 하나의 특권이라고도 할 수 있다.

또한, 수면에 관한 것도 있었다. 처음에는 밤에 잠을 잘 이루지 못했고 낮에는 전혀 자지 못했다. 그런데 차차로 밤에도 잠을 푹 잘 수 있게 되었고 낮에도 또한 그랬다. 요 몇 달 동안은 하루에 열여섯 시간 내지 열여덟 시간을 잤다고 말할 수 있다. 그러니까 그 나머지 여섯 시간은 식사하고, 용변(用便)을 보고, 추억에 잠기고, 체코슬로바키아에서 일어난 일을 읽는 것으로 보냈다.

짚을 넣은 매트와 침대 널빤지 사이에서 나는 실제로 낡은 신문지 조각 하나를 발견했는데, 그것은 거의 천에 달라붙어 있었고 노랗게 찌들은 데다 얇아 투명하게 비치는 그런 것이었다.

첫머리는 없어졌으나 체코슬로바키아에서 일어난 것 같은 어떤 범죄에 대한 잡보(雜報)가 실려 있었다.

한 사나이가 외국에서 돈을 벌기 위해 체코 쪽(族)의 마을을 떠났다. 25년 후에 부자가 된 그는 부인과 아이 하나를 데리고 돌아왔다. 그의 어머니는 고향 마을에서 그의 누이와 함께 호텔을 경영하고 있었다.

Por ilin surprizi, li lasis la edzinon kaj la infanon en alia gastejo kaj iris al sia patrino. Kiam li eniris la hotelon, ŝi lin ne rekonis.

Ŝerceme, li ekhavis la ideon tranokti tie. Li elmontris sian monon. Dum la nokto la patrino kaj fratino lin murdis, por ŝteli lian monon, kaj jetis la kadavron en la riveron. La postan tagon venis lia edzino kaj ŝi senscie malkaŝis la nomon de la gasto. La patrino pendumis sin. La fratino sin jetis en puton. Tiun historion mi legis milojn da fojoj. El iu vidpunkto ĝi estis neverŝajna. El alia ĝi estis normala. Sume, mi opiniis, ke la aventurema vojaĝanto iel meritis sian sorton kaj ke ludi estas ja malkonsilinde.

Tiel, kun la dormohoroj, la rememoroj, la legado de mia krimraporto kaj la alternado de lumo kaj ombro pasis la tempo. Mi ja iam legis, ke en malliberejo oni fine perdas la nocion pri la tempo. Sed tio por mi malmulton signifis. mi ne komprenis tiam, ĝis kiu grado la tagoj povas esti samtempe longaj kaj mallongaj. Travivi ilin estas longe, sendube, sed ili tiel disstreĉiĝas, ke ili kvazaŭ superfluas unu sur la alian. Ili per tio perdis siajn nomojn. Nur la vortoj hieraŭ kaj morgaŭ konservis ian sencon por mi.

그들을 놀라게 해주려고 그는 자기 아내와 아이를 다른 숙소에 남겨두고 그의 어머니에게로 갔으나 어머니는 그가 들어설 때 그를 알아보지 못했다.

장난으로 그는 거기서 숙박을 해야겠다는 생각을 했다. 그가 돈을 보여 주었다. 밤중에 그의 어머니와 누이는 그 돈을 훔치기 위해 그를 죽이고 시체를 강물에 던져 버렸다.

그다음 날 아침, 그의 아내가 와서 그런 사실도 모르고 손님의 신분을 밝힌다. 그래서 그 어머니는 목매달아 죽고 누이는 우물에 몸을 던진다.

나는 이 이야기를 수천 번 읽었을 것이다. 한편으로 생각하면 이 이야기는 거짓말 같은 이야기이고 다른 한편으로 생각하면 있음 직한 이야기다.

어쨌든 나는 이 여행자가 그렇게 당할 만했다고 생각했으며, 또 절대로 장난을 쳐서는 안 되는 일이었다고도 생각했다.

이렇게 잠자는 시간과 회상과 범죄 사건 잡보를 읽는 것과 빛과 어둠의 교체와 더불어 시간은 흘러갔다. 교도소에서는 시간관념을 잃어버리게 된다는 것을 읽은 적이 있다. 그러나 그것은 내게는 대단한 의미를 주지 않았다. 어떤 점에서 세월이란 길고도 또한 짧을 수 있다는 것을 나는 이해하지 못했다. 물론 살아가는 데는 길다. 그러나 너무나도 늘어나서 마침내는 서로에게 넘쳐 흐르게 되고 만다. 그들은 그 속에서 자기들의 이름을 잃어버린다. 어제라든지 내일이라는 말만이 나에게는 의미를 지닌 유일한 것들이다.

Kiam, iun tagon, la provoso diris al mi, ke mi estas tie jam kvin monatojn, mi kredis lin, sed ne komprenante. Por mi la sama tago senĉese abruptis en mian ĉelon, la saman taskon mi daŭrigis. Tiun tagon, post la foriro de la provoso, mi rigardis min en mia fergamelo. Al mi ŝajnis, ke mia spegulbildo restas serioza, eĉ kiam mi klopodas ĝin alrideti. Mi ĝin ekskuis. Mi ridetis kaj ĝi konservis la saman malgajan kaj severan aspekton. Finiĝadis la tago, estis tiu horo, pri kiu mi ne volas paroli, horo sennoma, kiam la vesperaj bruoj alsupras el ĉiuj etaĝoj de la prizono en silenta procesio. Mi proksimiĝis al la luko kaj, en la lasta lumo, mi ankoraŭfoje rigardadis mian bildon. Ĝi estis ankoraŭ nun serioza, sed ĉu mirige? — mi ja estis, en tiu momento, serioza. Sed samtempe, kaj por la unua fojo dum pluraj monatoj, mi klare aŭdis la sonon de mia voĉo. Mi rekonis ĝin la voĉo kiu dum longaj tagoj resonadis ĉe miaj oreloj, kaj mi ekkomprenis, ke dum tiu tuta tempo mi estis parolanta sola. Mi tiam ekmemoris pri tio, kion diris la flegistino ĉe la entombigo de panjo. Vere, senelira situacio. Neniu povas imagi, kiaj estas la vesperoj en la prizonoj.

어느 날 간수가 내가 이곳에 들어온 지 다섯 달이 되었다고 말해 주었을 때 나는 그 말을 믿기는 했지만 이해하지는 못했다. 내게는 끊임없이 내 독방 속에서 부서지는 똑같은 날이었고 또 내가 계속해 나가는 똑같은 임무였을 뿐이었다.

그날 간수가 나간 후, 나는 쇠 밥그릇에 비친 나를 들여다보았다. 내 모습은 미소를 띄워 보려고 애쓸 때도 여전히 심각한 것처럼 보였다. 밥그릇을 눈앞에서 흔들었다. 나는 미소를 짓고 있는데, 내 모습은 여전히 엄숙하고도 슬픈 표정을 하고 있었다.

날이 저물었다. 이 시간은 내가 이야기하고 싶지 않은 시간이다. 형언할 수 없는 이 시간에, 침묵이 줄지어 선 속에서 교도소의 모든 층계로부터는 저녁의 소리가 피어오른다. 나는 천창(天窓)으로 다가가 마지막 저무는 빛 속에서 내 모습을 다시 한번 바라보았다. 내 모습은 여전히 심각했다. 그런데 이 순간에 내가 정말로 그렇게 심각해 있다고 해서 놀랄 일이 무엇이란 말인가? 그러나 그와 동시에, 그리고 수개월 이래 처음으로 나는 나의 목소리를 분명하게 들었다. 나는 내 목소리가 내 귀에 오래전부터 울려왔던 그 목소리라는 것을 알았다. 그러자 나는 지금까지 내가 혼자 말하고 있었다는 것을 깨달았다. 나는 그때 엄마의 장례식에서 간호사가 했던 말이 생각났다. 정말이지 어찌할 도리가 없는 것이다. 그리고 그 누구도 교도소에서의 밤이 어떠한 것이라는 것을 상상할 수는 없다.

III

Mi povas diri, ke verdire la somero tre rapide anstataŭis la someron. Mi sciis, ke kun la alveno de la unua varmo okazos io grava por mi. Mia afero estis enskribita por la lasta sesio de la asiza tribunalo kaj tiu sesio devis finiĝi ĝis la fino de junio. La debatoj malfermiĝis kun plena suno ekstere. Mia advokato asertis al mi, ke ili ne daŭros pli ol du-tri tagojn. "Cetere, li aldonis, la tribunalo devos rapidi, ĉar via afero ŭe estas la plej grava dum tiu sesio. Tuj poste venos la vico de iu patromurdinto."

Je la sepa kaj duono matene oni min forkondukis per ĉelveturilo al la Juĝopalaco. La du ĝendarmoj enirigis min en ĉambron kiu odoris ombron. Ni atendadis, sidante apud pordo, post kiu aŭdiĝis voĉoj, vokoj, bruoj de seĝoj kaj plena tumulto, kiu pensigis min pri tiuj kvartalfestoj, en kiuj post la koncerto oni forigas la seĝojn por lasi lokon al dancado.

La ĝendarmoj diris al mi, ke ni devas atendi la juĝistojn, kaj unu ei ili proponis al mi cigaredon, sed mi ĝin rifuzis. Li iom poste demandis min, "ĉu min kaptis ektimo".

3장. 마지막 재판 과정

사실, 그 여름은 빨리 지나가고 다른 여름이 왔다고 말할 수 있다. 나는 첫더위가 시작되면서 내게 어떤 중요한 일이 들이닥칠지도 모른다는 것을 알았다.

내 사건은 중죄(重罪) 재판소의 마지막 개정기(開廷期)에 들어가 있었는데, 이 개정기는 6월로써 끝나게 될 것이다. 공판이 열렸을 때는 바깥이 태양으로 충만해 있었다. 변호사는 공판이 2, 3일 이상은 계속되지 않을 것이라고 나를 안심시켰다.

"게다가 당신 사건이 이 개정기에 가장 중요한 것은 아니므로 재판소 측에서도 서두를 겁니다. 그다음에 곧이어서 존속살해(尊屬殺害)에 관한 공판이 열리거든요" 하고 덧붙였다.

아침 일곱 시 반에 나는 호송차(護送車)에 실려 재판소로 인도되었다. 헌병 두 사람이 그림자 냄새가 나는 방으로 나를 들어가게 했다.

우리는 어느 문 곁에 앉아 기다렸다. 그 문 뒤에서는 사람들의 목소리, 호출하는 소리, 의자 소리, 그리고 음악회가 끝난 다음 춤을 출 수 있도록 의자를 치우는, 거리의 축제를 생각나게 하는 소란스러운 움직임의 소리가 들려 왔다.

헌병들이 재판에 대기하고 있어야 한다고 말했고, 그 중 한 사람은 내게 담배를 권했지만 나는 거절했다. 조금 후에 그가 내게 "겁을 집어먹고 있느냐"고 물었다.

Mi respondis : "Ne". Eĉ, iele, min interesis spekti proceson. Neniam ĝis nun mi havis tiun okazon. "Ja, diris la dua ĝendarmo, sed finfine tio estas laciga."

Post mallonga tempo aŭdiĝis sonoreto en la ĉambro. Tiam ili formetis de mi la mankatenojn. Ili malfermis la pordon kaj enirigis min en la budeton de la juĝatoj. La salono estis plenplena. Malgraŭ la ŝutroj la suno plurloke traradiis kaj la aero iĝis jam sufoka. La fenestrojn oni lasis fermitaj. Mi sidiĝis kaj la ĝendarmoj eksidis ambaŭflanke de mi. Ĝuste tiam mi ekvidis vicon da vizaĝoj kontraŭ mi. Ĉiuj min rigardis. Mi ekkonsciis, ke tio estas la ĵurianoj. Sed mi ne povas diri, per kio ili distingiĝis unu de la alia.

Mi ricevis nur la jenan impreson : mi estis kontraŭ trama benko kaj ĉiuj ĉi anonimaj vojaĝantoj spionis la novalveninton por ekvidi liajn ridindajn trajtojn.

Mi sciis ja, ke tio estas naivega ideo, ĉar tie ili ĉasis ne la ridindon, sed la krimon. Tamen la diferenco ne estas granda kaj, kiel ajn estas, ĝuste tiu ideo venis al mi en la kapon.

Pro tiu homamaso en tiu fermita ejo mi sentis ioman kapturnon.

나는 아니라고 대답했다.

그런데 어느 의미에서는 소송 광경을 지켜본다는 것은 흥미롭기까지 한 일이었다. 내 생에 있어서 그런 기회가 한 번도 없었다.

"그래요. 그런데 나중에는 피로해지고 말지요" 하고 두 번째 헌병이 말했다.

잠시 후에, 작은 벨 소리가 방 안에 울려왔다. 그때 헌병들이 내 수갑을 벗겼다. 그리고 문을 열더니, 나를 피고석으로 들어가게 했다. 법정은 초만원이었다. 블라인드가 내려져 있는데도 햇빛이 군데군데 스며들어 있었고 공기는 이미 질식할 것 같았다. 유리창은 닫힌 채로 있었다.

나는 자리에 앉았고 헌병들이 나의 양옆으로 앉았다. 바로 그때 나는 내 앞에 줄지어 있는 얼굴들을 알아보았다. 모두 나를 바라보고 있었다. 나는 그들이 배심원이라는 것을 알았다. 그러나 그들을 무엇으로 서로 구별했는지 말할 수가 없다. 다만 나는 하나의 인상만을 받았을 뿐이었다. 즉 내가 전차 좌석 앞에 서 있는 데, 그 이름도 모르는 여행자들이 모두 우스운 점이 없나 알아보려고 새로 탄 승객을 살피는 것 같은 인상이었다. 여기에서 그들이 찾고 있는 것은 우스운 점이 아니라 죄(罪)인 만큼 그 생각은 어리석은 것이라는 것을 잘 알고 있었다. 그러나 그 차이는 크지 않았고 또 어쨌든 그런 생각이 내게 떠올랐다.

이 폐쇄된 방에서 이 모든 사람 때문에 나는 약간 현기증을 일으켰다.

Mi rigardis denove la juĝosalonon kaj ekvidis neniun vizaĝon. Mi havas la impreson, ke unue mi ne rimarkis, ke ĉiuj kunpremiĝis por min vidi. Kutime la homoj ne okupiĝis pri mia persono.

Mi pene komprenis, ke mi estas la kialo de tiu tumulto. Mi diris al la ĝendarmo : "Kiom da homoj!"

Li respondis, ke pro la gazetoj, kaj li montris al mi areton da homoj starantaj apud tablo, pli malalte ol la benko de la ĵurianoj. Li diris : "Jen ili." Mi demandis : "Kiuj?" kaj li respondis : "La gazetoj." Li konis unu ĵurnaliston el la grupo; tiu lin tiam ekvidis kaj venis al ni. Li estis viro jam ne plu juna, simpatia, kun iom grimaca vizaĝo. Li premis la manon de la ĝendarmo kun granda fervoro. Mi tiam rimarkis, ke ĉiuj renkontiĝas, alparolas unu la alian kaj konversacias kiel en klubejo, en kiu oni plezure kunvenas inter sammedianoj. Mi klarigis ai mi ankaŭ la strangan impreson, kiun mi spertis : impreson, ke mi estas troa, preskaŭ kiel entrudiĝinto. Tamen, la ĵurnalisto sin turnis al mi kun rideto kaj esprimis la esperon, ke ĉio iros glate por mi.

그리고 법정 안을 둘러보았지만 어떠한 얼굴도 구별이 되지 않았다. 처음에 나는 이 모든 사람이 나를 보려고 모여들었음을 알아차리지 못했다고 생각한다.

여느 때는 사람들이나 개인에 대해서 별로 관심이 없었다. 내가 이 모든 흥분의 원인이 되고 있다는 것을 깨달으려면 노력이 필요했다.

나는 "사람도 많군요!" 하고 헌병에게 말했다. 그는 그것이 신문 때문이라고 대답하면서 배심원석 아래에 있는 테이블 곁에 자리 잡은 무리를 가리켜 보았다.

"저기들 있잖아요" 하고 그가 내게 말했다. "누구 말입니까?" 내가 되물었다.

그랬더니 그가 "신문 기자들 말이오" 하고 되풀이 말했다.

그는 신문기자 중 한 사람을 알고 있었는데, 그때 그가 헌병을 보고 우리가 있는 쪽으로 왔다. 그는 나이 지긋한 남자로 약간 얼굴을 찡그리고는 있었지만, 호감이 가는 사람이었다. 그는 매우 열렬하게 헌병의 손을 쥐었다.

이때 나는 같은 세계의 사람들 사이에서 서로 다시 만난다는 것이 행복스럽게 여겨지는 어느 클럽에서처럼 모든 사람이 서로 만나 묻고 이야기하고 있는 것을 알았다. 나는 불청객같이 약간 성가신 존재라는 이상한 느낌이 또한 들었다.

그러나 그 신문기자는 내게 웃으면서 말을 걸었다.

그는 모든 것이 나를 위해 유리하게 되기를 바란다고 말했다.

Mi dankis lin kaj li aldiris : "Vi komprenu, mi iom ŝveligis vian aferon. Somero estas vakua sezono por la ĵurnalistoj. Kaj nur via afero kaj tiu de la patromurdinto havas ian valoron." Poste li montris al mi en la grupo, kiun li ĵus lasis, vireton similan al grasigita mustelo, surportantan vastegajn okulvitrojn kun nigraj ringoj. Li diris, ke tiu estas la speciala sendito de Pariza gazeto : "Cetere, li venis ne pro vi. Sed ĉar li estas komisiita raporti pri la proceso de la patromurdinto, oni petis lin, ke li samtempe kablodepeŝu pri via afero." Tiam mi denove preskaŭ dankis lin. Sed mi ekpensis, ke tio estus ridinda. Li faris al mi amikan mangeston kaj lasis min. Ni atendis kelkajn minutojn plu.

Alvenis mia advokato, en talaro, ĉirkaŭita de multaj aliaj kolegoj. Li iris al la ĵurnalistoj, premis ies manojn. Ili ŝercis, ridis kaj aspektis plene senĝenaj ĝis la momento, kiam aŭdiĝis sonoro en la juĝosalono. Ĉiuj reiris al siaj sidlokoj. Mia advokato venis al mi, premis al mi la manon kaj konsilis, ke mi respondu koncize al la demandoj, kiujn oni al mi direktos, nenion iniciatu kaj fidu al li por la cetero.

나는 그에게 감사하다고 말했다. 그러자 그가 "아시겠지만, 우리는 당신의 사건을 약간 부각했지요. 여름이란 신문들로서는 기삿거리가 없는 계절이거든요. 그래서 무언가 뉴스 가치가 되는 것이라고는 단지 당신 사건하고 존속 살해범 사건뿐이었어요" 하고 덧붙여 말했다.

그러고 나서는 그가 방금 빠져나온 무리 속에서 검은 테를 두른 커다란 안경을 쓰고 살찐 족제비같이 생긴 한 작은 남자를 내게 가리켜 보였다. 그가 파리의 어떤 신문의 특파원이라고 말해 주었다.

"하긴 저 사람이 당신 때문에 온 건 아닙니다. 그러나 저 사람은 존속 살해범의 소송에 대해 보고할 임무가 있으므로 동시에 당신의 사건도 함께 송고(送稿)하라는 지시를 받은 거예요." 그 말에 또 나는 그에게 감사하다는 말을 할 뻔했다. 그러나 이것은 우스운 일이 될 거라는 생각을 했다. 그는 내게 다정한 손짓을 까딱 해 보이고 우리에게서 떠났다. 우리는 또 몇 분간을 기다렸다.

여러 다른 동료들에 둘러싸여 법복(法服)을 입은 내 변호사가 도착했다. 그는 신문 기자들 쪽으로 가서 악수했다. 그들은 농담하고 웃어댔으며 아주 만족스러운 표정들을 짓고 있었다. 법정에 벨 소리가 울려 퍼졌다. 모든 사람이 자기 자리로 돌아갔다. 변호사가 내게로 와 나와 악수를 했다. 그러고는 던져지는 질문에 짧게 대답할 것과 이쪽에서 먼저 뭐라고 말하지 말 것, 그 나머지는 자기에게 맡기라고 일렀다.

Maldekstre mi aŭdis la bruon de fortirita seĝo kaj ekvidis altan maldikan viron, ruĝe vestitan, kun nazuruo, kiu sidiĝis faldante kun zorgo sian talaron.

Estis la prokuroro. Pedelo anoncis la eniron de la juĝistoj. Samtempe du grandaj ventoliloj ekzumegis.

Tri juĝistoj, du nigre, la tria ruĝe vestitaj, eniris kun dosieroj kaj rapide iris al la tribuno superstaranta la salonon. La ruĝtalara viro sidiĝis sur la fotelon meze starantan, starigis surtablen sian bireton, viŝis per naztuko sian etan senharan kranion kaj deklaris la kunsidon malfermita.

La ĵurnalistoj jam tenis enmane siajn fontoplumojn. Ili ĉiuj havis la saman indiferentecon kaj iom mokeman mienon. Tamen unu el ili, multe pli juria, vestita per griza flanelo kaj surportanta bluan kravaton, estis lasinta sian fontoplumon antaŭ si kaj rigardis al mi. En lia iel malsimetriavizaĝo mi vidis nur liajn okulojn, tre helajn, kiuj atente ekzamenis min sen esprimi ion ajn difineblan. Kaj mi ekhavis la strangan impreson, ke min rigardas mi mem.

내 왼쪽에서, 나는 의자를 뒤로 미는 소리를 들었다. 그리고 코안경을 걸치고, 붉은 옷을 입은 키 크고 마른 남자가 조심스럽게 옷을 여미면서 자리에 앉는 것을 보았다. 검사(檢事)였다.

정리(廷吏)가 판사가 입장함을 알렸다. 그때 커다란 두 대의 선풍기가 윙윙거리며 돌아가기 시작했다. 두 사람은 검은 옷을 입고, 세 번째 사람은 붉은 옷을 입은 세 명의 판사가 서류를 들고 들어와 법정을 내려다보는 단상을 향해 **빠른** 걸음걸이로 걸어갔다.

붉은 옷을 입은 남자가 가운데에 있는 의자에 앉아 법모(法帽)를 자기 앞에 벗어 놓고는, 손수건으로 머리카락이 벗겨진 자기의 작은 머리를 닦고 나서 재판을 시작한다는 말을 공표했다.

신문 기자들은 벌써 손에 만년필을 들고 있었다. 그들은 모두 냉담하면서도 약간 비웃는 듯한 표정들을 짓고 있었다.

그러나 그들 중에서 회색 프란넬 양복에다 하늘색 넥타이를 맨 아주 젊은 기자 한 사람만이 만년필을 앞에다 놓은 채 나를 바라보고 있었다.

그의 약간 균형이 잡히지 않은 얼굴에서 보이는 것이라고는 매우 맑은 그의 두 눈뿐이었는데, 그 눈은 아무것도 명확하게 드러내 보이지는 않으면서 나를 주의 깊게 살피고 있었다.

그래서 나는 나 자신이 나를 바라보는 것 같은 이상한 느낌이 들었다.

Eble por tio — kaj ankaŭ tial, ĉar mi ne konis la tieajn kutimojn — mi ne tre bone komprenis, kio okazis poste : lotado de la ĵurianoj, demandoj de la prezidanto al la advokato, al la prokuroro, al la ĵurianoj (ĉiufoje ĉiuj kapoj de la ĵurianoj turniĝis samtempe al la juĝistoj), rapida lego de la akuza akto, en kiu mi rekonis nomojn de lokoj kaj personoj, kaj novaj demandoj al mia advokato.

Sed la prezidanto diris, ke oni plenumu la nomvokadon de la atestantoj. La pedelo legis nomojn, kiuj altiris mian atenton. El la mezo de tiu publiko, antaŭmomente ĥaosa, mi ekvidis, ke stariĝas sinsekve kaj poste malaperas tra flanka pordo la direktoro kaj la pordisto de la azilo, la maljuna Tomaso Perez, Rajmondo, Mason, Salamano, Maria. Ŝi faris al mi etan angoran signon.

Mi ankoraŭ miris, ke mi ne ekvidis ilin pli frue, sed jam, vokite, stariĝis la lasta, Celesto. Mi rekonis apud li la etan virinon de la restoracio kun sia ĵaketo kaj sia decidema kaj precizema mieno. Ŝi rigardis min intense. Sed mi ne havis tempon por pripensado, ĉar la prezidanto ekparolis.

아마 이런 것 때문에, 그리고 또 이런 곳의 관례(慣例)를 몰랐기 때문에 나는 그다음에 일어났던 일들을 확연하게 이해할 수가 없었다.

즉 배심원의 추첨, 재판장이 변호사에게, 검사에게, 그리고 배심원에게 던지는 질문 (그때마다 배심원들의 머리가 동시에 일제히 재판장 석으로 쏠리곤 했다), 기소장의 빠른 낭독, 그 속에서 나는 지명(地名)과 사람들의 이름을 알아들었다. 그리고 다시 변호사에게 던지는 질문 등.

그러나 재판장이 곧 증인을 호출하겠다고 말했다.

서기가 나의 시선을 끄는 이름들을 읽어 내려갔다.

조금 전까지 알아볼 수 없었던 그 방청인들 가운데에서 한 사람씩 일어나더니 옆문으로 사라지는 것이 보였다. 양로원의 원장과 수위, 토마 페레 노인, 레이몽, 마쏭, 살라마노, 마리.

마리는 내게 살짝 근심스러운 몸짓을 해 보였다.

좀 더 일찍 그들을 알아보지 못한 것이 놀라웠다. 마지막으로 자기 이름이 불리자 셀레스트가 일어섰다. 나는 그의 곁에서 언젠가 레스토랑에서 본 적이 있었던 그 키 작은 여자를 알아보았다.

그녀는 점퍼를 입고 있었으며 분명하면서도 결단성이 있는 표정을 짓고 있었다.

그 여자는 나를 뚫어지게 바라보고 있었다.

그러나 재판장이 말을 시작했기 때문에 생각에 잠겨 있을 시간이 없었다.

Li diris, ke la vera debato tuj komenciĝos, ke li opinias neutile rekomendi al la publiko kvietecon. Laŭ li, lia rolo konsistas en la senpartia gvidado de la debato pri afero, kiun li volas konsideri objektive. La verdikto de la ĵurio decidiĝos en spirito de justeco kaj, kiel ajn estos, li ordonos forpelon de la publiko, se okazos eĉ la plej malgrava incidento.

La varmo pliiĝis kaj mi vidis, ke en la salono la ĉeestantoj sin ventumas per gazetoj. Tio produktis kontinuan bruon de ĉifata papero. La prezidanto faris signon kaj la pedelo alportis tri ventumilojn, kiujn la tri juĝistoj ekuzis.

Mia pridemandado tuj komenciĝis. La prezidanto pridemandis min kviete kaj eĉ, ŝajnis al mi, kun ioma koreco. Oni denove postulis de mi la identecajn informojn kaj, malgraŭ mia incitiĝemo, mi pensis, ke fakte tio estas sufiĉe normala, ĉar estus ja tro grava afero, se oni juĝus iun homon anstataŭ alia. Poste la prezidanto rekomencis rakonti tion, kion mi estis farinta kaj post ĉiu frazo li sin turnis al mi demande : "Ĉu ĝuste tiel?" Ĉiufoje mi respondis, laŭ la instrukcioj de mia advokato : "Jes, sinjoro prezidanto" Tio daŭris longe, ĉar la prezidanto tre pedante rakontadis.

재판장은 이제부터 정식 변론(辯論)을 시작한다고 말하고, 방청인에게는 조용히 해달라고 부탁할 필요도 없을 줄 안다는 말을 덧붙였다.

그의 말에 의하면 자기는 사건의 변론을 공정하게 진행시키기 위해 여기에 있는 것이며, 그 사건은 객관적으로 고찰하고 싶다고 했다. 배심원들에 의해 내려지는 판결은 정의의 정신에 근거해서 이루어질 것이며, 어쨌든 아주 조그만 말썽이라도 있으면 퇴장을 명할 것이라고 말했다.

더위가 기승을 부리기 시작했고, 나는 방청석에서 방청인들이 신문으로 부채질을 하는 것을 보았다. 종이가 구겨지는 작은 소리가 계속해서 들려왔다.

재판장이 신호하자 서기가 짚으로 엮은 부채 세 개를 가져와 세 명의 판사들은 부채질했다.

나에 대한 신문이 곧 시작되었다. 재판장이 온화하게, 온정이 어린 듯이 보이기조차 하는 어조로 내게 질문을 했다. 본인인가를 알아보는 인정 신문을 또 해서 짜증이 났지만 사실 그것은 아주 당연한 일이라는 생각이 들었다. 어떤 한 사람을 다른 사람으로 알고 재판한다는 것은 너무 중대한 일이 될 것이기 때문이다. 이어서 재판장은 내가 저지른 것에 관한 이야기를 처음부터 다시 했는데, 모든 문장 다음에 내게 몸을 돌리고 "그렇지요?" 하고 물었다.

그럴 적마다 나는 변호사가 일러주는 대로 "네, 재판장님" 하고 대답했다. 재판장은 이야기를 퍽 상세하게 했기 때문에 시간이 오래 걸렸다.

Dume la ĵurnalistoj skribadis.

Mi sentis la rigardojn de la plej juna kaj de la aŭtomatulino. La tuta trambenko estis direktita al la prezidanto. Ĉi lasta tusis, foliumis sian dosieron kaj, ventumante sin, turnis sin al mi.

Li diris, ke li devas nun ekparoli pri aferoj ŝajne senrilataj al mia afero, sed tuŝantaj ĝin tre proksime.

Mi komprenis, ke li denove parolos pri panjo kaj samtempe sentis, kiom tio min tedas. Li min demandis, kial mi lokis panjon en la azilon. Mi respondis, ke ĉar varti kaj flegi ŝin postulis monon, kiun mi ne disponis. Li demandis min, ĉu mi suferis pro tiu situacio kaj mi respondis, ke nek ŝi nek mi atendis ion ajn unu de la alia, cetere ankaŭ de kiu ajn alia, kaj ke ni ambaŭ kutimiĝis al niaj novaj vivmanieroj. La prezidanto diris tiam, ke li ne volas insisti pri tiu ĉi punkto kaj demandis al la prokuroro, ĉu tiu ne intencas fari al mi alian demandon.

La prokuroro teniĝis duone dorse al mi. Sen rigardi min, li deklaris, ke, se la prezidanto tion permesas, li volonte ekscius, ĉu mi intencis mortigi la arabon, kiam mi reiris sola al la fonto. Mi respondis "Ne".

이러는 동안 줄곧 신문 기자들은 받아쓰고 있었다. 나는 신문기자 중에서 가장 젊은 그 기자의 시선과 그 자동인형 같은 여자의 시선을 느꼈다. 전차의 좌석은 이제 완전히 재판장 쪽을 향했다. 재판장은 기침하고 나서 서류를 넘기더니 부채질을 하면서 내게로 몸을 돌렸다.

재판장은 지금 언뜻 보아서는 내 사건과 관계가 없는 것처럼 보이나 어쩌면 매우 밀접한 관계가 있을지도 모르는 문제들에 착수해야겠다고 내게 말했다.

나는 또 엄마에 관해서 이야기하려 한다는 것을 알았으며, 동시에 그것이 얼마나 지루하겠는가 하는 것을 느꼈다.

재판장은 왜 엄마를 양로원에 보냈느냐고 물었다. 나는 엄마를 보살펴 드리고 간호해 드릴 만한 돈이 없어서 그랬다고 대답했다. 재판장은 그런 상황이 힘들었냐고 물어서 나는 엄마도 나도 서로 아무것도 기대하지 않았으며 그 밖의 사람에게도 기대하지 않았다고 대답했다.

그리고 우리는 둘 다 우리의 새로운 생활에 익숙해져 있었다고 대답했다. 그러자 재판장은 그 점에 대해서는 계속하고 싶지 않다고 말하면서 검사에게 내게 물어볼 다른 질문이 없느냐고 물었다.

검사는 내게 반쯤 등을 돌리고 있었는데, 나를 쳐다보지도 않고, 재판장의 허가가 있으니 내가 아랍인을 죽일 의사가 있어 혼자 샘 있는 쪽으로 되돌아갔는지를 알고 싶다고 말했다. "아닙니다" 하고 내가 말했다.

"Do, kial li estis armita kaj kial li revenis precize al tiu loko?" Mi diris, ke pro hazardo. Kaj la prokuroro diris kun malicoplena emfazo : "Sufiĉas, provizore." Poste ĉio estis iom konfuza, almenaŭ por mi, sed post kelkaj interparoloj la prezidanto deklaris, ke la kunsido estas finita kaj rekomenciĝos posttagmeze por la aŭskultado de la atestantoj.

Mi ne havis tempon por pripensado. Oni min forkondukis, enirigis en la ĉelveturilon kaj kondukis al la malliberejo, kie mi manĝis. Post mallonga tempo — ĝuste sufiĉa por sentigi al mi, ke mi. estas laca — oni min rekondukis. Ĉio rekomenciĝis kaj mi troviĝis en la sama salono, vidalvide al la samaj vizaĝoj. Sed la varmo estis multe pli forta kaj, kvazaŭ mirakle, ĉiuj ĵurianoj, la prokuroro, mia advokato kaj kelkaj ĵurnalistoj estis ankaŭ provizitaj per pajlaj ventumiloj. La juna ĵurnalisto kaj la virineto ankaŭ ĉeestis. Sed ili ne ventumis sin kaj plu rigardis min senvorte.

Mi forviŝis la ŝviton, kiu kovris mian vizaĝon kaj iom rekonsciiĝis pri la loko kaj pri mi mem, nur kiam mi aŭdis, ke oni vokas la direktoron de la azilo.

"그렇다면 무기는 왜 가지고 있었으며, 왜 바로 그 장소로 다시 갔습니까?" 나는 그것은 우연이었다고 말했다. 그러자 검사가 "지금은 이 정도로 하겠습니다" 하고 악의가 가득한 어조로 말했다.

그다음부터는 모든 것이 약간 엉망으로 되었다. 적어도 내게는 그런 느낌이었다. 그러나 무엇인가 잠시 의논을 하더니 재판장은 폐정(閉廷)을 선언하고 증인 신문은 오후로 미룬다고 말했다.

나는 생각해 볼 시간이 없었다. 그들은 나를 데리고 나가 죄수 호송차에 태워 교도소로 인솔해 왔으며, 나는 교도소에서 식사했다. 조금 후, 노곤해지려고 하는 바로 그때 그들은 나를 데리러 다시 왔다. 모든 것이 다시 시작되었으며, 나는 똑같은 방 속에, 똑같은 얼굴 앞에 앉아 있었다.

다만 더위가 더욱 심해져서 마치 기적처럼 배심원들과 검사와 변호사, 그리고 몇몇 신문 기자들도 역시 짚부채를 들고 있었다는 점이 다를까.

그 젊은 신문기자와 그 키 작은 여자도 변함없이 거기에 있었다. 그러나 그들은 부채질은 하지 않았다. 아무 말 없이 그저 여전히 나를 쳐다보고 있을 뿐이었다.

나는 얼굴로 흘러내리는 땀을 닦았다. 그리고 양로원 원장을 호명하는 소리를 들었을 때 비로소 나는 법정이라는 이 장소와 나에 대한 의식을 약간 되찾을 수 있었다.

Oni demandis lin, ĉu panjo plendis pri mi, kaj li respondis "jes", sed aldonis, ke iiaj pensionuloj kutime kaj kvazaŭ manie iel plendas pri siaj familianoj. La prezidanto petis lin precizigi, ĉu ŝi riproĉis, ke mi lokis ŝin en la azilon, kaj la direktoro denove jesis, sed ĉifoje nenion aldiris. A1 alia demando li respondis, ke lin surprizis mia trankvileco dum la entombiga tago. Oni demandis lin, kion li nomas "trankvileco". La direktoro tiam rigardis la pintojn de siaj ŝuoj kaj diris, ke mi ne volis vidi panjon, ne ploris eĉ unu fojon kaj foriris tuj post la entombigo sen silenta starado ĉe la tombo. Lin surprizis krome tio : unu oficisto de la entombiga entrepreno diris al li, ke mi ne sciis la aĝon de panjo. Ekestis momenta silento kaj la prezidanto demandis lin, ĉu ĝuste pri mi li parolis. La direktoro ne komprenis tiun demandon kaj la prezidanto diris : "Tion postulas la leĝo." Poste la prezidanto demandis al la akuzanto, ĉu li ne deziras demandi la atestanton, kaj la prokuroro ekkriis : "Ho ne, tio sufiĉas!", tiel laŭte kaj kun tiel triumfa rigardo al mi, ke la unuan fojon post multaj jaroj mi spertis stultan emon al ploro, ĉar mi eksentis, kiom ĉiuj ĉi homoj min malamas.

엄마가 나에 대해서 불평을 하더냐고 그에게 물었다. 원장은 그렇기는 했지만, 가족에게 불평하는 것은 재원자(在院者)들의 습관이고 마치 어떤 정신병 같은 것이라고 말했다. 재판장은 내 엄마가 자기를 양로원에 넣은 나를 못마땅하게 여겼는지 원장에게 분명히 말하라고 하자 그는 다시 그렇다고 말했다. 그러나 이번에는 아무 말도 보태지 않았다. 어느 다른 질문에 대해서 원장은 장례식날 내 태연한 태도를 보고 놀랐다고 대답했다. 태연하다는 것은 무엇을 뜻하느냐고 그에게 물었다. 그러자 원장은 자기의 구두 끝을 내려다보았다. 그러고는 내가 엄마를 보고 싶어 하지 않았다는 것과 한 번도 내가 울지 않았다는 것과 그리고 장례식이 끝난 후 무덤에 묵도도 올리지 않고 곧장 떠나 버렸다고 말했다. 원장을 놀라게 했던 일이 또 하나 있었다. 그것은 장의사의 고용인 한 사람이 내가 엄마의 나이를 모르더라고 원장에게 말해 준 일이었다. 한순간 침묵이 흐른 뒤, 재판장은 당신이 진술한 것이 분명 나에 대한 것이었느냐고 원장에게 물었다. 원장이 그렇게 묻는 뜻을 이해하지 못하기에 재판장은 "법률상 절차입니다" 하고 원장에게 말했다. 그러고 나서 재판장은 검사에게 증인 신문을 원하지 않느냐고 물었다. 그러자 검사는 "아! 없습니다. 됐습니다" 하고 소리쳤다. 그 소리가 너무나 자신만만하고 나를 향한 시선이 너무 의기양양해서 나는 수년 이래 처음으로 바보같이 울고 싶은 생각마저 들었다. 내가 모든 사람에게 얼마나 미움받고 있는가를 느꼈기 때문이었다.

Demandinte al la ĵurio kaj mia advokato, ĉu ili deziras fari demandojn, la prezidanto aŭskultis la raporton de la pordisto. Por li, kiel por ĉiuj aliaj, ripetiĝis la sama ceremonio. Alvenante, la pordisto rigardis min kaj forturnis la okulojn. Li respondis al la demandoj : li diris, ke mi ne volis vidi panjon, ke mi fumis, dormis kaj trinkis laktokafon. Mi tiam eksentis ion, kio indignigis la tutan publikon kaj mi komprenis unuafoje, ke mi estas kulpa. Oni postulis de la pordisto, ke li rediru la aferon pri la laktokafo kaj la cigaredo. La akuzanto rigardis min kun ironia flameto en la okuloj. Tiumomente, mia advokato demandis al la pordisto, ĉu li ne fumis kun mi. Sed la prokuroro fortege indignis kontraŭ tiu demando : "Kiu estas la krimulo ĉi tie kaj kion signifas tiaj metodoj, per kiuj oni misfamigas la atestantojn de la akuza parto por bagateligi atestojn, kiuj malgraŭe restas frakase konvinkaj!" La prezidanto tamen petis la pordiston respondi la demandon. La maljunulo diris embarasite : "Mi scias, ke mi malpravis. Sed mi ne kuraĝis rifuzi la cigaredon, kiun la sinjoro proponis al mi." Fine oni min demandis, ĉu mi volas ion aldiri.

배심원과 내 변호사에게 할 질문이 있느냐고 묻고 난 다음 재판장은 양로원 수위의 증언을 청취했다.

다른 모든 사람과 마찬가지로 그에 대해서도 똑같은 의식(儀式)이 되풀이되었다.

증인석으로 오면서 수위는 나를 쳐다본 후 눈길을 돌렸다. 그는 물어보는 말들에 대해 대답했다.

그는 내가 엄마를 보고 싶어 하지 않았다는 것과 담배를 피웠다는 것, 잠이 들었다는 것, 그리고 밀크커피를 마셨다는 것을 말했다.

이때 나는 온 대중을 자극하는 그 무엇을 느꼈다. 그리고 처음으로 내가 죄인이라는 것을 깨달았다. 수위에게 밀크커피와 담배에 관한 이야기를 반복시켰다. 차장 검사는 눈에 조소를 띠고 나를 쳐다보았다. 그때 내 변호사가 수위에게 그가 나와 함께 담배를 피우지 않았느냐고 물었다.

그러자 검사가 이 질문을 듣고 아주 크게 화를 냈다. "여기서 누가 죄인입니까? 증언의 불리함을 은폐하기 위해 검찰 측 증인들을 몰아세우려는 방법은 언어도단입니다. 이 증언이 결정적인 것임에는 변함이 없습니다!" 하고 소리쳤다.

그러나 재판장은 수위에게 질문에 대답하라고 명했다. 노인이 난처한 듯이 이렇게 말했다.

"내가 잘못했다는 것은 잘 압니다. 그렇지만 저분이 내게 권하는 담배를 도저히 거절할 수가 없었습니다." 재판장은 마지막으로 덧붙일 말이 없느냐고 내게 물었다.

"Nenion, mi respondis, nur tion : la atestanto pravas; estas vere, ke mi proponis la cigaredon." La pordisto tiam min rigardis kun ioma miro kaj iaspeca dankemo. Li hezitis kaj diris, ke la laktokafon proponis li. Mia advokato brue manifestis triumfon kaj deklaris, ke "la ĵurianoj prijuĝos". Sed la prokuroro tondris super niaj kapoj, dirante: "Jes, sinjoroj ĵurianoj prijuĝos. Kaj ili konkludos, ke flankulo rajtis proponi kafon, sed filo devis ĝin rifuzi apud la korpo de la virino, kiu lin naskis " La pordisto reiris al sia benko.

Kiam venis la vico de Tomaso Perez, pedelo devis lin subteni ĝis la barilo de atestantoj. Perez diris, ke li konis precipe mian patrinon kaj vidis min nur unu fojon, dum la tago de la entombigo. Oni demandis lin, kion mi faris tiun tagon kaj li respondis : "Vi komprenu, mi mem estis tro ĉagrenita. Tial mi vidis nenion. Ja la ĉagreno malhelpis, ke mi vidu. Ĉar estis por mi tre granda ĉagreno. Mi eĉ svenis. Do mi ne povis vidi la sinjoron." La akuzanto demandis lin, ĉu li almenaŭ vidis min plori. Perez respondis nee. Tiam la prokuroro diris siavice : "Sinjoroj ĵurianoj prijuĝos".

Sed mia advokato koleriĝis.

"없습니다. 다만 증인의 말이 옳다는 것밖에는요. 내가 저분에게 담배를 권했던 것은 사실입니다" 하고 나는 대답했다. 그러자 수위가 약간 놀라운 듯이 그리고 어떤 감사의 뜻이 담긴 시선으로 나를 바라보았다. 그는 주저하다가 내게 밀크커피를 준 사람은 바로 자기였노라고 말했다. 내 변호사는 떠들썩하게 의기양양하며, 배심원들이 그 말을 고려할 것이라고 분명히 말했다. 그러자 검사는 우리 머리 위에서 고함을 지르며 이렇게 말했다. "네, 그렇고 말고요. 배심원님들께서 고려하실 겁니다. 배심원님들께서는 제삼자는 커피를 권할 수 있어도 아들은 자기를 낳아준 어머니의 시신(屍身) 앞에서 그것을 거절해야만 한다는 결론을 내리실 겁니다." 수위는 자기 자리로 되돌아갔다.

토마 페레의 차례가 왔을 때는 서기가 증언대까지 그를 부축해야만 했다. 페레는 내 어머니를 특히 잘 알고 있었다는 것과 장례식날 나를 단 한 번 보았다는 말을 했다. 그 날 내가 어떻게 행동했느냐고 묻자, 그는 "아시겠지만 나 자신이 너무 괴로워서 아무것도 보지를 못 했습니다. 볼 수 없었던 것은 바로 마음의 고통 때문이었습니다. 내게는 너무 큰 슬픔이었거든요. 정신을 잃기까지 했습니다. 그래서 나는 저분을 볼 수 없었던 겁니다" 하고 대답했다. 차장 검사는 그러나 눈물을 흘리고 있는 나를 보았을 것이 아니냐고 그에게 물었다. 페레는 보지 못했다고 대답했다. 그러자 검사가 이번에는 "배심원님들께서는 이 점을 고려하실 겁니다" 하고 말했다. 그러나 내 변호사는 화가 났다,

Li demandis al Perez kun tono, kiu ŝajnis al mi troiga, "ĉu li vidis min ne plori". Perez diris "Ne." La publiko ekridis kaj mia advokato, kuspante unu manikon, diris kun tono senreplika : "Jen la simbolo de ĉi tiu proceso. Ĉio veras kaj nenio veras!" La prokuroro havis la vizaĝon fermita kaj alpikis krajonon en la titolojn de siaj dosierujoj.

Post kvinminuta paŭzo, dum kiu mia advokato diris al mi, ke ĉio plej glatas, okazis la depozicio de Celesto, asignita de la defenda parto (tio estas : de mi). Celesto ĵetis de tempo al tempo rigardojn al mi kaj turnadis en siaj manoj panaman ĉapelon. Li surportis la bonstatan kostumon, kiun li kelkafoje surmetis dimanĉe por ĉeesti kun mi ĉevalkuradojn.

Sed ŝajnis al mi, ke li ne povis surmeti la kolumon : li havis nur kupran butonon por teni la ĉemizon fermita. Oni demandis lin, ĉu mi estis lia kliento — kaj li diris : "Jes, sed ankaŭ amiko"; kion li intencas komprenigi per tiuj vortoj — kaj li deklaris, ke ĉiu scias, kion tio signifas; ĉu li rimarkis, ke mi estas malkonfidencema — kaj li agnoskis nur, ke mi ne kutimas paroli por nenion diri.

내게는 좀 과장해서 말하는 투로 페레에게 "그가 울지 않는 것을 당신이 보았느냐"고 물었다. 페레는 "보지 못했습니다" 하고 말했다. 방청인들이 웃었다.

그러자 내 변호사는 소매 하나를 걷어 올리면서 단호한 어조로 "이것이 이 소송의 이미지입니다. 모든 것이 사실이면서 또한 사실인 것은 아무것도 없는 것입니다!" 하고 말했다.

검사는 속마음을 짐작할 수 없는 얼굴을 하고 자기 서류의 제목들을 연필로 찔러대고 있었다.

5분간 쉬는 동안 변호사는 내게 모든 일이 잘 되어간다고 말했다.

그 후 피고 측에서 호출한 셀레스트의 증언을 청취했다. 피고 측이란 바로 나였다.

셀레스트는 이따금 내 쪽으로 시선을 던졌으며 두 손으로 파나마모자를 돌리고 있었다.

그는 새 양복을 입고 있었는데, 그 옷은 일요일에 가끔 나와 함께 경마 경기를 보러 갈 때 입던 그 옷이었다. 그러나 셔츠를 채우기 위해 구리 단추만 단 것을 보면 옷깃을 붙일 수 없었던 모양이다.

그에게 내가 당신의 손님이냐고 묻자 그는 "네, 하지만 내 친구이기도 합니다" 하고 말했다.

나에 대해서 어떻게 생각하느냐에 그런 말로 하자, 그것이 무슨 뜻이냐고 물었다.

그는 그 말이 의미하는 것을 모두 알듯이 다만 쓸데없는 말은 하지 않는 사람이라는 것만을 인정했다.

La akuzanto demandis al li, ĉu mi akurate pagadis la gastoprezon. Celesto ekridis kaj deklaris : "Tio estis detalaĵoj inter ni." Oni krome demandis al li, kion li opinias pri mia krimo. Li tiam metis siajn manojn sur la barilon kaj estis videble, ke li estis ion preparinta.

Li diris : "Laŭ mi, tio estas malfeliĉo. Malfeliĉo, ĉiuj scias, kio ĝi estas. Gi lasas vin senhelpa. Nu! Laŭ mi, tio estas malfeliĉo." Li pretis daŭrigi, sed la prezidanto diris, ke "nu, estas bone" kaj "ni dankas vin" Tiam Celesto restis iel mirkonfuzita. Sed li deklaris, ke li volas ankoraŭ paroli. Oni petis, ke li faru tion koncize. Li rediris, ke "ĝi estas malfeliĉo".

Kaj la prezidanto diris : "Jes, konsentite. Sed precize por prijuĝi tiajn malfeliĉojn ni oficas ĉi tie. Ni dankas vin." Tiam Celesto, kvazaŭ li estus atinginta la finan punkton de siaj klereco kaj bonvolemo, turnis sin al mi. Ŝajnis al mi, ke brilis liaj okuloj kaj tremis liaj lipoj. Li ŝajnis demandi al mi, kion li povas fari plu.

Mi nenion diris, neniel gestis, sed la unuan fojon en mia vivo, mi eksentis la deziron brakumi viron. La prezidanto denove ordonis al li forlasi la barilon.

차장 검사가 내가 꼬박꼬박 식비는 치렀느냐고 묻자, 셀레스트는 웃으면서 "그런 것은 우리 사이에 있어서는 대단치 않은 일입니다" 하고 분명히 말했다.

또 내 죄에 대해서 어떻게 생각하느냐고 묻자, 그는 증언대 위에 두 손을 올려놓았다. 무슨 말을 하려고 준비했던 것처럼 보였다. 그는 "내 생각으로는 그것은 불행입니다. 불행이라는 것이 무엇인가는 누구나 다 알고 있습니다. 우리는 불행에 어찌할 도리가 없는 겁니다. 에에, 내 생각으로는 그것은 불행입니다" 하고 말했다. 그는 더 계속하려고 했지만, 재판장은 그만하면 됐다고 말하면서 수고했다고 치하를 했다.

그러자 셀레스트가 잠시 어리둥절했다.

그러나 그는 좀 더 말하고 싶다고 분명히 말했다. 간결하게 말하라고 그에게 명했다. 그는 또 그건 불행이라는 말을 되풀이했다.

그러나 재판장이 "네, 알아들었습니다. 그러나 우리는 이런 유(類)의 불행들을 재판하기 위해서 여기 있는 겁니다. 수고하셨습니다" 하고 그에게 말했다.

자기의 수완도 선의(善意)도 이젠 끝이 나버렸다는 것처럼 셀레스트는 내가 있는 쪽을 돌아보았다. 그의 눈이 번쩍이고 입술은 떨리는 듯했다. 그는 자기가 더 할 수 있는 일이 무엇인가를 나에게 묻고 있는 것 같았다. 나는 아무 말도, 아무런 몸짓도 하지 않았지만, 남자를 껴안고 싶다는 충동을 느꼈던 것은 그때가 내 생의 처음이었다. 재판장은 또 그에게 증언대에서 물러나라고 강력히 명령했다.

Celesto iris sidiĝi en la salono. Dum la cetero de la kunsido li restis tie, iom kliniĝinta antaŭen, kun la kubutoj sur la genuoj kaj la ĉapelo en la manoj, aŭskultante ĉion diratan. Eniris Maria. ŝi surportis ĉapelon kaj estis ankoraŭ bela. Sed mi preferis ŝin kun la haroj liberaj. De la loko, kie mi sidis, mi divenis ŝian malpezan bruston kaj mi rekonis ŝian malsupran lipon, ĉiam iom ŝvelan. ŝi aspektis tre nervoza. Tuje, oni demandis al ŝi, de kiom da tempo ŝi konas min. Ŝi menciis la epokon, en kiu ŝi laboris en nia entrepreno. La prezidanto volis ekscii, kiajn rilatojn ŝi havas kun mi. Ŝi diris, ke ŝi estas mia amikino. A1 alia demando ŝi respondis, ke efektive ŝi antaŭvidis edziniĝon kun mi. La prokuroro, kiu foliumadis dosierujon, demandis abrupte, kiam komenciĝis nia amrilato. Ŝi indikis la daton. La prokuroro rimarkigis kun indiferenta mieno, ke ŝajne tio estis la tago post la morto de panjo. Li diris plu, kun ia ironio, ke li ne volas insisti pri delikata situacio kaj bone komprenas la skrupulojn de Maria, sed ke (tiam lia tono iĝis pli severa) la devo postulas, ke li staru super la reguloj pri deco. Li do petis Marian, ke ŝi resumu tiun tagon, en kiu ni ligiĝis.

셀레스트가 법정의 방청인 석에 가 앉았다. 나머지 신문이 계속되는 동안 줄곧 그는 거기서 몸을 앞으로 좀 숙인 채 무릎에다 팔꿈치를 괴고, 두 손으로 파나마모자를 잡고, 주고받는 이야기를 모두 듣고 있었다. 마리가 들어왔다. 그녀는 모자를 쓰고 있었는데 여전히 예뻤다. 그러나 머리카락을 풀어놓았을 때의 그녀를 나는 더 좋아했었다. 내가 있는 곳에서도 그녀의 빈약한 가슴을 짐작했고 그녀의 아랫입술이 여전히 약간 부풀어 있는 것을 알아볼 수 있었다. 그녀는 매우 안절부절못하였다. 곧 그녀에게 언제부터 나를 알았느냐고 물었다. 그녀는 우리 회사에서 일했던 그때를 가르쳐 주었다.

재판장이 나와의 관계가 어떤 것이었는가를 알고 싶어 했다. 그녀는 자기가 내 여자친구였다고 말했다.

다른 질문에서 그녀는 자기가 나와 결혼하기로 되어 있다고 대답했다. 검사가 서류 한 장을 넘기더니 갑자기 우리의 남녀 관계가 언제부터 시작되었는지를 물었다. 그녀가 날짜를 대주었다. 검사가 냉담한 표정으로 그것은 엄마가 죽은 다음 날 같다는 것을 지적했다. 그리고 나서 그는 약간 빈정거리는 투로 그러한 미묘한 상황을 강조하고 싶지는 않지만, 또 마리가 주저하는 것도 잘 이해는 가지만, 그러나 -여기에서 그의 말투는 더 엄격해졌다.- 자기의 의무는 예의를 초월해서 일어난 일을 그녀에게 물어야 한다고 말했다.

그래서 검사는 내가 그녀와 연결이 된 바로 그 날 하루의 일을 요약해서 말하라고 마리에게 요청했다.

Maria ne volis paroli, sed pro la insisto de la prokuroro ŝi rakontis nian marbanon, nian viziton al la kinejo kaj nian revenon al mia ĉambro. La akuzanto diris, ke post la deklaroj de Maria dum la enketo li konsultis la tiutagajn programojn. Li krome diris, ke Maria diros mem, kiu filmo estis tiam prezentata. Efektive, ŝi indikis, preskaŭ senvoĉa, ke temis pri filmo de Fernandel. Kiam ŝi finis, regis en la salono absoluta silento. Tiam la prokuroro stariĝis, seriozega kaj, per voĉo, kiun mi trovis vere emociplena, li malrapide eldiris, etendante fingron direkte al m i: "Sinjoroj ĵurianoj, tiu ĉi viro, la tagon post la morto de sia patrino, sin banadis en la maro, komencis malmoralan amrilaton kaj ridadis spektante komikan filmon. Mi ne intencas ion ajn aldiri." Li sidiĝis, dum plu daŭris la silento. Sed subite Maria ekploregis, diris, ke ne estas tiel, ke estas io alia, ke oni devigas ŝin diri la malon de tio, kion ŝi pensas, ke ŝi bone konas min kaj ke mi ne faris ion ajn riproĉindan. Sed la pedelo, laŭ signo de la prezidanto, forkondukis ŝin kaj la kunsido daŭris plu. Poste oni apenaŭ aŭskultis al Mason, kiu deklaris, ke mi estas honestulo, kaj "mi eĉ diros pli : bonulo".

마리는 말하고 싶어 하지 않았으나 검사의 강요에 못 이겨 우리가 해수욕했다는 것, 영화관에 갔었다는 것, 그리고 내 집으로 함께 돌아왔다는 것을 이야기했다. 차장 검사는 예심에서 마리의 진술에 따라 그 날짜의 프로그램들을 조사했다고 말하고, 그때 무슨 영화가 상영되었는지 마리 자신의 입으로 말해 주기를 바란다고 덧붙였다. 실제로 거의 억양이 없는 목소리로 그녀는 페르낭델의 영화였다고 가르쳐주었다. 그녀가 말을 마쳤을 때 침묵이 법정을 가득 채웠다. 그러자 검사가 자리에서 일어나 매우 엄숙하게, 그리고 정말로 놀란 것 같은 목소리로 나를 손가락으로 가리키며 천천히 또박또박 이렇게 말했다. "배심원 여러분, 자기 어머니가 죽은 그 이튿날, 이 사람은 해수욕을 했고 불순한 관계를 시작했으며, 또 코미디 영화를 보면서 계속 웃었습니다. 여러분께 더 드릴 말씀이 없습니다." 검사가 자리에 앉았다. 여전히 법정은 침묵 속에 싸여 있었다. 그런데 갑자기 마리가 울음을 터뜨렸다. 그리고는 그런 것이 아니고 다른 일도 있었으며, 자기가 생각하는 것과는 반대되는 것을 말하라고 강요당했으며 그녀는 나를 잘 알고 있는데 내가 욕먹을 만한 짓은 아무것도 하지 않았다고 말했다.

그러나 재판장의 신호로 서기는 그녀를 데리고 나갔으며 신문은 계속되었다.

곧이어서 마쏭이 나는 정직한 사람이며 '뿐만 아니라 선량한 사람'이라는 말을 분명히 했으나 거의 그의 말을 들어주지 않았다.

Oni same apenaŭ aŭskultis Salamanon, kiam li memorigis, ke mi montris bonkorecon al lia hundo kaj kiam li respondis al demando pri mia patrino kaj mi, dirante, ke ni ne havis plu konversacitemojn kaj ke pro tio mi lokis ŝin en la azilon. "Oni komprenu, diris Salamano, oni komprenu." Sed ŝajne neniu komprenis. Oni lin forkondukis.

Poste venis la vico de Rajmondo, kiu estis la lasta atestanto. Rajmondo faris al mi signeton kaj diris tuj, ke mi estas senkulpa. Sed la prezidanto deklaris, ke de la atestanto oni petas ne prijuĝojn, sed faktojn. Oni admonis lin atendi demandojn por respondi. Oni postulis, ke li precizigu siajn rilatojn kun la viktimo. Rajmondo profitis la okazon por diri, ke ĝuste la viktimo lin malamis de post tiam, kiam li vangofrapis lian fratinon. La prezidanto demandis al li, ĉu la murdito ne havis ian kialon por malami min.

Rajmondo diris, ke mia ĉeesto sur la strando rezultis de hazardo. La prokuroro demandis tiam, pro kio la letero, el kiu originis la dramo, estis skribita de mi.

Rajmondo respondis, ke pro hazardo.

살라마노가 자기 개에게 내가 잘 대해주었던 것을 회상했을 때도, 내 어머니와 나에 관한 물음에 내가 어머니에게 더 할 말이 없었고, 그런 이유로 어머니를 양로원에 들어가게 했다고 대답했을 때도 역시 그 말을 거의 들어주는 사람이 없었다.

살라마노는 "이해해야만 합니다. 이해하지 않으면 안 됩니다" 하고 말했지만 아무도 이해한 것같이 보이지는 않았다. 그도 끌려나갔다.

뒤이어 레이몽의 차례가 왔다. 그는 마지막 증인이었다. 레이몽은 내게 살짝 손짓하고는 대뜸 나는 죄가 없다고 말했다.

그러자 재판장이 그에게 묻는 것은 판정이 아니라 사실이라고 분명히 말했다. 재판장은 그에게 질문을 기다려서 대답하라고 주의를 시켰다. 그리고는 피해자와의 관계를 분명히 밝히라고 말했다.

레이몽은 그 틈을 이용해서 자기가 피살자 누이의 뺨을 때린 이후로 피살자가 미워한 것은 바로 자기였다고 말했다.

그러나 재판장은 피살자가 나를 미워할 이유는 없었느냐고 그에게 물었다.

레이몽이 내가 해변에 있었던 것은 우연의 결과였다고 말했다. 그러자 검사가 이 비극의 발단이 되었던 그 편지가 어떻게 해서 나에 의해 쓰이게 되었는가를 물었다.

그건 우연이라고 레이몽이 대답했다.

La prokuroro rebatis, ke la hazardo respondecas jam pri multaj malbonaĵoj en tiu historio. Li volis ekscii, ĉu pro hazardo mi ne intervenis, kiam Rajmondo vangofrapis sian amorantinon, ĉu pro hazardo mi rolis kiel atestanto ĉe la policejo, ĉu pro hazardo denove miaj tiamaj deklaroj montriĝis inspiritaj de nura komplezemo. Fine li demandis al Rajmondo, per kio li vivtenas sin kaj, kiam ĉi lasta respondis "magazenisto", la akuzanto deklaris al la ĵurianoj, ke laŭ la ĝenerala famo la atestanto estas profesia prostituisto, ke mi estas lia amiko kaj komplico kaj ke temas pri malnobla dramo de la plej malalta nivelo, kion pligravigas la fakto, ke mi estas morala monstro. Rajmondo volis defendi sin kaj mia advokato protestis, sed oni diris al ili, ke ili lasu la prokuroron paroli. Ĉi lasta diris : "Mi aldiros malmulton. Ĉu li estis via amiko?" li demandis al Rajmondo. "Jes, diris ĉi lasta, li estis mia kamarado."
La akuzanto faris tiam al mi la saman demandon kaj mi rigardis Rajmondon, kiu ne deturnis la okulojn.
Mi respondis : "Jes."

검사는 우연이라는 것이 이 사건에서는 이미 많은 양심상의 피해를 가지고 왔다고 반박했다.

그는 레이몽이 자기 정부(情婦)의 뺨을 때렸을 때 내가 말리지 않은 것도 우연인지, 내가 경찰서에서 증인 노릇을 해준 것도 우연인지, 또 증언할 그때 내 진술이 순전히 호의적이었던 것도 우연히 그렇게 된 것인지를 알고 싶어 했다.

끝으로 그는 레이몽에게 어떠한 생활수단으로써 생계를 꾸려나가느냐고 물었다.

이 물음에 그가 '창고계원'이라고 대답하자, 차장 검사는 증인이 매춘부의 기둥서방 노릇을 한다는 것은 다 알려진 사실이라고 배심원들에게 분명히 말했다.

나는 그의 공범자이며 친구였다.

그러므로 문제는 최하류의 외설 사건이며, 내가 파렴치한이라는 사실이 사건을 악화시키고 있었다.

레이몽이 자기변호를 하려고 했고, 변호사가 항의했지만, 검사가 말을 끝내도록 내버려 두라고 그들에게 말했다.

검사가 "추가할 것이 좀 있습니다. 저 사람은 당신 친구지요?" 하고 레이몽에게 물었다.

"네, 내 친구입니다" 하고 레이몽이 대답했다.

그때 차장 검사가 내게 똑같은 질문을 했다.

나는 레이몽을 쳐다보았는데 그는 시선을 피하지 않았다. 나는 "그렇습니다" 하고 대답했다.

La prokuroro tiam turniĝis al la ĵurio kaj deklaris : "Tiu sama viro, kiu, unu tagon post la morto de sia patrino, plej hontinde diboĉadis, murdis pro bagatelaj kialoj kaj por likvidi malnoblan seksaferon."

Tiam li sidiĝis. Sed mia advokato, perdinte la paciencon, ekkriis, levante la brakojn — tiel ke, falante, liaj manikoj malkovris la faldojn de amelita ĉemizo : "Finfine, ĉu li estas akuzita pro la entombigo de sia patrino aŭ pro mortigo de homo?"

La publiko ekridis. Sed la prokuroro denove rektiĝis, drapiriĝis per sia talaro kaj deklaris, ke necesas esti tiel simplanima kiel la honorinda defendanto por ne senti, ke ekzistas inter tiuj du specoj de faktoj iu rilato profunda, emocia, esenca. "Jes, li ekkriis forte, mi akuzas tiun viron, ke li entombigis sian patrinon kun koro de krimulo." Ci tiu deklaro ŝajne kaŭzis en la publiko konsiderindan impreson. Mia advokato ŝultrotiris kaj viŝis la ŝviton, kiu kovris lian frunton.

Sed ankaŭ li aspektis ŝancelita kaj mi komprenis, ke la afero ne evoluas favore por mi.

La kunsidon oni deklaris fermita.

그러자 검사가 배심원 쪽으로 돌아서서 이렇게 분명히 말했다.

"어머니가 죽은 다음 날 가장 수치스러운 정사(情事)에 빠졌던 바로 이 사람은 하찮은 이유로, 또 말도 안되는 풍기 사건을 처리하기 위해서 살인을 한 것입니다."

그리고 검사는 자리에 앉았다.

그러나 참다못한 변호사가 두 팔을 쳐들면서 고함을 질렀다. 그 바람에 걷어 올렸던 소매가 내려지면서 풀먹인 셔츠의 주름이 드러나 보였다.

"도대체 피고는 어머니를 매장한 것으로 기소된 것입니까, 아니면 사람을 죽인 것으로 기소된 것입니까?"

방청인들이 웃었다.

그러나 검사는 다시 또 일어나 법복(法服)이 구겨진 채로, 이 일련의 두 사건 사이에 심오하고도 감정적이며 본질적인 어떤 관계가 있다는 느낌을 주지 않으려면 존경하는 변호인은 솔직해야 한다고 분명히 말했다. "그렇습니다" 하고 그는 힘차게 외쳤다. "범죄적인 기분으로 어머니를 매장했던 이 사람을 나는 고발하는 것입니다."

이 논고는 방청인들에게 중대한 효과를 준 것같이 보였다. 내 변호사가 어깨를 으쓱하고 나서 이마에 흐르는 땀을 닦았다. 그러나 그 자신도 타격을 받은 것 같았다. 그리고 나는 일이 나에게 불리하게 진전되고 있음을 깨달았다.

신문이 끝이 났다.

Elirinte el la Juĝejo por eniri la veturilon, mi dum mallonga momento rekonis la odoron kaj koloron de somera vespero. En la mallumo de mia ruliĝanta karcero mi retrovis unu post la alia, kvazaŭ el la fundo de mia laco, ĉiujn kutimajn bruojn de urbo de mi amata kaj de difinita horo, je kiu mi fojfoje sentis min kontenta.

La krioj de la gazetvendistoj en la jam malstreĉa aero, la lastaj birdoj en la publika parko, la voko de la sandviĉvendistoj, la ĝemo de la tramoj en la altaj vojkurbiĝoj de la urbo kaj tiu murmurego de la ĉielo ĵus antaŭ la falo de la nokto sur la havenon — ĉio ĉi rekonstruis por mi blindulan vojplanon, kiun mi bone konis ĝis mia enkarceriĝo. Jes, tio estis la horo, je kiu antaŭ longa-longa tempo mi sentis min kontenta. Atendis min tiam senpeza kaj sensonĝa dormo. Tamen io ŝanĝiĝis, ĉar kune kun la atendo de l'morgaŭo mi retrovis mian ĉelon. Estas kvazaŭ la konataj vojoj strekitaj en la someraj ĉieloj povus konduki same al karceroj kiel al senkulpaj dormadoj.

재판소에서 나와 차를 타러 가면서 나는 아주 순간적이지만 여름 저녁이 풍기는 냄새와 빛깔을 느꼈다.

어두운 호송차 속에서 나는 내가 사랑했던 도시와 만족감을 느꼈던 그 어느 시각에서 들려오는 친숙한 모든 소리를 마치 내 피곤함 속에서 찾아내듯 하나하나 생각해냈다.

이미 가라앉은 대기 속에서 퍼지는 신문팔이들의 외침, 거리의 작은 공원에서 마지막까지 놀던 새들, 샌드위치 장수가 부르는 소리, 거리의 높은 커브 길에서 울리는 전차의 한숨 소리, 밤이 항구 위로 기울기 전에 들리는 하늘의 그 중얼거림, 그 모든 것이 나를 위하여 맹인의 길 안내서처럼 다시 꾸며져 있었다.

교도소에 들어오기 전에는 내가 잘 알고 있었던 것들이다. 그렇다. 지금은 아주 오래전에 내가 만족감을 느꼈던 바로 그 시각이었다.

그때 나를 기다리고 있었던 것은 언제나 꿈도 꾸지 않고 가볍게 드는 수면이었다. 그러나 지금은 무엇인가가 변해 버렸다. 내일에 대한 기대를 안고 내 독방으로 다시 돌아가야 하기 때문이다. 마치 여름 하늘에 그려진 그 친숙한 길이 죄 없는 수면으로 이끄는 것과 같이 교도소로도 이끌어 갈 수 있는 것처럼.

IV

Eĉ sur la benko de la akuzitoj, estas ĉiam interese aŭdi pri si. Mi povas diri, ke dum la pledoj de la prokuroro kaj de mia advokato oni abunde parolis pri mi kaj eble pli multe pri mi ol pri mia krimo. Ĉu tre diferencis finfine tiuj pledoj? La advokato levis la brakojn kaj agnoskis la kulpecon, sed kun pravigoj. La prokuroro etendis la manojn kaj indigne reliefigis la kulpecon, sed sen pravigoj. Tamen io obtuze ĝenis min. Malgraŭ miaj absorbaj pensoj mi foje emis interveni kaj mia advokato tiam diris al m i: "Silentu, estas pli bone por via afero." Iel ŝajnis, ke oni pritraktas tiun aferon preter mi. Ĉio disvolviĝis sen mia interveno. Mia sorto estis decidata sen peto pri mia opinio. De tempo al tempo min tiklis la deziro interrompi ĉiujn kaj diri : "Nu tamen, kiu estas la akuzito? Esti la akuzito, tio estas grava afero. Mi havas ion por diri." Sed, pripensinte, mi havis nenion por diri. Cetere, mi devas agnoski, ke la intereso, kiun oni spertas, kiam oni okupas la atenton de la homoj, ne daŭras longe. Ekzemple la pledo de la prokuroro rapide lacigis min.

4장. 검사의 논고

비록 피고석에 앉아 있을지라도 자신에 관한 이야기를 듣는 것은 언제나 흥미 있는 일이다. 검사의 논고와 변호사의 변론이 계속되는 동안 나에 관한 이야기를 많이 했다. 어쩌면 내 죄에 관해서보다도 나 자신에 관한 이야기를 더 많이 했다고도 할 수 있다.

그런데 그 변론들이 그렇게도 다를 수가 있을까? 변호사는 팔을 들어 올리며 죄는 인정했지만, 변명을 붙여 변호했고, 검사는 손을 내두르며 죄상(罪狀)을 폭로했지만, 변명은 하지 않았다.

그런데 나는 약간 갑갑했다. 그래서 그러지 않으려고 하면서도 나는 이따금 끼어들고 싶어지는 것이었다. 그럴 때마다 변호사가 "잠자코 있어요. 그것이 당신 사건에 유리해요" 하고 내게 말하곤 했다.

어떻게 보면 나는 제쳐놓고 이 사건을 다루고 있는 것 같기도 했다. 모든 것은 내 개입이 없이 전개되었다. 내 운명은 내 의견이 받아들여지지 않은 채 결정되어 갔다. 때때로 나는 사람들의 이야기를 가로막고 이렇게 말하고 싶었다.

"아니 도대체 누가 피고입니까? 피고라는 것은 중요한 겁니다. 나도 할 말이 있단 말입니다." 그러나 곰곰이 생각해 보면 아무 할 말도 없었다. 그런 데다가 사람들이 갖는 흥미라는 것이 오래가지 않는다는 것을 인정하지 않을 수 없다. 예를 들면 검사의 논고는 나를 매우 빨리 지치게 했다.

Nur iuj fragmentoj, gestoj aŭ tutaj deklamaj eroj, sed fortranĉitaj de la tuto, min frapis aŭ vekis mian intereson.

La kerno de lia penso, se mi bone komprenis, konsistis en tio, ke mi antaŭplanis mian krimon. Li klopodis almenaŭ demonstri tion. Li tion ilustris jene: "Mi alportos pri tio pruvon, sinjoroj, kaj eĉ duoblan pruvon. Unue sub la helega lumo de la faktoj, due en la malhela prilumado, kiun disponigas al mi la psikologiaj trajtoj de la jena krimula animo."

Li resumis la faktojn ekde la morto de panjo. Li memorigis mian sensentecon, mian nescion pri la aĝo de panjo, la sekvatagan marbanadon kun iu virino, la kinejon, Fernandelon, fine la reiron hejmen kun Maria. Mi ne komprenis tuj, pri kio li tiam parolis, ĉar li diris "lia amorantino", dum por mi ŝi nomiĝas Maria. Fine li tuŝis la historion de Rajmondo. Mi trovis, ke lia maniero konsideri la okazaĵojn ne estis sen klareco. Laŭ li, mi skribis la leteron interkonsente kun Rajmondo por alvenigi lian amorantinon kaj ŝin fordoni al la malnobla traktado de viro "kun dubinda moraleco"; mi sur la strando provokis la malamikojn de Rajmondo; ĉi lastan oni vundis;

그것은 단지 단편적인 말들이나 몸짓이 아니면, 전체에서 벗어난 장광설일 뿐이었다. 그런데 그것이 나를 놀라게 하거나 내 흥미를 일깨우곤 하였다.

내가 잘 이해를 했다면, 검사가 생각하는 요점은 내가 미리 범죄를 계획했다는 것이었다. 그리고 그는 그것을 입증하려고 애를 썼다. 그 자신이 그것을 이렇게 말했기 때문이었다.

"여러분, 나는 그것을 입증하겠습니다. 이중으로 입증해 보이겠습니다. 우선은 명확한 사실에 비추어서, 그다음에는 이 범죄적인 영혼의 심리가 나에게 제시해 주는 어두운 측면에서 입증해 보일 것입니다."

검사는 엄마가 죽은 이후부터의 사실들을 요약했다. 검사는 내가 보였던 냉담함과 어머니의 나이를 몰랐다는 사실, 이튿날 여자와 함께 해수욕했고, 페르낭델이라는 영화를 보았으며, 나중에는 마리와 함께 귀가했다는 것을 상기시켰다.

그때 나는 그의 말을 이해하는 데 시간이 걸렸다. 그가 '그의 정부(情婦)'라는 말을 썼기 때문이다. 내게 그녀는 그저 마리였을 뿐이었다.

그다음으로는 레이몽의 이야기를 했다. 사건을 보는 그의 태도가 명확하다고 생각했다. 그가 하는 말은 그럴듯했다. 나는 레이몽과 작당(作黨)하여 그의 정부를 유인해서 '품행이 의심스러운' 남자의 학대에 그녀를 넘겨 주기 위해 편지를 썼다는 것이다. 해변에서는 내가 레이몽의 적수들에게 도전했고, 그래서 레이몽이 상처를 입었다는 것이다.

mi petis de li lian revolveron; mi revenis sola por ĝin uzi; mi forpafis la arabon kiel antaŭplanite; mi atendis; kaj "por certiĝi, ke la laboro estas bone plenumita", mi pafis plu kvar kuglojn, kviete, sen risko maltrafi, pripenseme, se tiel diri.

"Jen do, sinjoroj, diris la akuzanto. Mi reskizis por vi la gvidfadenon de la okazaĵoj, kiuj pelis tiun viron al murdo plene konscia. Mi insistas pri tio, li diris, ĉar ne temas pri ordinara murdo, pri senpripensa ago, kiun vi povus opinii mildigita de la cirkonstancoj. Tiu ĉi viro, sinjoroj, estas inteligenta.

Vi aŭdis lin, ĉu ne? Li konas la valoron de la vortoj.

Kaj oni ne povas diri, ke li agis sen konscio pri sia faro."

Mi aŭskultis kaj aŭdis, ke oni min juĝas inteligenta. Sed mi ne bone komprenis, kiel la bonaj ecoj de ordinarulo povas transformiĝi al frakase konvinkaj riproĉindaĵoj kontraŭ kulpulo. Almenaŭ frapis min tio kaj mi ĉesis aŭskulti la prokuroron ĝis la momento, kiam mi aŭdis lin diranta : "Ĉu li almenaŭ esprimis bedaŭrojn? Neniam, sinjoroj.

나는 레이몽에게 그의 권총을 달라고 했고 그것을 사용하려고 혼자서 되돌아갔다는 것이다. 계획대로 나는 그 아랍인을 쏘아 죽이고 조금 기다렸다. 그러고 나서는 일이 잘 처리되었나 확인하기 위해서 나는 또다시 탄환을 침착하게, 실수 없이, 말하자면 깊이 생각하는 태도로 쏘았다는 것이다.

"이렇게 된 것입니다, 여러분" 하고 차장 검사가 말했다. "나는 여러분께 이 사람이 실정을 환히 알면서 살인을 하게 된 사건의 경위를 다시 돌이켜 말씀드렸습니다. 나는 그 점을 강조하는 바입니다. 왜냐하면, 이것은 평범한 살인, 즉 정상을 참작하여 관대하게 보아 줄 수도 있는 지각없는 행위가 아니기 때문입니다. 여러분, 이 남자는 지성인입니다. 여러분들도 그의 진술을 들으셨지 않습니까? 그는 대답할 줄을 압니다. 말의 의미도 알고 있습니다. 그러므로 자기가 저지르는 것이 무엇인지를 모르고 행동했다고는 말할 수 없을 것입니다."

나는 듣고 있었다. 그리고 나를 지성인으로 판단하는 말도 들었다. 그러나 평범한 사람이 갖는 특성들이 어떻게 해서 죄인에게는 결정적으로 불리한 조건이 될 수 있는 건지 잘 이해가 되지 않았다. 어쨌든 나를 놀라게 했던 것은 바로 그 점이었다.

그러고 나서 나는 더 검사의 말에 귀를 기울이지 않았다. 이러한 말이 들려올 때까지.

"그는 후회하는 빛이라도 보였습니까? 전혀 그러지 않았습니다. 여러분.

Eĉ ne unu fojon dum la enketo ĉi tiu viro aspektis emociita pro sia abomena krimaĵo." Je tiu momento li sin turnis al mi, montrante min per la fingro kaj superŝarĝante min per kulpigoj, dum mi verdire ne bone komprenis kial. Certe, mi vole-nevole devis agnoski, ke li pravas. Mi ne forte bedaŭris mian faron. Sed tia persista furiozo mirigis min. Mi tiam dezirus klarigi al li elkore, preskaŭ ameme, ke mi neniam kapablis bedaŭri vere pri kio ajn. Min ĉiam okupis la okazontaĵo, la hodiaŭo kaj la morgaŭo. Sed evidente, en la situacio, kiun oni trudis al mi, mi ne povis paroli al iu ajn tiutone. Mi ne rajtis montriĝi amema, bonvolema. Kaj mi provis aŭskulti denove, ĉar la prokuroro ekparolis pri mia animo.

Li diris, ke li ĝin esploris kaj trovis nenion, "sinjoroj ĵurianoj". Li diris, ke verdire animon mi tute ne havas, kaj nenio bona, nenio el la moralaj principoj, kiuj gardas la korojn de la homoj, estas de mi atingebla. "Certe, li aldonis, ni ne rajtas tion riproĉi al li. Ni ne povas protesti, ke mankas al li tio, kion li ne kapablas akiri.

예심을 하는 동안에도 이 사람은 자기의 가능할 만한 대죄(大罪)에 대해서 단 한 번도 뉘우치는 빛이 없었습니다." 그때 검사가 나에게로 돌아서서, 나를 손가락으로 가리키며 계속해서 나를 비난했지만 사실 나는 그 이유를 잘 알 수가 없었다. 분명 나는 어쩔 수 없이 그가 바르다고 하지 않을 수 없었다. 나는 내 행동에 대해서 그다지 후회하고 있지는 않았다. 그러나 그처럼 열을 내는 것이 놀라웠다. 나는 진심으로, 거의 자애로운 심정으로, 내가 정말로 무엇이든 결코 후회할 수 없었다는 것을 그에게 설명해 주고 싶었는지도 모른다. 나는 언제나 앞으로 일어날 일에, 다시 말하면 오늘이나 내일의 일에 정신이 팔렸었다.

그러나 물론 내가 처해 있는 이러한 상황에서는 누구에게든 그러한 투로 말할 수는 없다. 내게는 다정한 태도를 보인다거나 선의를 가질 수 있는 권리가 없었다. 검사가 내 영혼에 관한 이야기를 하기 시작했기 때문에 나는 또 들어보려고 애를 썼다.

"배심원 여러분, 나는 그의 영혼에 관해 연구해 보았지만, 아무것도 발견할 수 없었습니다" 하고 말했다. 사실대로 말하자면 내게는 영혼이란 것이 조금도 없으며, 또한 인간미란 것도 전혀 없어서 인간의 마음이 지닌 도덕적인 요소가 내게는 하나도 접근할 수 없었다고 말했다. 그는 이렇게 덧붙여 말했다.

"아마 우리는 그렇다고 해서 그를 비난할 수 없을 것입니다. 그가 얻을 수 없었던 것, 그것이 결핍되어 있다고 해서 우리가 그것을 반대할 수도 없습니다.

Sed kiam temas pri ĉi tiu kortumo, la toleremo, tiu virto plene negativa, devas transformiĝi al virto malpli facila, sed pli alta : la justeco, precipe kiam la vakuo de l'koro, tia, kia ni ĝin malkovras en tiu ĉi viro, iĝas abismo, en kiu povas perei la socio." Tiam li ekparolis pri mia sinteno al panjo. Li rediris tion, kion li diris dum la debato. Sed li parolis pri tio pli longe ol pri mia krimo, tiel longe eĉ, ke mi fine sentis nur la varmecon de tiu mateno. Estis tiel almenaŭ ĝis la momento, kiam la akuzanto ĉesis paroli kaj post momenta silento rekomencis per voĉo tre malalta kaj konvinkoplena. "Tiu sama tribunalo, sinjoroj, juĝos morgaŭ la plej abomenindan krimegon, la murdon de patro." Laŭ li, tia kruelega atenco estis simple neimagebla. Li kuraĝis esperi — tiaj estis liaj vortoj—, ke la homa juĝo punos sencede, sed ("mi ne timas tion aserti") la abomeno, kiun sentigis al li tiu krimo, preskaŭ marpliiĝis kompare al la abomeno, kiun li spertis pro mia sensentemo. Plu laŭ liaj vortoj, homo, kiu spirite mortigas sian patrinon, fortranĉas sin disde la homa socio, same kiel tiu, kiu trafis per murdista mano sian naskiginton.

그러나 이 법정에 있어서 관용이라는 아주 소극적인 미덕이 쉽지는 않겠지만 보다 고귀한 정의라는 덕으로 바뀌어야만 합니다.

특히 이 사람에게서 발견할 수 있는 것과 같이 마음이 공허할 때는 그것이 우리 사회를 굴복시킬 수 있는 하나의 심연(深淵)이 되기도 하는 것입니다."

그리고는 엄마에 대한 나의 태도에 관해서 이야기했다. 그는 변론 중에 했었던 말을 되풀이했다. 그러나 내 죄에 대해서 말할 때보다도 훨씬 길었다. 너무 길어서 나중에는 그날 아침의 더위 밖에는 아무것도 느끼지 못했다.

그러나 차장 검사가 말을 멈추었고, 그리고 잠시 침묵이 흐른 뒤 그는 매우 나직하면서도 매우 자신에 찬 음성으로 "여러분, 이 법정은 내일 죄악 가운데에서도 가장 가증스러운 죄인, 아버지를 살해한 자를 심판하게 될 것입니다" 하고 말했다. 그의 말에 의하면 이 잔학한 범죄는 상상도 할 수 없다는 것이다. 그는 인간의 정의가 가차 없는 처벌을 내려줄 것을 감히 희망한다고 말했다. 그러나 (나는 그것을 확인하는데 두렵지 않다) 그 죄가 자기에게 불러일으켜 주는 끔찍한 전율은 내 냉담함에 대해서 느끼는 전율보다 못하다는 말을 서슴없이 했다.

또 그의 말에 따르면, 정신적으로 자기 어머니를 죽이는 사람은 자기를 낳게 한 이에게 살인자의 손을 갖다 대었던 사람과 똑같은 이유로 인간 사회에서 추방되어야 한다고 했다.

Kiel ajn estas, la unua preparas la farojn de la dua, ilin iasence antaŭanoncas kaj pravigas. "Mi pri tio certas, sinjoroj, li aldiris laŭtigante la voĉon, vi ne trovos mian opinion tro aŭdaca, se mi diras, ke la viro, sidanta sur la jena benko, kulpas ankaŭ pri la murdo, kiun ĉi tiu kortumo juĝos morgaŭ. Li estu punita laŭkonsekvence." Tiam la prokuroro viŝis sian vizaĝon brilantan pro ŝvito. Li fine diris, ke lia devo estas suferoplena, sed ke li ĝin plenumos senhezite. Li deklaris, ke mi havas nenion komunan kun socio, kies plej esencajn regulojn mi ignoras, kaj ke mi ne rajtas apelacii al la homa koro, kies plej elementaj reagoj estas por mi fremdaj. "Mi postulas de vi la kapon de ĉi tiu viro, li diris, kaj tion mi petas kun trankvila koro. Vere estas, ke dum mia jam longa kariero mi jam pledis por decidoj de mortopuno, tamen neniam tiel forte kiel hodiaŭ mi sentis tiun malfacilegan devon kompensita, saldita, prilumita per la konscio de sankta kaj nerezistebla ordono kaj per la abomeno, kiun mi sentas antaŭ la vizaĝo de tiu homo, sur kiu mi deĉifras nenion krom monstrecon."

Kiam la prokuroro residiĝis, ekestis sufiĉe longa silenta momento.

어쨌든 전자는 후자의 행위를 준비하는 것이며, 말하자면 그 행위를 예고하고 인정한다는 것이다.

그는 목소리를 높이면서 이렇게 덧붙였다.

"나는 확신합니다, 여러분. 저 피고석에 앉아있는 저 사람이 내일 이 법정이 심판하게 될 그 살인죄와 똑같이 유죄라고 말해도 여러분께서는 내 생각이 너무 지나치다고는 생각하지 않으시리라고, 따라서 그는 처벌을 받지 않으면 안 됩니다."

여기서 검사는 땀으로 번들거리는 얼굴을 닦았다.

끝으로 그는 자기 의무는 괴로운 것이지만 그는 그 의무를 단호하게 완수할 것이라고 말했다.

나는 사회의 가장 본질적인 규칙을 무시하고 있으므로 사회와 더불어 할 일이라고는 아무것도 없으며, 또 나는 인간 마음의 가장 기본적인 반응이 어떠한 것이라는 것도 모르는 사람이므로 인정에 호소할 수도 없다고 그는 못 박아 말했다.

"나는 여러분께 이 사람의 사형을 요구합니다. 사형을 요구해도 가벼운 심정입니다. 왜냐하면, 이미 내 오랜 재직 기간 중, 사형을 주장했던 일이 있었긴 했지만, 오늘처럼 이 괴로운 의무가 신성하고 절대적인 명령이라는 의식과 잔인하다는 것밖에는 아무것도 읽을 수 없는 한 인간의 얼굴 앞에서 느끼는 전율 때문에 상쇄되고 메꾸어지고 밝아지는 것같이 느껴진 적은 한 번도 없었기 때문입니다" 하고 그가 말했다.

검사가 다시 자리에 앉자, 아주 긴 침묵이 흘렀다.

Koncerne min, mi sentis kapturnon pro varmo kaj miro. La prezidanto tusetis kaj tre mallaŭte demandis miny ĉu mi volas ion aldiri. Mi stariĝis kaj, ĉar mi ekdeziris paroli, mi diris, verdire iel laŭhazarde, ke mi ne intencis mortigi la arabon. La prezidanto respondis, ke tio estas nura aserto, ke ĝis nun li ne bone komprenis mian defendosistemon kaj ke li estus tre kontenta, antaŭ ol aŭskulti mian advokaton, se mi precizigus la motivojn, kiuj kaŭzis mian faron. Mi diris rapide, iom miksante la vortojn kaj konsciante, ke mi estas ridinda, ke ĉio ĉi okazis pro la suno. Aŭdiĝis ridoj en la salono. Mia advokato ŝultrotiris kaj oni tuj poste donis al li la parolvicon. Sed li deklaris, ke estas jam malfrue, ke li bezonos plurajn horojn kaj ke li petas prokraston ĝis posttagmezo. La tribunalo tion akceptis.

Posttagmeze la grandaj ventoliloj plu knedadis la densan aeron de la salono kaj la etaj buntaj ventumiloj de la ĵurianoj agitiĝis ĉiuj samritme. Ŝajnis, kvazaŭ la pledado de mia advokato neniam finiĝos. Tamen, je difinita momento, mi aŭskultis lin, ĉar li diris "Vere estas, ke mi mortigis". Kaj li daŭrigis samstile, dirante "mi" ĉiufoje kiam li parolis pri mi.

나는 더위와 놀라움으로 어리둥절해 있었다. 재판장이 약간 기침을 하고 나서 아주 낮은 목소리로 내게 보탤 말이 없느냐고 물었다.

나는 일어섰다. 그리고 말하고 싶었기 때문에 약간 되는 대로, 아랍인을 죽이려는 의사가 있었던 것은 아니라고 말했다.

재판장은 그것은 하나의 주장이라고 대답하고 나서, 지금까지 내 변호 방법을 잘 파악하지 못하고 있는데 변호사의 변론을 듣기 전에 내 행동을 일으킨 동기를 내가 분명히 밝혀 준다면 다행이겠다고 말했다.

나는 약간 말을 더듬으며, 또 내가 웃음거리가 되리라는 것을 알면서도, 그것은 태양 때문이었다고 급히 말했다. 장내에는 웃음이 터졌다.

내 변호사는 어깨를 으쓱해 보였다. 그리고 곧이어 그에게 발언권을 줬다.

그러나 그는 시간도 늦었고, 또 자기의 변론은 여러 시간을 필요로 하니 오후로 연기해 달라고 요청했다. 법정은 그러기로 동의를 했다.

오후에도 커다란 선풍기들은 여전히 장내의 무더운 공기를 휘저어 놓았으며, 배심원들의 작은 색색 부채는 모두 똑같은 방향으로 움직이고 있었다.

변호사의 변론은 도무지 끝이 날 것 같지 않았다. 그러나 어떤 순간에 나는 그의 말에 귀를 기울였다.

그가 "내가 사람을 죽인 것은 사실입니다" 하고 말했기 때문이었다. 그런 말투로 그는 말을 계속했다.

나에 관해서 말할 적마다 '나'라는 말을 사용하면서.

Tio min tre mirigis. Mi kliniĝis por demandi pri tio unu ĝendarmon. Li diris, ke mi silentu kaj post momento aldonis : "Ĉiuj advokatoj faras tion."

Mi ekpensis, ke ankaŭ tio signifas deflankigi min de la afero, nuligi min kaj iasence min anstataŭi. Sed mi kredas, ke mi estis jam malproksime de tiu salono.

Cetere, mia advokato ŝajnis al mi ridinda. Li tre rapide argumentis pri provoko kaj li — ankaŭ li — parolis pri mia animo. "Ankaŭ mi, li diris, esploris ĉi tiun animon, sed, male al la respektinda reprezentanto de la akuza parto, mi trovis ion kaj mi povas diri, ke mi legis en ĝi kvazaŭ en malfermita libro." En mia animo li estis leginta, ke mi estas honestulo, laborulo akurata, nelacigebla, fidela al la dunginta lin firmao, amata de ĉiuj kaj kompatema por aliulaj malfeliĉoj. Li pentris min modela filo, kiu subtenis sian patrinon tiel longe kiel eblis. Fine, mi esperis, ke la azilo donos al la maljunulino la komforton, kiun mi ne povis pro miaj modestaj monrimedoj disponigi al ŝi. "Mi miras, sinjoroj, li aldonis, ke oni tiel bruis ĉirkaŭ tiu azilo.

나는 매우 놀랐다. 그래서 헌병 쪽으로 몸을 기울이고는 그에게 그 이유를 물었다. 그는 입 다물라고 내게 말하고 나서 조금 후에 "변호사들은 다 그렇게 하는 거예요" 하고 덧붙였다. 나로서는 이것은 사건으로부터 나를 떼어놓는 일이고, 나를 무(無)로 몰아넣는 일이며, 또 어떤 의미에서는 그가 내 대신이 되는 일이라는 생각이 들었다. 그러나 이미 나는 그 법정에서 관심이 멀어져 있었다고 여겨진다. 그리고 변호사도 내게는 우습게 보였다. 그는 매우 빠른 어조로 도발(挑發) 행위를 변호했고, 이어서 그도 또한 내 영혼에 대해서 말했다.

"나 역시 피고의 영혼에 관심을 가졌습니다만, 탁월하신 검사의 견해와는 반대로 나는 무엇인가를 발견해 냈습니다. 그리고 펼쳐 놓은 책을 읽은 것처럼 영혼을 들여다볼 수 있었다고 말할 수 있습니다" 하고 그가 말했다. 그는 내 영혼에서 내가 성실한 사람이며, 고용된 회사에는 착실하고 근면하며 충실한 직업인이었고, 모든 사람에게서 사랑을 받았으며 또 타인의 괴로움에는 동정을 아끼지 않는 사람이라는 것을 읽었다는 것이었다. 그의 말에 의하면, 나는 할 수 있는 데까지 오랫동안 어머니를 부양한 모범적인 아들이었다. 마침내 나는 내 능력으로는 늙은 어머니에게 감히 마련해 드릴 수 없는 안락한 생활을 양로원에서는 할 수 있다고 기대하게 되었다. "여러분, 그 양로원을 둘러싸고 그다지도 잡음이 분분했던 것에 나는 놀라움을 금치 못합니다.

Ĉar finfine, se oni devus doni pruvon pri la utileco kaj nobleco de tiuj institucioj[1], necesus ja memorigi, ke ilin subvencias[2] la ŝtato mem." Sed li ne parolis pri la entombigo kaj mi sentis, ke tio mankas en lia pledado. Sed pro ĉiuj ĉi longaj frazoj, ĉiuj ĉi tagoj kaj senfinaj horoj, dum kiuj oni parolis pri mia animo, mi ekhavis la impreson, ke ĉio iĝis kvazaŭ senkolora akvo, en kiu min trafis vertiĝo.[3]

Fine mi memoras nur, ke el la strato kaj tra la tuta spaco de la salonoj kaj juĝejoj, dum mia advokato plu paroladis, postsonis ĝis mi la korno de glaciaĵa vendisto. Min invadis memoraĵoj de vivo, kiun mi ne plu posedis, sed en kiu mi estis trovinta miajn plej modestajn kaj plej persistajn plezurojn : someraj odoroj, la kvartalo, kiun mi amis, iu difinita aspekto de la vespera ĉielo, la rido kaj la roboj de Maria. Ĉio senutila, kion mi estis faranta en tiu ĉi loko, tiam suprenfluis en mian gorĝon, kaj min urĝis nur tio : retrovi mian ĉelon kaj do la dormon.

---

1) instituci-o 시설(施設) ; 기관(機關) ; 제도(制度).
2) subvenci-o (국가,시,협회,단체가 공적으로 지급하는) 보조금, 후원금. subvencii [타] ~을 보조해 주다. {oficiala monhelpo}
3) vertiĝ-o <의학> 현기증, 어지러움. vertiĝ= kapturno. vertiĝi [자]

요컨대, 그러한 시설들이 갖는 유용성과 중요성의 증거를 제시해야 한다면 그러한 기관들에 보조금을 주고 있는 것은 바로 국가 자체라는 것을 말씀드리지 않을 수 없기 때문입니다" 하고 그가 덧붙였다.

다만 그는 장례식에 관한 말만은 하지 않았다.

그래서 나는 그의 변론 중에서 그것이 빠졌다고 느꼈다. 그러나 이 모든 장광설 때문에, 이 여러 날의 일정(日程) 때문에, 그리고 내 영혼을 주제로 논의가 되던 그 기나긴 시간 때문에 나는 모든 것이 마치 빛깔 없는 물처럼 되어 버리고, 그 속에서 현기증이 이는 느낌을 받았다.

마지막으로, 내 변호사가 이야기를 계속하고 있는 동안에 거리로부터 법정과 재판소의 온 공간을 가로질러 아이스크림 장수의 나팔 소리가 나에게까지 울려왔던 것만이 지금 생각날 뿐이다.

나는 이제 나의 것이 아닌, 그러나 거기에서 아주 소박하면서도 끈질긴 기쁨을 찾아냈던 어떤 생활의 기억들에 사로잡혔다.

일테면, 여름의 냄새들, 내가 좋아했던 그 지역, 어느 저녁 하늘, 마리의 웃음과 옷들 같은 이곳에서는 아무 소용이 없어진 그런 모든 것들에 대한 생각이 목구멍까지 치솟아 올라 나는 조급증이 났다.

그래서 일이 빨리 끝나 독방으로 돌아가 잠이나 자고 싶었다.

Apenaŭ mi aŭdis, ke mia advokato finante laŭtas, ke la ĵurianoj ne volos sendi al la morto honestan laborulon, kiun misvojigis momenta deliro, kaj petas "la mildigajn cirkonstancojn" por krimo, kiu jam devigis min kuntreni, kvazaŭ mian plej senmankan punon, eternan rimorson. La tribunalo interrompis la kunsidon kaj ia advokato sidiĝis, ŝajne elĉerpita.

Sed liaj kolegoj venis por premi al li la manon. Mi aŭdis: "Belege, kara kolego." Unu eĉ petis ateston de mi: "Ĉu ne?", li diris. Mi jesis, sed mia komplimento ne estis sincera, ĉar mi estis tre laca.

Sed ekstere vesperiĝis kaj malpliiĝis la varmo.

Laŭ kelkaj aŭdataj bruoj mi divenis la vesperan mildon. Ni ĉiuj ĉeestis tie ĉi, atendantaj. Kaj tio, kion ni atendis kune, koncernis nur min. Mi denove rigardis al la salono de la publiko. Ĉio statis kiel en la unua tago. Mi renkontis la rigardojn de la grizjaka ĵurnalisto kaj de la aŭtomatulino. Tio igis min pensi, ke mi dum la tuta proceso ne serĉis Marian per la rigardo. Mi ne forgesis ŝin, sed mi estis tro okupita. Mi tiam ekvidis ŝin inter Celesto kaj Rajmondo.

변호사가 끝으로, 한순간의 잘못으로 파멸하게 된 한 성실한 직업인을 배심원들은 사형에 처하기를 바라지 않을 것이라고 외치고, 가장 확실한 처벌로서 이미 내가 일평생 양심의 가책을 느낄 한 범죄에 대해서 정상을 참작해 달라고 요구하는 소리도 내게는 거의 들리지 않았다.

법정은 신문을 중지했고 변호사는 지친 표정으로 자리에 앉았다. 그러나 그의 동료들이 그에게로 다가와서 악수를 했다.

"여보게, 훌륭했어" 하는 말을 나는 들었다. 그중의 한 사람은 나를 증인으로 삼기까지 하면서 "그렇지요?" 하고 말했다. 나도 그 물음에 동의는 했지만, 내 찬사는 진심에서 우러나오는 것은 아니었다. 나는 너무 피곤했기 때문이다.

그런데 밖에서는 저녁이 되고 더위도 좀 누그러졌다. 거리에서 들려오는 어떤 소리로 나는 저녁의 즐거움을 짐작했다. 우리는 모두 기다리며 거기에 있었다. 그런데 우리가 함께 기다리는 것은 오직 나 한 사람에게만 관계되는 일이었다. 나는 다시 법정 안을 둘러보았다. 모든 것은 첫날과 똑같은 상태에 있었다. 나는 회색 웃옷을 입은 신문기자와 그 자동인형 같은 여자의 시선과 부딪쳤다. 그것이 재판하는 동안 내내 눈으로 마리를 찾아보지 않았다는 생각을 하게 했다. 내가 그녀를 잊고 있었던 것은 아니지만 나는 할 일이 너무 많았었다.

나는 셀레스트와 레이몽 사이에 있는 그녀를 보았다.

Ŝi signetis al mi, kvazaŭ dirante : "Nu, fine" kaj mi vidis ŝian iom maltrankvilan vizaĝon ridetanta. Sed mi sentis mian koron ŝlosita kaj mi eĉ ne kapablis respondi al ŝia rideto.

La juĝantaro revenis. Tre rapide oni legis al la ĵurianoj serion da demandoj. Mi aŭdis "kuipa pri murdo...", "antaŭplanita...", "mildigaj cirkonstancoj..."

La ĵurianoj eliris kaj oni forkondukis min en la ĉambreton, en kiu mi jam antaŭe atendis. Mia advokato venis tien min renkonti; li estis tre babilema kaj parolis al mi pli konfideme kaj korece ol iam ajn antaŭe. Li pensis, laŭ lia diro, ke ĉio iros glate kaj mi elturniĝos kun kelkjara restado en malliberejo aŭ punlaborejo. Mi demandis lin, ĉu oni povas esperi kasacion, se la verdikto estos malfavora. Li diris, ke ne. Laŭtaktike li ne "anoncis rezervojn", por ne misimpresi la ĵurion. Li klarigis al mi, ke oni ne kasacias verdikton tiel facile, senkaŭze. Tio ŝajnis al mi evidenta kaj mi akceptis liajn klarigojn. Se konsideri sobre la aferon, tio estas plene normala. Se male, estiĝus tro da senutilaj burokrataĵoj. "Ĉiel ajn, diris mia advokato, ekzistas la apelacio. Sed mi estas konvinkita, ke la decido estos favora."

그녀는 '드디어 끝이 났군요' 하고 말하는 듯이 내게 살짝 손짓했다. 나는 약간 근심스러워 보이는 그녀의 얼굴이 미소를 짓고 있는 것을 보았다. 그러나 나는 내 마음이 무감각해진 것을 느꼈고 그래서 그녀의 미소에 답조차 할 수 없었다.

재판이 속개되었다. 아주 빠른 속도로 배심원들에게 연속된 질문들의 낭독이 있었다. 나는 살인의 죄가 있는 '사전 모의' '정상 참작'이라는 말을 들었다. 배심원들이 퇴장했다. 그리고 나는 전에 거기서 기다렸던 적이 있는 작은 방으로 인도되었다. 변호사가 나를 만나러 왔다. 그는 매우 수다스러웠으며 그리고 전에는 그런 적이 없었던 확신과 온정을 갖고 내게 이야기를 했다. 그는 모든 것은 잘 되어갈 것이며 따라서 나는 몇 년의 금고(禁錮)나 또는 징역만으로 끝날 것으로 생각하고 있었다. 나는 그에게 만약 판결이 불리할 경우 파기(破棄)의 기회가 있는 거냐고 물었다. 그는 없다고 내게 말했다. 배심원의 기분을 상하게 하지 않기 위해서 결론을 말하지 않는 것이 그의 전술(戰術)이었다. 그는 그렇게 별 이유 없이 판결을 파기하지는 않는다고 내게 설명해 주었다. 그것은 내게도 명백한 일로 여겨졌으며, 그래서 그의 설명에 수긍했다. 사리를 냉정하게 주시한다면 그것은 아주 당연한 일이었다. 그렇지 않다면 쓸데없는 서류가 너무 많아질 것이다. "하여튼 상소(上訴)할 수는 있습니다. 그러나 결과가 유리하게 내려질 것이라고 나는 확신합니다" 하고 변호사가 나에게 말했다.

Ni atendis tre longe, preskaŭ tri horkvaronojn kredeble. Poste aŭdiĝis sonoro. Mia advokato min lasis, dirante : "La prezidanto de la ĵurio tuj legos la respondojn. oni igos vin eniri nur por la eldiro de la verdikto." Klakis pordoj. En ŝtuparoj — proksimaj aŭ malproksimaj, mi ne sciis — kuradis homoj. Poste mi aŭdis obtuzan voĉon, legantan ion en la salono.

Kiam aŭdiĝis denove la sonoro kaj malfermiĝis la pordo de la ĉeleto, al mi supreniĝis la silento de la publiko kaj, kun la silento, stranga impreso, kiun mi spertis, konstatinte, ke la juna ĵurnalisto forturnis sian rigardon. Mi ne rigardis direkte al Maria. Mi por tio ne havis la tempon, ĉar la prezidanto diris al mi per stranga ŝtilo, ke oni fortranĉos al mi la kapon sur publika placo nome de la franca popolo. Tiam ŝajnis al mi, ke mi rekonas la senton, kiun mi legis sur ĉies vizaĝoj. Se mi ne eraras, tio estis respekto. La ĝendarmoj estis tre mildaj al mi. La advokato metis sian manon sur mian pojnon. Mi pensis pri nenio plu. Sed la prezidanto demandis min, ĉu mi ne deziras ion aldiri. Post pripenso mi diris : "Ne." Tiam oni min forkondukis.

우리들은 매우 오랫동안 기다렸다. 내 생각으로는 거의 45분가량 되지 않을까 싶다. 그 정도로 기다리고 있자니, 종이 울렸다.

변호사가 "곧 배심장(陪審長)이 답신(答申)을 읽을 겁니다. 판결을 선고할 때에만 당신을 들어오게 할 겁니다"하고 말하면서 내 곁을 떠났다.

문들이 광하고 닫혔다. 사람들이 계단을 지나 뛰어가고 있었는데 그 계단이 가까운지 먼지 알 수가 없었다. 그러고 나서 나는 법정 안에서 무엇인가를 읽고 있는 어렴풋한 소리를 들었다. 또다시 종이 울리고 피고석의 문이 열렸을 때, 내게로 확 밀려온 것은 장내의 침묵이었다. 침묵과 그 젊은 신문기자가 시선을 돌리는 것을 보았을 때 느낀 그 이상한 기분이었다. 나는 마리가 있는 쪽을 쳐다보지 않았다. 그럴 시간이 없었다. 왜냐하면, 재판장이 이상한 태도로, 나는 프랑스 국민의 이름으로 광장에서 참수형을 받게 될 것이라고 내게 말했기 때문이었다.

나는 그때 그 모든 사람의 얼굴에 나타난 감정을 읽을 수 있을 것 같았다. 내가 틀리지 않는다면 그것은 일종의 경의(敬意)였었다.

헌병들은 나에게 친절했고, 변호사는 내 손목에다 자기 손을 얹었다. 나는 더 아무것도 생각하고 있지 않았다. 그러나 재판장이 더 할 말이 없느냐고 내게 물었다. 나는 생각해 본 뒤 "없습니다"하고 말했다. 그러자 나를 데리고 나갔다.

V

Trian fojon mi rifuzis akcepti la pastron. Mi havas nenion por diri al li, mi ne deziras paroli, mi ja vidos lin sufiĉe frue. Kio nuntempe interesas min, tio estas eskapi el la mekanismo, ekscii, ĉu la neeviteblo povas havi eliron. Oni transigis min en alian ĉelon.

De tiu mia nuna ĉelo, kiam mi kuŝas, mi vidas la ĉielon, mi vidas nur ĝin. Ĉiujn miajn tagojn mi pasigas rigardante sur ĝia vizaĝo la malheliĝadon de la koloroj, kiu pelas la tagon al la nokto. Kuŝante, mi ŝovas la manojn sub la kapon kaj atendas. Mi ne scias, kiom da fojoj mi min demandis, ĉu ekzistas ekzemploj pri mortkondamnitoj, kiuj eskapis el la senkompata mekanismo, foriĝis antaŭ ia ekzekuto, rompis la kordonojn de policistoj. Mi min riproĉis tiam, ke mi ne sufiĉe atentis la rakontojn pri ekzekutoj. Oni devus ĉiam interesiĝi pri tiaj aferoj.

Oni neniam scias, kio povas okazi. Kiel ĉiuj aliaj, mi estis leginta raportojn en la gazetoj. Sed certe ekzistas specialaj verkoj, kiujn mi neniam scivolis konsulti. En ili mi eble estus trovinta rakontojn pri forkuroj.

5장. 판결문 낭독

세 번째로 나는 교도소의 부속 사제(司祭)의 면회를 거절했다. 나는 그에게 아무 할 말이 없었고 말하고 싶지도 않았으며, 서둘러서 그를 만나야 할 일도 없었다. 지금 내가 관심을 두는 것은 메커니즘적인 것에서 벗어나는 일이며, 피할 수 없는 것에 어떤 출구가 있을 수 없나를 알아보는 것이었다.

독방이 바뀌었다. 이 감방에서 누워 있자면 하늘이 보인다. 보이는 것이라고는 오직 하늘뿐이다. 내 하루하루는 그 하늘의 얼굴에서 낮이 밤으로 옮겨가는 빛깔의 조락(凋落)을 바라보는 것으로 지나간다.

누워서 팔베개하고 나는 기다린다.

무자비한 메커니즘에서 벗어났다든가, 사형이 집행되기 전에 종적을 감추었다든가, 경찰의 경계선을 돌파한 사형수의 예가 있었을까 하고 나는 몇 번이나 자문해 보았는지 모른다.

그럴 때면 사형 집행에 관한 이야기에 그다지 주의를 기울이지 않았던 것이 후회스러웠다. 그러한 문제들에 항상 관심을 가져야 할 것이다. 무슨 일이 일어날지 절대로 모르는 법이니까.

다른 모든 사람과 마찬가지로 나도 신문에서 서평란을 읽었다. 그러나 찾아볼 호기심은 한 번도 일지 않았으나 분명 특수 서적이 있기는 했었다.

그런 책들 가운데에서 어쩌면 나는 탈옥에 관한 이야기를 찾아낼 수 있었을지도 모른다.

Mi estus eksciinta, ke almenaŭ unu fojon la rado haltis, ke, en tiu nerezistebla maĥinacio,[4] la hazardo kaj la ŝanco, eĉ nur unu fojon, ion ŝanĝis.

Unu fojon! lele, mi kredas, ke tio sufiĉus al mi. Mia koro estus farinta la ceteron. La gazetoj ofte skribadis pri ŝuldo al la socio. Laŭ ili oni devas nepre ĝin pagi.

Sed tio ne parolas al la imagopovo. Tio, kio gravis, estis iu ebleco de forkuro, salto el la senkompata rito, kuro al la frenezo, kiu prezentas ĉiujn ŝancojn de l'espero. Kompreneble, la espero konsistis en tio : esti mortigita dumkure, ĉe stratangulo, per flugokapta kuglo. Sed post zorga pripensado nenio permesis al mi tiun luksaĵon, ĉio ĝin malpermesis, la mekanismo kaptis min denove.

Malgraŭ mia bonvolemo mi ne povis akcepti tiun arogan certecon. Ĉar, verdire, ekzistas ridinda misproporcio[5] inter la verdikto, kiu ĝin naskis, kaj ĝia nemodifebla disvolviĝo ekde la momento, kiam la verdikto estas eldirita.

---

4) maĥinaci-o   음모(陰謀), 책모(策謀).

5) proporci-o <數> 비례(比例); 비(比), 비율(比率); 몫, 부분; 조화, 균형, 어울림; 정도(程度); proporcia 비례되는; 조화되는, 균형있는; 어울리는; <數> 비례의. proporcie al …와 비례로. misproporcia 어울리지 않는; 불균형의.

적어도 바퀴가 멎어 있는 어떤 경우에, 이런 억제할 수 없는 생각 속에서 단 한 번의 우연과 기회가 무엇을 변화시켰는지도 알았을 것이다.

단 한 번! 어떤 의미에서 내게는 그것으로 충분할 것이라는 생각이 든다.

나머지는 내 마음이 행할 것이다.

신문들은 흔히 사회에 치러야 할 부채에 관하여 이야기한다. 신문에 의하면 그것을 갚아야 한다는 것이다. 그러나 그것은 상상력에 관해서 이야기하는 것은 아니다. 중요한 것은 탈출의 가능성이며, 무자비한 의식(儀式) 밖으로의 도약이며, 희망의 온갖 기회를 제공해 주는 미친 듯한 질주다.

물론 이 희망이라는 것은 한참 달리는데 날아온 한 방의 총알로 길모퉁이에서 꺾여지는 그런 희망이기는 하다.

그러나 곰곰이 생각해 보면, 이런 사치를 내게 허용하는 것은 아무것도 없다.

모든 것은 나에게 그것을 금하고 있고, 메커니즘적인 것이 나를 다시 사로잡는 것이었다.

마음을 좋게 가져도, 나는 이런 오만한 확실성을 받아들일 수가 없었다.

왜냐하면, 요컨대, 그 확실성에 근거를 둔 판결과 그 판결이 내려졌던 순간부터의 침착한 그 전개 사이에는 어처구니없는 불균형이 있었기 때문이었다.

La fakto, ke la verdikto estis eldirita je la dudeka horo, ne je la deksepa, ke ĝi povus esti tute alia, ke ĝin decidis homoj, kiuj ŝangas siajn subvestojn, ke ĝin oni ŝuldigis al nocio tiel malpreciza, kiel la franca popolo (aŭ la germana aŭ la ĉina), tiuj faktoj, ŝajnis al mi, senigis tian decidon je granda parto de ĝia seriozeco. Tamen, mi estis devigita agnoski, ke, ekde la sekundo, kiam ĝi estis farita, ĝiaj konsekvencoj iĝis tiel certaj, tiel seriozaj kiel la ekzisto de ĉi tiu muro, laŭlonge de kiu premiĝis mia korpo.

Mi ekmemoris en tiuj momentoj anekdoton, kiun panjo rakontis pri mia patro. Mi ne konis lin. La nura preciza afero, kiun mi scias pri tiu viro, estas verŝajne tio, kion pri li diradis panjo : li iris por ĉeesti ekzekuton de murdinto. Pro la nura ideo iri tien li sentis sin malsana. Li iris tamen kaj reveninte vomadis dum parto de la mateno. Tiam mia patro min iom naŭzis. Sed nun mi komprenis : tio estas tiel normala afero. Kiel do mi ne konjektis, ke nenio estas pli grava ol ekzekuto kaj ke, finfine, tio estas por homo la sola vere interesa afero! Se mi iam eliros el ĉi tiu ĉelo, mi pensis, mi nepre ĉeestos ĉiujn ekzekutojn.

판결문이 열일곱 시가 아니라 스무 시에 낭독되었다는 사실, 그 판결문이 전혀 다를 수도 있었으리라는 사실, 판결문이 내의를 갈아입는 인간들에 의해 다루어졌다는 사실, 판결문이 프랑스 국민 -혹은 독일 국민, 혹은 중국 국민- 이라는 애매한 관념의 세력에 따랐다는 사실, 이런 모든 것이 그러한 판결에서 많은 신중성을 빼앗아간 것같이 내게는 여겨졌다.

그러나 판결이 내려진 그 순간부터 그 효력은 내가 몸뚱이를 기대고 있는 이 벽의 존재와 마찬가지로 확실하고 중대해진다는 것을 인정하지 않을 수 없었다.

그 순간에 나는 엄마가 아버지에 관하여 들려주었던 어느 이야기가 생각났다.

나는 아버지를 알지 못했다. 아버지에 대해 내가 분명히 알고 있는 것이라고는 아마 그때 엄마가 말해 준 그것밖에 없을 것이다. 아버지는 어느 살인범의 사형 집행을 보러 갔었다는 것이다.

그곳에 간다는 생각만으로도 그는 병이 났다. 그래도 아버지는 구경하러 갔었고 돌아오는 길에는 아침 먹은 것을 토해버렸다. 그 이야기를 들었을 때 나는 약간 아버지가 싫었다. 그러나 지금은 이해가 간다. 그것은 지극히 당연한 일이었다는 것을. 사형 집행보다 더 중대한 것은 없으며, 결국 그것은 사람에게 있어서 참으로 흥미로운 유일한 일이라는 것을 내가 어째서 알지 못했단 말인가!

만일 언젠가 내가 이 교도소에서 나가게 된다면, 나는 사형 집행이라면 모두 보러 갈 것이다.

Kredeble, mi malpravis pensante pri tiu eblo, ĉar, imagante min libera ĉe frua tagiĝo post policista kordono, transe, se tiel diri, — imagante min spektanto, kiu venas ĝui la vidaĵon kaj povos vomi poste, ondo de venena ĝojo invadis mian koron. Sed tio ne estis saĝa. Mi malprave allasis min al tiuj supozoj, ĉar, momenton poste, mi sentis tian teruran malvarmon, ke mi krispiĝis sub la litkovrilo. Miaj dentoj senhelpe interfrapiĝis.

Sed, kompreneble, oni ne povas esti ĉiam saĝa. Aliajn fojojn, ekzemple, mi ellaboris leĝoprojektojn.

Mi reformis la punojn. Mi estis rimarkinta, ke la ĉefa afero estas : doni unu ŝancon al la kondamnito. Nur unu el mil, tio sufiĉas por glatigi multajn aferojn.

Ekzemple, ŝajnis al mi, ke oni povus eltrovi kemian kombinaĵon, kiu kaŭzus la morton de la paciento (mi pensis ja : la paciento) naŭ fojojn el dek. Li tion scius, tia estus la kondiĉo. Ĉar mi konstatis, ke, se pripensi bone, se konsideri la aferojn trankvile, la manko en la gilotino konsistas en tio, ke ekzistas neniu ŝanco, absolute neniu. Do, konklude, la morto de la paciento estas decidita unu fojon por ĉiam.

그러나 그런 가능성에 대해 생각하는 것이 잘못이라는 생각이 든다. 왜냐하면, 어느 새벽, 경찰의 비상선 뒤에, 말하자면 저쪽에서 벗어난 나를 본다는 생각을 하니, 그리고 구경하러 가고 구경하고 나서는 토할지도 모르는 구경꾼이 된다는 생각을 하니, 시들했던 기쁨의 물결이 마음속에서 치솟아 올랐기 때문이었다. 그러나 그것은 현명하지 않은 일이었다. 그러한 가상(假想)에 빠진다는 것은 잘못이었다. 왜냐하면, 그런 가정에 빠졌던 그 순간부터 나는 너무 지독하게 오한이 나서 이불 밑에서 몸을 오그리고 있어야 했기 때문이었다. 어쩔 수 없이 이까지 딱딱 부딪쳤다.

그러나 물론 항상 이치에 맞는 생각만 할 수는 없다. 가령 어떤 때는 내가 법률을 초안하기도 했다. 형법 제도를 개정하는 것이다.

요점은 사형수에게 기회를 준다는 것이었다. 천 번에 한 번쯤, 사건을 잘 처리하기 위해서는 그것으로 충분했다. 그렇게 하면, 그것을 먹으면 환자가 -나는 환자라는 것을 생각했다- 열에 아홉 번은 죽게 되는 화학적인 약품의 배합을 발견할 수 있을 것 같은 생각이 들었다.

환자가 그 사실을 알아야 한다는 것이 바로 조건이다. 곰곰이 생각하고 사물을 냉정하게 고찰하면, 저 단두대의 칼날의 결함이라면 그것은 아무 기회도, 절대로 아무 기회도 없다는 것을 나는 확인했기 때문이었다. 결국, 단호하게 환자의 죽음은 영원히 한 번에 결정되어 버리는 것이다.

Ĝi estas forklasita afero, findecidita kombino, konfirmita interkonsento, kiun rekonsideri estas ekskludite. Se pro eksterordinara kialo okazus miso en la ekzekuto, oni rekomencus. La malĝojiga konsekvenco estas, ke la kondamnito devas deziri la akuratan funkciadon de la aparato. Mi diras, ke tio estas ia manko. Tio veras, iasence. Sed, aliflanke, mi devis agnoski, ke ĝuste en tio kuŝas la sekreto de bona organizo.

Resume, la kondamnito estas devigita kunlabori mense. Pro lia propra intereso ĉio funkciu senmise.

Mi devis konstati ankaŭ, ke ĝis tiam mi havis pri tiuj aferoj ideojn ne ĝustajn. Mi kredis longe — kaj mi ne scias kial — ke, por iri al la gilotino, necesas suprengrimpi sur eŝafodon, treti ŝtupojn. Mi opinias, ke tio ŝuldiĝas al la Revolucio de 1789, nome al ĉio, kion oni instruis aŭ montris al mi pri tiuj aferoj. Sed iun matenon mi ekmemoris pri fotografaĵo publikigita de la gazetoj okaze de sensacia ekzekuto. Reale, la aparato staris sur la grundo mem, plej simple. Ĝi estis multe pli mallarĝa ol mi opiniis. Estis iom strange, ke mi ne konjektis tion pli frue.

그것은 기결사건이며, 아주 결정적인 계획이며, 이해된 협약이어서 취소할 여지가 없는 것이다. 만약에 놀랍게도 일이 잘못되면 다시 시작할 뿐이다.

따라서 가슴 아픈 것은 사형수가 기계가 작동이 잘되어주기를 바라야만 한다는 것이다. 이것이 무언가 부족한 점이라고 나는 말하는 것이다. 어떤 의미에서 그것은 사실이다. 그러나 다른 의미에서는 훌륭한 조직의 모든 비밀이 거기에 있다는 것을 나는 인정하지 않으면 안 된다.

요컨대 사형수는 정신적으로 협력하지 않으면 안 된다. 그 자신의 이익 때문에 만사가 탈 없이 진행해야 한다.

나는 또한 그러한 문제에 관해서 지금까지 옳지 못한 생각하고 있었다는 것을 인정하지 않을 수 없다. 나는 오랫동안 -그 이유는 모르겠지만- 단두대(斷頭臺)로 가려면 계단을 밟고 교수대 위로 올라가야 한다고 생각했다. 그것은 1789년의 대혁명 때문이라고 생각한다. 그런 문제에 관해서 사람들이 내게 가르쳐 주었거나 보여주었던 그 모든 것 때문이라고 나는 말하고 싶다.

그러나 어느 아침, 소문이 자자했던 어떤 사형 집행 때 신문에 실렸던 사진 한 장이 생각났다. 사실, 그 기계는 땅바닥에 지극히 수수하게 놓여있었다.

그리고 내가 생각한 것보다 훨씬 폭이 좁았다.

좀 더 일찍이 그런 것에 생각이 미치지 못한 것이 퍽 이상스러웠다.

Tiu aparato sur la fotografaĵo frapis min per sia aspekto de maŝino precize ellaborita, brilega, finpolurita. Oni ĉiam elcerbumas troigajn ideojn pri tio, kion oni ne konas. Mi devis konstati, ke, male, ĉio estas simpla : la aparato staras samnivele kun la homo, kiu marŝas al ĝi. Li atingas ĝin kiel oni marŝas renkonte al persono. Ankaŭ tio ŝajnis al mi malĝojiga. Se temus pri grimpo sur eŝafodon, supreniro en la vastan ĉielon, la imago povus elturniĝi. Male, ankaŭ ĉi-kaze, la mekaniko ĉion dispremas : oni vin mortigas diskrete, kun iomo da honto kaj multo da precizeco.

Pri du aferoj mi senĉese pripensadis : la tagiĝo kaj mia apelacio. Mi tamen rezonadis kaj penis ne pensi plu. Mi kuŝiĝis, rigardis la ĉielon, klopodis interesiĝi pri ĝi. Ĝi iĝadis verda. Vesperiĝis. Mi denove penis por alivojigi la fluon de miaj pensoj. Mi aŭskultis mian koron. Mi ne povis imagi, ke tiu bruo, kiu akompanadis min jam tiel longe, povus iam ĉesi. Mi neniam havis taŭgan imagon. Mi tamen provis imagi iun certan sekundon, kiam la batado de tiu koro ĉesos reeĥi en mia kapo. Sed vane. Reaperis la tagiĝo aŭ mia apelacio.

사진에 나타난 그 기계는 완전하고도 번쩍이는 것이 정밀한 제품다워서 내 인상에 남았다. 우리는 항상 알지 못하는 것에 관해 너무 과장해서 생각한다. 그와 반대로 나는 모든 것이 간단하다는 것을 인정하지 않을 수 없었다. 기계는 그 기계를 향해 걸어가는 사람과 같은 높이에 있었다. 사람은 마치 누군가를 만나러 가는 것처럼 기계와 마주친다.

이것 또한 불쾌한 일처럼 보인다. 교수대를 향해 올라간다는 것, 즉 넓은 하늘로 올라간다는 것에 상상력은 매달릴 수도 있다. 그러나 여기에서도 반대로 메카닉한 것이 모든 것을 짓눌러버린다. 말하자면 약간의 수치심과 대단한 정확성으로 조용히 타살한다.

또 내가 늘 생각하고 있는 것이 두 가지 있었다.

그것은 새벽과 상소(上訴)에 관한 것이었다.

그러나 나는 이치를 따져서 더는 그것에 대해서 생각하지 않으려고 애썼다. 드러누워 하늘을 바라보며, 거기에 관심을 가져 보려고 애썼다. 하늘은 녹색이 되었다. 저녁이다.

나는 또다시 생각의 방향을 바꾸어 보려고 애를 썼다. 나는 심장이 뛰는 소리를 듣고 있었다. 그렇게 오래전부터 나와 더불어 다닌 이 소리가 언젠가는 멎게 되리라는 것을 나는 상상할 수 없었다. 나는 적합한 상상력을 가져 본 적이 없었다. 그러나 나는 이 심장의 고동 소리가 내 머리에 울리지 않게 될 그 확실한 순간을 마음속에 그려보려고 애썼다. 그러나 허사였다. 새벽 아니면 상소라는 문제가 다시 나타났다.

Mi fine ekpensis, ke plej saĝe estas, ke mi ne klopodu kontraŭvole.

Ili venas je la tagiĝo, tion mi sciis. Resume, mi okupadis miajn noktojn atendante tiun tagiĝon. Mi neniam ŝatis esti surprizita. Kiam al mi okazas io, mi preferas ĉeesti. Tial mi fine dormadis nur iomete dum la tagoj, kaj dum la noktoj mi pacience atendis ĝis la lumo aperis sur la ĉiela spegulo. Plej malfacile estis dum la neklara momento, en kiu ili — tion mi sciis — kutimas procedi. Post noktomezo mi atendadis kaj gvatadis. Neniam antaŭe mia orelo kaptis tiom da bruoj, distingis tiel delikatajn sonojn.

Mi povas diri, cetere, ke iasence mi bonŝancis dum tiu tuta periodo, ĉar mi neniam aŭdis paŝojn. Panjo diris ofte, ke oni neniam estas plene malfeliĉa. Mi ŝin aprobis en mia karcero, kiam la ĉielo koloriĝis kaj nova tago enŝteliĝis en mian ĉelon. Ĉar oni povus ja same aŭdi paŝojn kaj tiam mia koro povus krevi. Eĉ la plej mallaŭta glitbrueto igis min ĵetiĝi al la pordo, eĉ se mi, kun la orelo gluita al la ligno, freneze atendadis ĝis aŭdi mian propran spiron, kaj teruriĝis aŭdante ĝin tiel raŭka kaj simila al hunda stertoro.

마침내 나는 자제하지 않는 것이 가장 분별 있는 일이라고 생각하기에 이르렀다.

그들이 오는 것은 바로 새벽이라는 것을 나는 알고 있었다. 결국, 나는 그 새벽을 기다리느라고 내 숱한 밤을 보내는 것이다. 나는 결코 놀라는 것을 좋아하지 않는다. 내게 무슨 일인가 생기게 될 때, 나는 그것에 대비하고 싶었다. 그랬기 때문에 나는 낮에 조금밖에는 자지 않게 되었고, 밤중에는 하늘이 비치는 유리에 날이 밝아오기를 참을성 있게 기다렸다. 가장 괴로운 것은, 그들이 보통 행동하는 때라는 것으로 내가 알고 있던 그 애매한 시간이었다. 자정이 지나면, 나는 기다리면서 동정을 살폈다. 내 귀가 그처럼 많은 소리를 느껴본 적이 없었고, 그처럼 미묘한 소리 들을 식별해본 적이라곤 없었다. 그런데 그러는 동안 내내 나는 걸음 소리를 들어본 적이 없었으니 어떻게 보면 운이 좋았다고도 말할 수 있을 것이다. 엄마는 여러 번, 사람이란 결코 철저하게 불행해지지는 않을 것이라고 말씀하시곤 했다. 나는 감방 속에서, 하늘이 물들여지고 새로운 하루가 내 독방 속으로 미끄러지듯 스며들 때, 엄마 말이 옳다는 것을 인정했다. 사실 발소리를 들었다면, 내 심장은 터져 버리고 말았을지도 몰랐기 때문이다. 바스락거리는 아주 작은 소리만 나도 나는 문가로 달려가서 귀를 나무에 바짝 대고 내 숨소리가 들려올 때까지 정신 나간 듯이 기다리고 있었다. 그러다 보면 그 숨소리는 거칠기가 마치 개가 헐떡거리는 소리 같아서 나는 무서워졌다.

Finfine mia koro ne krevis kaj mi gajnis denove unu diurnon.

Dum la tutaj tagoj fantomis mia apelacio. Mi opinias, ke mi tiris el tiu ideo la maksimumon. Mi kalkulis kiel eble plej precize kaj ricevis de miaj pripensoj la plej altan profiton. Mi ĉiam elektis la plej malfavoran supozon : la rifuzon de mia apelacio.

"Nu, mi do mortos." Pli frue ol aliaj, evidente. Sed ĉiuj scias, ke la vivo ne indas la travivon. Finfine, mi ja sciis, ke morti tridek- aŭ sepdekjara ne tre gravas, ĉar, kompreneble, en ambaŭ kazoj aliaj viroj kaj aliaj virinoj vivos plu — dum jarmiloj. Resume, nenio estis pli klara. La mortonto estis mi, tuj aŭ post dudek jaroj. Tiumomente tio, kio iom ĝenis min en mia rezonado, estis tiu terura salto, kiun mi sentis interne, pensante pri dudek jaroj de estonta vivo. Sed necesis nur ĝin sufoki, imagante kiaj estos miaj pensoj post dudek jaroj, kiam tamen necesos atingi tiun momenton. Se oni estas mortonta, ne gravas kiel kaj kiam, tio evidentis. Konsekvence — kaj la plej malfacila afero estis ne forgesi kiomon da rezonado reprezentis tiu "konsekvence" — mi devis akcepti la rifuzon de mia apelacio.

결론적으로 내 심장은 터지지 않았고 나는 또 24시간을 벌었다.

낮에는 줄곧 상소에 대해 생각했다. 나는 그 생각을 가장 최대한 이용했다고 여긴다. 나는 가능한 가장 정확하게 예측했고, 따라서 생각으로부터는 가장 큰 이득을 얻어냈다. 나는 늘, 상소는 기각된다는 최악의 가정(假定)을 생각했다. "그러면 나는 죽게 돼." 다른 사람들보다 먼저 죽는다는 것은 명백한 사실이다. 그러나 인생이란 살 만한 가치가 없는 것이라는 것을 사람들은 모두 알고 있다. 사실, 서른 살에 죽든 일흔 살에 죽든 그것이 별로 대단한 것은 아니라는 것을 내가 모르는 바는 아니다. 어느 경우가 됐든, 물론 다른 남자들과 다른 여자들이 살아가게 마련이고, 그런 일은 수천 년 동안 그렇게 될 것이다. 요컨대 그 어느 것도 이보다 더 명백하지는 못하다. 그것이 지금이 됐든 20년 후가 되든 언제나 죽어야 할 사람은 바로 나다. 그때 내 그런 이성의 활동에서 약간 방해가 된 것은, 앞으로 올 20년의 생활을 생각할 때 마음속에 느껴지던 그 무서운 용솟음이었다. 그러나 그 순간에 도달할 필요가 있어 20년 후에 내가 하게 될 생각을 상상하면서 그것을 억눌러 버리기만 하면 되었다. 어차피 죽는 이상 어떻게 죽든, 언제 죽든 그건 중요하지 않다. 죽는다는 사실은 명백한 일이니까. 그러므로 - 그리고 어려운 것이 이 '그러므로'라는 말이 추론에서 나타내는 모든 것을 잊지 않는 일이었다- 내 상소의 기각을 승인하지 않으면 안 되었다.

En tiu momento, nur en tiu momento, mi iel rajtis, mi kvazaŭ permesis al mi tuŝi la duan hipotezon : ŝtata pardono. La malagrabla afero estis, ke necesis bridi tiun impeton de la sango kaj korpo, kiu pikis miajn okulojn per freneza ĝojo. Necesis, ke mi penu sufoki, sobrigi tiun krion. Necesis, ke mi estu natura eĉ en tiu hipotezo, por igi pli kredebla mian rezignacion en la unua. Sukcesinte, mi gajnis kaj ĝuis unuhoran trankvilon. Tio ja estis afero inda je konsidero.

En tiu momento mi unu plian fojon rifuzis akcepti la prizonan pastron. Mi kuŝis kaj divenis, laŭ la blondeco de la ĉielo, la proksimiĝon de la vespero.

Mi estis ĵus rifuzinta mian apelacion kaj povis senti la ondojn de mia sango cirkulanta regule en mi. Mi ne bezonis vidi la pastron. Unuafoje de longa tempo mi ekpensis pri Maria. Jam multajn tagojn ŝi ne skribadis plu al mi. Tiun vesperon mi pripensis kaj konkludis, ke, eble, esti la amatino de mortkondamnito eltedis ŝin. Ankaŭ venis al mi la ideo, ke ŝi eble estas malsana aŭ mortinta. Tiaj afero estas naturaj. Kiel mi povus tion scii?

그때, 그러나 그때, 나는 말하자면 그럴 권리를 가지고 있어서, 제2의 가정(假定)에 접근하는 것을 나 자신에게 허용하였다. 즉 특사(特赦)였다.

괴로웠던 것은 당치도 않은 기쁨으로 내 눈을 따갑게 하는 그 피와 육신의 충동을 진정시키지 않으면 안 되었던 일이다. 그 부르짖음을 억누르고, 이치를 따져 생각해 보는 데 열중해야만 했다.

첫 번째 가정에서 내 체념을 보다 수긍이 가는 것으로 만들기 위해서는 이 두 번째의 가정에서도 나는 꾸밈이 없어야 한다. 이 일에 성공하자 나는 한 시간의 평온함을 얻고 누렸다. 그것은 그래도 대단하게 여길 만하다.

내가 교도소의 신부(神父) 방문을 한 번 더 거절했던 것은 바로 그때였다. 나는 드러누워서 하늘이 황금빛으로 물들어가는 것을 보고 저녁이 가까워짐을 알았다. 나는 방금 나의 상소를 기각한 참이라, 피의 흐름이 내 몸속에서 규칙적으로 돌고 있는 것을 느낄 수 있었다. 나는 신부를 만나 볼 필요가 없었다.

참으로 오랜만에 처음으로 나는 마리를 생각했다. 그녀가 내게 편지를 보내지 않은 것도 오래되었다. 그날 저녁, 곰곰이 생각해 보니, 그녀는 아마 사형수의 정부(情婦)라는 것에 진력이 났겠다는 생각이 들었다. 또 그녀는 어쩌면 병이 났거나 죽었을지도 모른다는 생각도 들었다. 그건 자연스러운 일이었다. 내가 어찌 그 사정을 알 수 있단 말인가.

Ja krom niaj du korpoj nun disigitaj nenio nin ligis aŭ rememorigis al unu pri la alia. Ekde tiu momento, cetere, memori pri Maria estis por mi indiferente. Se morta, ŝi plu ne interesis min. Mi opiniis tion normala, same kiel mi tre bone komprenis, ke la homoj probable forgesos min post mia morto. Ili ja ne plu havas kialon por rilati kun mi. Mi eĉ ne povus diri, ke tion pensi estis malfacile.

Precize en tiu momento eniris la pastro. Kiam mi lin ekvidis, mi eksentis tremeton. Li tion rimarkis kaj diris, ke mi ne timu. Mi diris, ke kutime li venas je alia momento. Li respondis, ke ĝi estas vizito tute amikeca, neniel rilatanta al mia apelacio, pri kiu li nenion scias. Li sidiĝis sur mian kuŝtabulon kaj invitis min sidiĝi apud li. Mi rifuzis. Mi tamen trovis lin tre mildaspekta.

Li restis momenton sidanta, kun la antaŭbrakoj sur la genuoj kaj la kapo klinita, rigardante siajn manojn. Ili estis delikataj kaj muskolozaj kaj pensigis min pri du lertmovaj bestoj. Li malrapide ilin interfrotis. Poste li restis tiel, kun la kapo plu klinita, tiel longe, ke mi, dum momenteto, havis la impreson, ke mi lin forgesis.

지금은 떨어져 있는 우리 둘의 육체 외에 그 어느 것도 우리를 연결해 주는 것이 없고, 또 서로를 생각하게 해주는 것도 없으니.

하긴 그때부터 마리에 대한 추억은 내게 흥미가 없어져 버렸다. 죽었다면 그녀는 이제 나와 관계가 없다. 그것이 정상이라고 생각했다. 내가 죽고 난 후 사람들이 나를 잊어버리게 되리라는 걸 내가 잘 알고 있는 것처럼. 사람들은 나와 함께 할 일이라곤 아무것도 더는 없게 되는 것이다. 그런 것을 생각하는 것이 괴롭다고 말할 수조차 없었다.

신부가 들어온 것은 바로 그때였다. 그를 보자 나는 흠칫 경련이 일었다. 신부는 그것을 알아차리고 두려워하지 말라고 내게 말했다. 나는 그에게 보통 때는 다른 시각에 오지 않았느냐고 말했다. 그러자 신부는 이번 방문은 내 상소와는 아무런 관계가 없는, 순전히 우호적인 방문이라고 하면서 자기는 상소에 대해서는 아무것도 아는 바가 없다고 대답했다. 그는 내 침대에 앉아서 나에게 자기 곁에 와 앉으라고 권했다. 나는 거절했다. 그렇지만 나는 그에게서 매우 다정스러운 표정을 읽었다. 그는 무릎 위에다 두 팔을 올려놓고, 머리를 숙여 자기 손을 바라보면서 한동안 그렇게 앉아 있었다. 그의 손은 섬세하면서도 힘줄이 드러나 보여서, 두 마리의 날렵한 짐승을 연상케 했다. 그는 천천히 두 손을 비볐다. 그리고 여전히 머리를 숙인 채 그렇게 앉아 있었다. 하도 오래 그러고 있어서 나는 잠시 그를 잊어버린 것 같은 느낌이 들었다.

Sed li abrupte relevis la kapon kaj ekrigardis min vidalvide : "Kial, li diris, vi rifuzadas miajn vizitojn?" Mi respondis, ke mi ne kredas je Dio. Li deziris ekscii, ĉu mi estas tute certa pri tio, kaj mi diris, ke mi ne bezonas starigi al mi tiun demandon; ĝi ja ŝajnas al mi bagatela. Li tiam per renversomovo malantaŭen apogiĝis ĉe la muro kaj kuŝigis la manojn sur la femurojn. Li aspektis kvazaŭ ne parolanta al mi kaj rimarkigis, ke oni kelkafoje kredas sin certa, dum efektive ne estas tiel. Mi silentis. Li min rigardis kaj demandis : "Kion vi opinias pri tio?" Mi respondis, ke tio eblas. Kiel ajn estas, mi eble ne estis certa pri tio, kio min interesas reale, sed mi estis tute certa pri tio, kio ne interesas min. Kaj ĝuste tio, pri kio li parolis, ne interesis min.

Li deturnis la rigardon kaj, konservante sian sintenon, demandis min, ĉu mi ne parolas tiel pro malespero. Mi klarigis al li, ke mi ne sentas malesperon, sed nur timon, kio estas ja normala. "Do Dio vin helpus, li rimarkigis. Ĉiuj, kiujn mi konis troviĝantaj en via situacio, sin turnis al li." Mi konfesis, ke tion ili plene rajtis. Tio pruvis ankaŭ, ke ili havis por tio tempon.

그러나 갑자기 신부가 머리를 쳐들더니 나를 똑바로 바라보았다. 그리고는 "왜 당신은 내 방문을 거절합니까?" 하고 내게 말했다. 나는 하느님을 믿지 않는다고 대답했다. 신부는 내가 그 점에 대해서 확신했는지 알고 싶어 해서 나는 그런 것을 자문(自問)할 필요는 없다고 말했다. 그런 것은 내게 정말 사소하게 보였다. 그러자 신부는 뒤로 몸을 젖혀 벽에 등을 기대더니 두 손을 펴 넓적다리 위에 올려놓았다. 그는 거의 내게 말하고 있지 않은 태도로, 사람은 자기가 확신이 있다고 생각하지만 실제로는 그렇지 못할 때가 이따금 있는 법이라고 주의를 시켰다. 나는 아무 말도 하지 않았다. 신부는 나를 바라보며 이렇게 물었다. "그 점에 대해서 어떻게 생각합니까?" 그건 그럴 수도 있는 일이라고 나는 대답했다. 어쨌든 나는 실제로 나와 관계가 있는 것에 대해서는 어쩌면 확신이 없을지도 모르나 나와 관계가 없는 것에 대해서는 분명 확신이 있었다. 신부가 내게 말한 바로 그것은 나와 관계가 없는 것이었다. 신부는 눈을 돌렸으나 여전히 자세를 고치지 않고, 내가 절망에 빠진 나머지 그렇게 말하는 것은 아니냐고 물었다. 나는 절망하지 않고 두려울 뿐인데, 그건 아주 당연한 일이라고 설명했다. "그렇다면 하느님께서 당신을 도와주실 겁니다. 당신과 같은 처지에 있던 내가 아는 모든 이는 다 그분께 돌아갔습니다" 하고 말했다. 그것은 그들의 권리라는 것을 나는 인정했다. 그것은 또한 그들이 그럴 시간이 있다는 것을 증명한다.

Koncerne min, mi ne volas, ke oni min helpu kaj ĝuste la tempo mankas al mi por interesiĝi pri tio, kio min ne interesas.

Tiumomente liaj manoj gestis kvazaŭ agacite, sed li rektiĝis kaj aranĝis la faldojn de sia sutano.

Tion farinte, li ekparolis al mi, nomante min "mia amiko"; li diris, ke li parolas tiel ne pro tio, ke mi estas mortkondamnito; ja, laŭ lia opinio, ni ĉiuj estas mortkondamnitoj. Sed mi interrompis lin, dirante, ke ekzistas diferenco kaj ke, cetere, tio neniel povas estis konsolo. "Certe, li aprobis. Sed se vi ne mortos hodiaŭ, vi mortos pli malfrue. La sama demando tiam stariĝos. Kiel vi frontos tiun teruran sperton?"

Mi respondis, ke mi frontos ĝin precize tiel, kiel mi ĝin frontas nune. Tion aŭdinte, li stariĝis kaj rigardis min rekte en la okuloj. Gi estas ludo, kiun mi bone konas : mi ofte amuziĝis per tio kun Emanuelo aŭ Celesto kaj ĝenerale ili deturnis la okulojn. Ankaŭ la pastro bone konis tiun ludon, mi tion tuj komprenis : lia rigardo ne tremis. Kaj ankaŭ lia voĉo ne tremis, kiam li diris : "Ĉu do vi havas neniun esperon kaj vivas kun la penso, ke vi mortos entute? — Jes", mi respondis.

그런데 나로 말하자면 나는 남의 도움을 받고 싶지 않으며, 또 마침 내가 관심이 없는 것에 관심을 기울일 만한 시간도 없었다.

그때 그의 손이 역정이 난 듯한 시늉을 했으나, 그는 일어나서 옷의 주름을 바로잡았다. 주름을 다 펴고 나더니 신부는 나를 "나의 친구"라고 부르면서 내게 말을 걸었다. 그가 나에게 이렇게 말하는 것은 내가 사형수이기 때문에 그러는 것은 아니라고 했다. 그의 견해로는 우리가 모두 사형수라는 거였다. 나는 그것은 경우가 다르며, 또 뿐만 아니라 어떤 경우에도 결코 그것은 위로가 될 수 없다고 말하면서 그의 말을 가로막았다. "물론입니다" 하고 신부는 그 말을 인정했다. "하지만 당신은 오늘 죽지 않으면 훗날에 죽게 될 것입니다. 그때에는 같은 문제가 제기되겠지요. 당신은 이 무서운 경험에 어떻게 다가가시렵니까?" 나는 지금 그것에 다가가고 있는 것처럼 정확하게 맞이할 거라고 대답했다. 그 말을 듣자, 신부는 몸을 일으키더니 내 눈을 똑바로 바라보았다. 이것은 내가 잘 알고 있는 놀이였다. 엠마뉘엘이나 셀레스트 하고 종종 장난하고 즐겼었는데 대체로 그들이 눈을 돌려 버리곤 했었다. 신부도 역시 그 놀이를 잘 알고 있다는 것을 나는 곧 알았다. 그의 시선은 떨리지 않았다. 그가 "당신은 그러면 아무 희망도 없고, 또 완전히 죽어 없어진다는 생각으로 살고 있습니까?" 하고 내게 말했을 때 그의 목소리 또한 떨리지 않았다. "그렇습니다" 하고 내가 대답했다.

Tiam li klinis la kapon kaj residiĝis. Li diris, ke li kompatas min, ke li opinias tion neeltenebla por homo. Sed mi sentis nur, ke li kornencas min tedi. Mi deturnis min — kiel li faris antaŭe — kaj iris sub la lukon. Mi apogis la ŝultron ĉe la muro. Kvankam mi ne atente aŭskultis lin, mi aŭdis, ke li denove demandas min. Li parolis per voĉo maltrankvila kaj urĝiga. Mi komprenis, ke li estas emociita, kaj lin ekaŭskultis pli atente.

Li esprimis sian certecon, ke mia apelacio estos akceptita, sed ke mi portos la ŝarĝon de peko, de kiu mi devas min liberigi. Laŭ li la juĝo de la homoj nenion valoras, la juĝo de Dio — ĉion. Mi rimarkigis, ke min kondamnis la homa juĝo. Li respondis, ke ĝi tamen ne forlavis mian pekon. Mi diris al li, ke mi ne scias, kio estas peko. Oni instruis al mi nur, ke mi estas kulpulo. Mi estas kulpa, mi devas pagi, oni ne povas postuli de mi ion ajn plian. Tiumomente li stariĝis denove kaj mi pensis, ke, se li volas moviĝi en tiel malvasta ĉelo, li ne povas elekti : li devas sidiĝi aŭ stariĝi. Miaj okuloj estis fiksitaj al la planko.

Li faris unu paŝon al mi kaj haltis, kvazaŭ ne kuraĝante plu iri.

그러자 그는 고개를 숙이고 다시 자리에 주저앉았다. 신부는 내가 불쌍하다고 말했다. 이것은 인간으로서는 견딜 수 없는 일이라고 그는 판단했다. 나는 다만 지루해지기 시작한다는 것을 느꼈을 뿐이었다. 이번에는 그가 전에 했던 것처럼 내가 돌아서서 천장에 나 있는 창 밑으로 갔다. 벽에다 어깨를 기댔다. 그의 말을 열심히 듣지는 않았지만, 신부가 내게 다시 질문하는 소리가 들려왔다. 그는 불안스럽고도 절박한 목소리로 이야기를 했다. 나는 신부가 흥분되어 있음을 깨닫고 좀 더 그의 이야기에 귀를 기울였다.

그는 나의 상소는 받아들여질지라도, 내가 내려놓아야 할 죄의 짐을 지고 있다는 자기의 확신을 이야기했다. 그의 말에 의하면, 인간들의 심판은 아무것도 아니며 하느님의 심판이 전부라는 것이다. 나는 나에게 사형 선고를 내린 것은 바로 인간의 심판이었다는 것을 지적했다. 그는 그렇다고 해서 인간의 심판이 내 죄를 씻어준 것은 아니라고 대답했다. 나는 죄가 무엇인지 알지 못한다고 그에게 말했다. 사람들은 다만 내가 죄인이라는 것만 가르쳐 주었다. 나는 죄인이고 형벌을 받고 있으니, 더 내게 요구할 것이라곤 아무것도 있을 수 없다. 그때 신부가 다시 일어났다. 그래서 이 좁은 감방 안에서는 그가 움직이고 싶어도 그렇게밖에는 할 수 없을 거라는 생각이 들었다. 그는 앉든지 아니면 서든지 해야 한다. 나는 땅바닥만 내려다보고 있었다. 신부는 내게로 한 걸음 다가오더니 자리에 멈추었다. 마치 감히 앞으로 더 나올 수 없는 것처럼,

Li rigardis la ĉielon trans la stangetoj de la fenestra krado. "Vi eraras, filo mia, li diris, oni povus peti de vi ion plian. Eble oni tion petos. — Kion do? — Oni povus peti, ke vi vidu. — Kion?"

La pastro rigardis ronde ĉirkaŭ si kaj respondis per voĉo, kiun mi trovis subite tre laca : "Ĉiuj ĉi ŝtonoj elŝvitas suferon, mi tion scias. Neniam mi rigardis ilin sen angoro. Sed el la fundo de l'koro mi scias, ke eĉ la plej malŝatindaj el vi ekvidis, elirantan el ilia mallumo, vizaĝon dian. Tiun vizaĝon vi estas petata vidi."

Mi iom vigliĝis. Mi diris, ke jam monatojn mi rigardadis tiujn murojn : nenion kaj neniun en la mondo mi konas pli bone. Eble, antaŭ longe, mi serĉis en ili ies vizaĝon. Sed tiu vizaĝo havis la koloron de l'suno kaj la flamon de la deziro : ĝi estis la vizaĝo de Maria. Mi serĉadis ĝin vane. Nun estas finite. Kaj, kiel ajn estas, mi nenion vidis aperi el tiu ŝtona ŝvito.

La pastro rigardis min kun ia malĝojo. Mi nun estis tute dorsapogita ĉe la muro kaj la sunlumo fluis sur mia frunto.

그는 창살을 통해서 하늘을 쳐다보고 있었다. "내 아들이여, 당신은 잘못 생각하고 있습니다. 당신에게 더 요구할 수도 있습니다. 아마 그것을 당신에게 요구하게 될 것입니다" 하고 신부가 내게 말했다. "도대체 무엇을 요구한단 말입니까?" "보기를 요구할 수 있을 겁니다." "무엇을 봅니까?"

신부는 자기 둘레에 있는 것들을 모두 바라보았다. 그러고는 갑자기 아주 많이 지친 듯한 목소리로 이렇게 대답했다. "이 모든 돌은 고통을 발산하고 있습니다. 나는 그것을 알아요. 나는 번민 없이 이것들을 바라본 적이 없습니다. 그러나 마음속 깊이 당신네 중에서 가장 비참한 사람일지라도 이 돌들의 어둠에서 하느님의 얼굴이 나타나는 것을 보았다는 것을 나는 압니다. 당신에게 보기를 요구하는 것은 바로 그 얼굴입니다."

나는 약간 생기가 돌았다. 몇 달 전부터 이 벽을 바라보았노라고 말했다. 내가 이 세상에서 이보다 더 잘 아는 것은 아무것도, 어떠한 사람도 없었다. 아마 오래전에는 거기에서 어떤 한 얼굴을 찾아보려 했었는지도 모른다. 그런데 그 얼굴은 태양의 빛깔과 욕정의 불꽃을 지니고 있었다. 그것은 마리의 얼굴이었다. 나는 헛되이 그 얼굴을 찾아냈다. 지금은 그 짓도 끝이 났다. 어쨌든 이 축축한 돌에서 어떤 떠오르는 것을 나는 보지 못했다.

신부는 일종의 슬픔 같은 것을 띠고 나를 바라보았다. 지금 나는 벽에다 등을 완전히 기대고 있었으므로, 햇살이 내 이마 위로 흐르고 있었다.

Li diris kelkajn vortojn, kiujn mi ne aŭdis kaj demandis haste, ĉu mi permesas, ke li min kisu. "Ne", mi respondis. Li sin turnis kaj iris al la muro, kiun li senhaste karesis per la mano. "Ĉu do vi amas ĉi tiun teron ĝis tia grado?" li murmuris. Mi nenion respondis.

Li restis sufiĉe longe forturnita. Lia ĉeesto min premis kaj incitis. Mi estis dironta al li, ke li foriru kaj min lasu, kiam li subite ekkriis, kvazaŭ eksplode, turnante sin al mi : "Ne, mi ne povas vin kredi. Mi estas certa, ke vi foje deziris alian vivon." Mi respondis al li, ke kompreneble, sed tio ne gravas pli ol la deziro esti riĉa, naĝi tre rapide aŭ havi pli belforman buŝon. Ĝi estas samspeca deziro. Sed li interrompis min kaj deziris scii, kiel mi imagas tiun alian vivon. Tiam mi kriis al li: "Ĝi estus vivo, en kiu mi povus memori pri la nuna", kaj tuj poste mi diris al li, ke min tedas tiu konversacio. Li volis paroladi plu pri Dio, sed mi paŝis al li kaj provis klarigi al li lastan fojon, ke restas al mi malmulta tempo. Mi ne volas ĝin perdi, okupiĝante pri Dio. Li provis ŝanĝi la temon : li demandis min, kial mi nomas lin "sinjoro" anstataŭ "patro".

그가 몇 마디 말했는데 나는 알아듣지를 못했다. 그랬더니 그는 매우 빠른 어조로, 나에게 입맞춤을 허락해주겠느냐고 물었다. "싫습니다" 하고 내가 대답했다. 그는 돌아서더니 벽을 향해 걸어갔다. 그리고는 벽에다 천천히 손을 대고 나서 "그래 당신은 그렇게도 이땅을 사랑하십니까?" 하고 속삭였다. 나는 아무 대꾸도 하지 않았다. 그는 돌아선 채로 퍽 오래 그러고 있었다. 그의 존재가 내게 짐스럽게 여겨졌고 내 신경을 거슬리게 했다. 나는 그에게 나가 달라고, 나를 내버려 달라고 말하려고 했다. 그런데 그때 갑자기 그가 내게로 돌아서면서 "아닙니다. 나는 당신을 믿을 수가 없습니다. 당신도 어떤 다른 삶을 원한 적이 있었으리라고 나는 확신합니다" 하고 격렬하게 소리쳤다. 물론 있기는 했었지만, 그것은 부자가 된다든지, 빨리 헤엄을 친다든지, 아니면 이가 가지런히 나기를 바라는 것보다 더 중요하지 않다고 대답했다. 그것도 같은 종류의 소원이었다. 그러나 신부는 내 말을 가로막고 내가 내세(內世)라는 것을 어떻게 생각하는지 알고 싶어 했다. 그래서 나는 "이 현세(現世)를 회상할 수 있는 어떤 생애"라고 그에게 소리친 뒤 이제는 그런 대화가 지긋지긋하다고 말했다. 그는 또 하느님에 대해 내게 이야기하고 싶어 했지만, 나는 그에게 다가가 마지막으로 이제 시간이 많지 않다고 설명하려고 했다. 나는 하느님 얘기 따위로 그 시간을 낭비하고 싶지 않았다. 그는 왜 자기를 '신부님'이라고 부르지 않고 '선생님'이라고 부르느냐고 물으면서 화제를 바꾸려고 했다.

Tio min incitis kaj mi respondis, ke li ne estas mia patro : li ja aliancas kun la aliaj. "Ne, filo mia, li diris, metante la manojn sur mian ŝultron. Mi aliancas kun vi. Sed vi ne povas tion scii, ĉar via koro blindas. Mi preĝos por vi."

En tiu momento, pro kialo de mi nekonata, io subite ekkrevis en mi. Mi komencis krii plengorĝe, insulti lin, mi diris, ke li ne preĝu. Kaptinte lin ĉe la kolumo de la sutano, mi elverŝis sur lin la tutan fundon de mia koro kun eksaltoj samtempe ĝojaj kaj koleraj. Li ŝajnis tiel certa, ĉu ne? Tamen neniu el liaj certaĵoj atingis la valoron de unu virina haro. Li eĉ ne certas, ke li vivas : li ja vivas kiel mortinto.

Koncerne min, mi ŝajne havis la manojn malplenaj.

Sed mi certas pri mi mem, pri ĉio, pli ol li, pri mia vivo kaj baldaŭa morto. Jes, nur tion mi posedas. Sed mi almenaŭ tenas tiun veron same kiel ĝi tenas min.

Mi antaŭe pravis, mi denove pravas, mi ĉiam pravas. Mi vivis tiamaniere kaj povintus vivi alimaniere. Mi faris tion ĉi, kaj tion ne. Mi faris tiun aferon kaj alian aferon ne faris.

그 말에 나는 신경질이 나서, 그는 나의 아버지가 아니요, 그는 다른 사람들의 편이라고 그에게 대답했다. "아닙니다, 나의 아들이여" 하고 그는 내 어깨에다 손을 얹으면서 말했다. "나는 당신 편입니다. 그렇지만 당신 마음이 눈을 감았기 때문에 그것을 알 수가 없는 것입니다. 당신을 위해 나는 기도를 드리겠습니다."

그러자 그 이유는 모르겠으나 내 마음속에서 무엇인가가 무너져 내렸다. 나는 목청껏 소리를 질러 대기 시작하면서 그에게 욕설을 퍼부었으며, 기도하지 말라고 말했다. 나는 그의 신부복(神父服)의 깃을 움켜쥐었다. 나는 기쁨과 분노가 뒤섞인 설렘으로 내 마음속을 전부 그에게 털어놓았다. 그는 너무 자신만만한 표정을 짓고 있었다. 그렇지 않은가? 그러나 그의 신념이란 모두 여자의 머리카락 하나의 가치도 없다. 그는 죽은 사람처럼 살고 있으니 살아 있다는 것에 대한 확신조차 없다. 그러나 나는 빈손인 것처럼 보이나 확신이 있다. 나에 대해서, 모든 것에 대해서, 내 인생에 대해서, 그리고 다가올 그 죽음에 대해서 신부보다 더 확신이 있다. 그렇다, 내게는 이것밖에 없다. 그러나 어쨌든 이 진리가 나를 붙잡고 있는 한 나도 이 진리를 붙잡고 있다. 나는 옳았고, 지금도 또 옳다. 그리고 영원히 옳을 것이다. 나는 이런 식으로 살았지만 다른 식으로도 살 수 있었을 것이다. 나는 이런 일은 하고 저런 일은 하지 않았다. 내가 다른 것을 했을 때는 이런 것은 하지 않았다.

Nu, kio do? Ĉio estas kvazaŭ mi estus atendinta senĉese tiun minuton kaj tiun palan ektagiĝon, momenton de mia pravigo. Nenio, absolute nenio posedas gravecon, kaj mi bone scias kial. Ankaŭ li tion scias. El la fundo de mia estonteco, dum tiu tute absurda vivo, kiun mi travivis, malluma blovo alsupris al mi tra ankoraŭ ne venintaj jaroj, kaj tiu blovo pasante egaligis ĉion, kion oni tiam proponis al mi en la ne pli realaj jaroj, kiujn mi estis travivanta. Ja ne gravas por mi la morto de la aliaj homoj, la amo de patrino, ja ne gravas lia Dio, la vivoj, la destinoj, kiujn oni elektas, ĉar unu destino estas min elektonta — min kaj miliardojn da privilegiuloj, kiuj, same kiel li, pretendas sin miaj fratoj. Ĉu do li komprenas, ĉu li komprenas do? Ĉiuj estas privilegiitaj. Ekzistas nur privilegiuloj. Ankaŭ la aliajn oni kondamnos. Ankaŭ lin. Ja ne gravas, ĉu, akuzita pro murdo, li estos ekzekutita pro neploro ĉe la entombigo de la patrino.

La hundo de Salamano valoras tiom, kiom ties edzino. La aŭtomata virineto kulpas tiom, kiom la Parizanino, kiun Mason edzinigis, aŭ Maria, kiu deziris, ke mi ŝin edzinigu.

그리고 그 후에는? 나는 마치 줄곧 내가 정당화되는 그 순간과 그 멀건 새벽을 기다려 온 것 같았다. 아무 것도, 중요한 것이라곤 아무것도 없다.

나는 그 이유를 잘 알고 있다. 그도 또한 그 이유를 알고 있다. 내가 그 부조리한 삶을 계속 살아오는 동안, 내 미래의 끝에서는 아직 다가오지 않은 세월을 가로질러 어떤 어두운 입김이 내게로 솟아 올라왔다. 그런데 내 입김은 내가 살아온 것보다 비현실적인 세월 속에서 내게 제공되는 모든 것을 그 도중에서 평등화시켜 놓았다. 다른 사람들의 죽음이나 어머니의 사랑이 나와 무슨 상관이 있단 말인가? 그의 하나님, 생활, 사람들이 골라잡는 숙명, 이런 것들이 나와 무슨 상관이 있는가? 단 하나의 숙명만이 나 자신을 선택하고, 또 나와 함께 이 신부처럼 내 형제라고 불리는 수많은 특권을 지닌 사람들을 선택해야만 하는 이상. 그는 이해할까, 도대체 그는 이해할까? 사람들은 모두 특권을 가지고 있다. 특권을 가진 사람들밖에는 없다. 다른 사람들도 또한 어느 날엔 사형을 당할 것이다. 그도 역시 사형당할 것이다. 살인죄로 기소당하여, 그가 자기 어머니의 장례식에서 눈물을 흘리지 않았다는 것으로 사형을 당한다 하더라도 그게 뭐 대단한 일이겠는가?

살라마노의 개는 그의 아내만큼이나 가치가 있었다. 그 자동인형 같은 작은 여자도 마쏭과 결혼한 그 파리 태생의 여자나, 나와 결혼하고 싶어 했던 마리와 마찬가지로 죄인이다.

Ja ne gravas, ke Rajmondo estas mia kamarado tiom, kiom Celesto, kiu indas pli. Ja ne gravas, ke Maria eble donas en ĉi tiu tago sian buŝon al iu nova Merso. Ĉu do li tion komprenos, tiu kondamnito, ĉu li komprenos, ke el la fundo de mia estonteco... Kriante ĉion ĉi, mi sufokiĝis. Sed oni jam elŝiradis la pastron el miaj manoj kaj la provosoj min minacis. Li, dume, kvietigis ilin kaj rigardis min silente dum momento. Liajn okulojn plenigis larmoj. Li forturniĝis kaj malaperis.

Kiam li estis for, mi iĝis ree kvieta. Mi estis elĉerpita kaj ĵetiĝis sur mian kuŝejon. Mi konjektas, ke mi dormis, ĉar mi vekiĝis kun steloj sur la vizaĝo.

Kamparaj bruoj alsupris ĝis mi. Odoroj de nokto, de tero kaj salo refreŝigis miajn tempiojn. La miranda paco de tiu dormanta somero penetris min kiel tajdo.

En tiu momento, ĉe la limo de la nokto, ekhurlis ŝipsirenoj. Ili anoncis forirojn al mondo, iĝinta por mi definitive indiferenta. La unuan fojon post longa tempo mi ekpensis pri panjo. Ekŝajnis al mi, ke mi komprenas, kial en la vivofino ŝi prenis "fianĉon", ludis, kvazaŭ ĉio rekomenciĝas.

셀레스트는 레이몽보다 훌륭하지만, 그 레이몽이 셀레스트와 마찬가지로 나의 친구였다는 것이 뭐 그리 대수로운가? 마리가 오늘 어느 새로운 뫼르소에게 입술을 준다 한들 그것이 어쨌단 말인가?

도대체 그는 이해할까? 이 사형수를, 그리고 내 장래의 끝에서부터….

나는 이 모든 것을 외치면서 숨이 막혔다. 그러나 이미 신부를 내 손에서 떼어 놓은 간수들이 나를 위협하고 있었다. 그러나 신부는 그들을 진정시킨 다음 한동안 말없이 나를 바라보았다. 그의 눈에는 눈물이 가득 고여 있었다. 그는 돌아서더니 사라져갔다.

신부가 떠나가자 나는 평정을 되찾았다. 나는 지쳐 버려 침대에 몸을 던졌다. 잠이 들었던 것 같다. 눈을 뜬 것은 얼굴 위로 별이 보였기 때문이다. 들판에서 들려오는 소리가 내가 있는 곳까지 올라왔다. 밤의 냄새, 흙의 냄새, 그리고 소금 냄새가 내 관자놀이를 시원하게 해주었다. 이 잠든 여름의 신기한 평화가 조수처럼 내 마음속으로 밀려들어 왔다.

그때, 밤의 끝에서 사이렌 소리가 요란스럽게 울렸다. 그 소리는 이제는 나와 영원히 관계가 없는 하나의 세계로의 출발을 알리고 있었다.

아주 오랜만에 처음으로 나는 엄마를 생각했다.

나는 엄마가 생의 종말에서 왜 '약혼자'를 가졌는지, 왜 생을 다시 시작하는 놀이를 하였었는지 알 것 같았다.

Ankaŭ tie for, ĉirkaŭ tiu azilo, en kiu estingiĝadis vivoj, la vespero estis kvazaŭ melankokia paŭzo. Tiel proksima al la morto, panjo verŝajne sentis sin liberigita kaj preta ĉion travivi ree. Neniu, ja neniu rajtas ŝin priplori.

Ankaŭ mi sentis min preta ĉion travivi ree. Kvazaŭ tiu granda kolero min purigis de la malbono, forpelis ĉian esperon, mi, ĉe tiu nokto plena je signoj kaj steloj, malfermiĝis unuafoje al la tenera indiferenteco de la mondo. Spertante ĝin tiel simila al mi, tiel frata finfine, mi eksentis, ke mi estis feliĉa, ke mi estas feliĉa ankoraŭ. Por ke ĉio plenumiĝu, por ke mi sentu min malpli soleca, mi povis deziri nur, ke mian ekzekuton ĉeestu multaj spektantoj, kiuj salutu min pri krioj de malamo.

저기, 저기 역시, 생명이 스러져가는 그 양로원 주위에서도 저녁은 우울한 휴식과도 같은 것이다. 그렇게도 죽음에 가까이 있었으면서도 엄마는 거기에서 해방된 자신을 느껴 모든 것을 다시 시작하려고 준비했었던 게 틀림없다. 아무도, 그 아무도 엄마에 대해서 눈물을 흘릴 권리가 없는 것이다. 나 또한 모든 것을 다시 살아갈 용의가 있는 것처럼 여겨졌다. 마치 그 커다란 분노가 불행에서 나를 건져내 주고 모든 희망을 빼앗아간 것처럼, 나는 이 징후와 별들이 가득 찬 이 밤 앞에서 처음으로 이 세계의 다정스러운 무관심에 마음을 열었다. 이 세계가 이렇게도 나와 비슷하고 마침내는 형제와 같이 느끼게 되니, 나는 행복했었고 또 지금도 행복하다는 것을 느꼈다. 모든 것이 성취되고, 내가 고독하지 않다는 것을 느끼려면, 내 사형이 집행되는 날 구경꾼이 많이 와서 나를 증오에 찬 고함으로 맞아주기를 바라는 것만 남아 있다.

Pri Aŭtoro

CAMUS (Alberto Kamju) naskita en 1913, mortinta en 1960, estas unu el la plej famaj franclingvaj verkistoj de la XX-a jarcento.

Lia verkaro inkluzivas teatraĵojn, romanojn, novelojn, filozofiajn eseojn. Nobel-Premion pri literaturo li ricevis en 1957, "ĉar li elstarigis la problemojn, kiujn frontas nuntempe la homa konscienco". Lia koncepto pri humanismo implicas liberiĝon disde la metafizikaj kaj politikaj iluzioj.

Li ofte diris :"Estas vere, ke ni naskiĝas en la Historio; sed ni mortos ekster ĝi."

Dum la dua mondmilito li partoprenis la Rezistadan movadon, "ĉar oni ne povas aprobi la koncentrejojn".

Li komprenis tiam, ke li "malamas la perforton malpli ol la perfortajn instituciojn." En aŭgusto 1945 li nomis la uzon de atombomboj "plej lasta grado de barbareco".

En 1947, dum la masakroj en Madagaskaro, li diris pri la francoj: "ni faras tion saman, kion ni riproĉis al la germanoj."

En 1956-58 liaj alvokoj por paca solvo de la Alĝeria milito restis senrezultaj.

La Fremdulo estis finverkita en majo 1940 kaj publikigita en julio 1942.

La loko de ia agado estas Alĝero dum la jaroj '30. En tiu epoko Alĝerio — kie la aŭtoro naskiĝis kaj vivis dum longa tempo — estis franca kolonio. Same kiel en Francujo, la mortopuno efektiviĝis per gilotino kaj la ekzekutoj estis publikaj.

Mi resumis, antaŭ longa tempo, la Fremdulon per frazo, kiun mi agnoskas ege paradoksa : "En nia socio, ĉiu homo, kiu ne ploras dum la entombigo de sia patrino, riskas mortokondamnon." Mi volis simple diri, ke la heroo de tiu libro estas kondamnita tial, ĉar li ne respektas la regulojn de la socia ludo.

Tiusence li estas fremda rilate al la socio, en kiu li vivas[...]: li rifuzas mensogi.[...]

Oni do ne multe eraras, se oni vidus en la Fremdulo la historion de homo, kiu sen ia ajn heroeca sinteno, akceptas morti por la vero.[...]

저자에 대하여

알베르 카뮈는 1913년에 태어나서 1960년에 사망한 20세기의 가장 유명한 프랑스어 작가입니다.

그의 작품에는 연극, 소설, 단편 소설, 철학적 수필이 포함됩니다.

그는 1957년 "오늘날 인간의 의식이 직면한 문제를 강조한" 공로로 노벨 문학상을 받았습니다.

그의 휴머니즘 개념은 형이상학적, 정치적 환상으로부터의 해방을 의미합니다.

그는 종종 "우리가 역사 속에서 태어난 것은 사실이지만 역사 밖에서 죽을 것입니다."라고 말했습니다.

제2차 세계 대전 동안 그는 "집단 수용소가 승인될 수 없기 때문에" 저항 운동에 참여했습니다.

그는 그때 자신이 "폭력적인 기관보다 폭력을 덜 싫어한다"는 것을 이해했습니다.

1945년 8월 그는 원자 폭탄의 사용을 "최신 수준의 야만성"이라고 불렀습니다.

1947년 마다가스카르 대학살 당시 그는 프랑스인에 대해 이렇게 말했습니다. "우리는 독일인들을 질책했던 것과 똑같은 일을 합니다."

1956-58년 알제리 전쟁에 대한 평화적 해결책을 요구했지만 실패했습니다.

이방인은 1940년 5월에 완성되어 1942년 7월에 출판되었습니다.

모든 활동의 장소는 30년대의 알제리입니다. 그 당시 작가가 태어나고 오래 살았던 알제리는 프랑스 식민지였습니다. 프랑스와 마찬가지로 사형은 단두대에 의해 집행되었고 공개 처형이 이루어졌습니다.

오래전에 내가 인정하는 이 이방인의 한 구절은 매우 역설적이라고 요약했습니다.

"우리 사회에서 어머니의 장례식에서 울지 않는 사람은 누구나 죽음의 위험에 처해 있습니다." 나는 단지 그 책의 주인공이 사회적인 게임의 규칙을 존중하지 않는 운명에 처했다고 말하고 싶었을 뿐입니다.

그런 의미에서 그는 그가 사는 사회에 대한 이방인입니다. [...] 그는 거짓말을 거부합니다. [...]

어떤 영웅적인 태도도 없이 진실을 위해 죽음을 받아들이는 한 남자의 이야기를 이방인에서 본 사람은 별로 잘못 생각하지 않을 것입니다. [...]

에스페란토 번역자에 대하여

미셸 뒤 고니나즈(Michel Duc Goninaz, 1933년 9월 6일 - 2016년 3월 26일)는 『에스페란토 도해 대사전 (La Plena Ilustrita Vortaro de Esperanto)』(영어: Complete Illustrated Esperanto Dictionary)의 2002년 개정판으로 세계적으로 알려진 프랑스 에스페란티스트였습니다.

1950년대에 세계 에스페란토 청소년 기구(TEJO) 의 회원이었으며 주로 일드 프랑스의 젊은 에스페란티스트들에게 배포된 「La Folieto」의 공동 편집자로 일했습니다.

1956년에 그는 아를레트 르쿠르투아 (Arlette Lecourtois)와 결혼했습니다.

수년 동안 그는 프로방스 대학교(Aix-Marseille)에서 러시아어와 에스페란토 강사로 일했습니다.

산마리노에 있는 국제 과학 아카데미(International Academy of Sciences) 회원이며 에스페란토 언어 월간지 「Monato」의 정기 기고 편집자였습니다.

2002년, 그와 클로드 루(Claude Roux)는 1976년에 출판된 가스통 와링기엔(Gaston Waringhien)의 에스페란토 단일 언어 참고 사전인 『에스페란토 도해 대사전(La Plena Ilustrita Vortaro de Esperanto)』을 업데이트하고 수정했습니다. 2002년 「La Ondo de Esperanto」 저널은 미셸 뒤 고니나즈를 올해의 에스페란티스트로 선정했습니다.

우리말 번역자의 말

『이방인』은 "오늘, 엄마가 죽었다."라는 문장으로 시작하여 곧바로 "어쩌면 어제였을지도 모른다."라는 서술이 뒤따르는 간결한 문체와 밋밋하고 건조한 문장들이 특징입니다. 원작에서 에스페란토로 번역한 프랑스인 미셸 뒤 고니나즈의 문체도 마찬가지입니다. 그래서 읽는 내내 빠르게 그 내용에 몰입할 수 있습니다. 『이방인』은 '자기 자신과 사회에 대해 낯설게 느끼는 자' 혹은 '사회의 일반 통념에 비추어 조금 다르게 생각하는 자'이고, 보통사람들과 다르게 행동하는 주인공 뫼르소가 등장하여 현대문명 속 다양한 인간상의 일부를 보여 줍니다.

또한 어머니의 죽음, 아랍인의 죽음, 뫼르소에게 선고된 죽음을 통해서 인간 실존에 대한 질문을 던지고 있습니다. 그리고 뫼르소의 거짓 없는 자기 드러내기를 통해서 카뮈는 인간의 삶에서 '이방인'이었던 인간 존재가 사회에 낙오자, 부적응자가 언제든지 될 수 있음을 시사합니다. 하지만 결국 죽음을 앞두고 그렇게 사람들이 오해할 수도 있다는 관용을 가지고 주인공은 담담히 자기의 잘못을 인정하고 상소를 거부합니다.

『이방인』은 세계적인 베스트셀러입니다.

이 책을 에스페란토와 함께 읽는 분들에게 에스페란토 학습에 도움이 되고 아울러 책을 읽으면서 문학이 주는 감동을 소망합니다.

80년대 대학에서 최루탄을 맞으며 평화에 대해 고민한 나에게 찾아온 희망의 소리는 에스페란토였습니다. 피부와 언어가 다른 사람 사이의 갈등을 풀고 서로 평등하게 의사소통하며 행복을 추구하는 새로운 이상에 기뻐하며 공부하였습니다.

능숙한 에스페란토사용자라면 원문을 읽으며 소설의 즐거움을 누리고 초보자는 한글 번역을 참고해 읽으면서 에스페란토 실력을 향상했으면 하는 바람입니다.

이 책은 현대인의 무덤덤함을 잘 그리고 있습니다.

엄마에게도, 이웃에게도, 여자친구에게도 인간다운 면모를 보이지 못하는 주인공이 뜨거운 여름 햇살에 지겨워하며 별생각 없이 저지른 살인 사건이 1부에서 나오고 2부에서는 법정 드라마로 사건에 대해 판사, 검사, 변호사, 배심원의 말 한마디 한마디가 가슴에 와닿아 정말 재미있게 읽었습니다.

무덤덤함이 가져온 어이없는 살인사건을 다루지 않고 사회에 대해 이방인처럼 행동하는 주인공에 대한 인신공격이 마음을 아프게 했습니다. 어쩌면 귀찮아하는 것 때문에 일어난 사소한 행동이 엄청난 파국을 가져온다는 점에 뒤늦게 후회하고, 자기 행위를 인정하고 결과를 담담히 받아들이는 뫼르소가 대단하게도 보입니다.

이런 책이 에스페란토 원작으로 나와 전 세계인이 함께 읽는 그런 날을 희망하며 독서를 통해 에스페란토를 사용하는 조용한 평화운동에 동참하기를 바랍니다.

오태영(Mateno, 평생 회원)